U0485107

叶辛长篇小说精品典藏
Ye Xin Changpian Xiaoshuo Jingpin Diancang

家教 JIA JIAO

时代出版传媒股份有限公司
安徽文艺出版社

叶辛，1949年10月出生于上海。中国作家协会副主席、国际笔会中国笔会副主席、上海文联副主席、上海作家协会副主席、著名作家。曾担任第六届、第七届全国人大代表和贵州省作家协会副主席，《山花》《海上文坛》等杂志主编。长篇小说《蹉跎岁月》《孽债》被改编为电视连续剧，曾引起全国轰动，成为中国电视剧的杰出代表。

著有长篇小说《蹉跎岁月》《家教》《孽债》《三年五载》《恐惧的飓风》《在醒来的土地上》《华都》《缠溪之恋》《客过亭》等。另有"叶辛代表作系列"三卷本、"当代名家精品"六卷本、"叶辛新世纪文萃"三卷本等。短篇小说《塌方》获国际青年优秀作品一等奖，由本人担任编剧的电视连续剧《蹉跎岁月》《孽债》《家教》均获全国优秀电视剧奖。

Ye Xin Changpian Xiaoshuo
Jingpin Diancang

叶辛长篇小说精品典藏

家 教

JIA JIAO

叶辛 ◎ 著

时代出版传媒股份有限公司
安徽文艺出版社

图书在版编目(CIP)数据

家教/叶辛著.—合肥:安徽文艺出版社,2017.4(2018.4重印)

(叶辛长篇小说精品典藏)
ISBN 978-7-5396-5956-5

Ⅰ.①家… Ⅱ.①叶… Ⅲ.①长篇小说-中国-当代 Ⅳ.①I247.5

中国版本图书馆 CIP 数据核字(2016)第 314721 号

| 出 版 人:朱寒冬 | 选题策划:朱寒冬 岑 杰 |
| 责任编辑:岑 杰 | 装帧设计:丁 明 褚 琦 |

出版发行 时代出版传媒股份有限公司　www.press-mart.com
　　　　　安徽文艺出版社　www.awpub.com
地　　址:合肥市翡翠路 1118 号　邮政编码:230071
营 销 部:(0551)63533889
印　　制:安徽新华印刷股份有限公司　(0551)65859551

开本:710×1010　1/16　印张:15.75　字数:300 千字
版次:2017 年 4 月第 1 版　2018 年 4 月第 3 次印刷
定价:32.00 元

(如发现印装质量问题,影响阅读,请与出版社联系调换)

版权所有,侵权必究

女们带来了深深的不幸,展示了他们不同的爱情观、婚姻观、伦理道德观,以给读者一点惊醒和启迪。

三十年以后的今天,这样的故事是否过时了呢?三十年前和父母意志抗争的一代人,如今也像我这个当年的青年作家成了老作家一样,他们都步入了老年的门槛。但是,我们的报纸上、电视里,经常在报道活跃于上海市相亲角里的父母们,在积极地、热心地、不知疲倦地挑选自家儿女的对象,为儿女们安排人生大事。稀奇的是,我们的媒体,甚至我们的社会学界,还有人对这种现象报以赞许和首肯,令我百思不得其解。

从这个意义上说,《家教》的再版,还是会有它独特的意义的吧。

叶 辛

2014 年 5 月 22 日

甲午马年春

序

  长篇小说《家教》,是我三十年前写下的一部作品。至今我还记得,我是在贵州黔灵山麓用了半年时间写完上半部分的。夏天动的笔,写完上半部的最后一句话,正是1984年除夕夜的十二点,爆竹响彻山城夜空,耳朵震得耳膜里嗡嗡嗡。第二天,中央电视台还对贵阳市除夕夜燃放烟花爆竹作了专门报道:第一批乘着改革开放东风富裕起来的万元户们,用鞭炮表达他们辞旧迎新的心情。

  后来小说先后两次在《十月》杂志刊登,又分别出了两小本单行本,是中国文联出版公司分别于1986年、1987年里出版的。

  再后来中央人民广播电台将其改编为十集广播连续剧播出;紧接着中央电视台又将其改编为九集电视连续剧于1989年播出,还得了全国优秀电视剧奖,那个时候这一奖项叫"飞天奖"。

  把两本薄薄的小书《家教》和《家庭奏鸣曲》合并成一部长篇小说,以《家教》命名出版,是1995年春天的事,到了1995年夏天,连头搭尾四个月,印刷了三次,总计是五万册。因为销路好,出版社还印了一部分精装本,我是满意的。

  从那时候至今,又是近二十年过去了,编过《当代名家精品》六卷本、《叶辛知青作品总集》七卷本、《叶辛知青作品全集》八卷本,甚至《叶辛文集》十卷本,都没有把《家教》收进去。不是出版社不收,而是我没有把它摆进去。我总觉得,《家教》在我已经出版的一百二十余部作品中,是有它特殊的地位和价值的。

  看过小说和电视剧的朋友都知道,《家教》写的是留美博士、德高望重的医院院长怀着良好的愿望精心安排并干预儿女恋爱婚姻的故事,一番好心却给儿

一

福仁医院的下班铃响了。在上海春天的傍晚,这铃声显得有点嘈杂,有点震耳。

倪维宇院长瞅了客座上的中年人一眼,客人也正用充满期待的目光盯着他,铃声对客人根本不起作用。是的,只要不明确答复,这位客人就会一直磨缠下去,管你啥下班不下班。

倪维宇院长伸出右手的食指和中指,轻轻地抹拭了一下太阳穴。这位客人姓啥,叫啥名字,他全记不住了。只记得他好像是报社的记者,《文汇报》或是《解放日报》。来找倪院长的目的,是希望在他的妻子动手术时,由倪院长主刀。当然咯,不是在上海滩有点身份的人,是提不出这种要求来的。他们甚至想都不敢往这上头想。记者嘛,那又另当别论了。倪院长心里头非常清楚,上海的这两家报纸,不同于一般的地方报,他们是有全国影响的。得罪了报社记者,将来不知什么时候,给你一点颜色看看,那是真正的吃不消。答应下来嘛,唉,这些病人家属哪里晓得倪院长的苦衷。

于是局面便僵持下来。

倪院长照样在办公桌旁端端正正坐着,右手的手指在沙发椅扶手上轻轻叩击着。其实,每天到这下班时分,忙碌了一整天,他已甚感疲倦,腰也有些酸。但客人在座,他有啥办法。

客人大约也找不到话讲了,在无目的地拨弄着自己的手指头。但他就是有这点坐功;坐着不走,看你怎么办!

"丁零零……"

办公桌上的电话响起来了。倪院长身子微微向前倾,一只手扶着桌沿,慢条斯理地抓起了话筒:

"喂……我就是……哦,是光辉灯具厂啊,久违了……啥?你讲啥?嗯,我听着。嗯……嗯……嗯……"

倪院长约莫接连嗯了十几声,最终客气地道:"谢谢,谢谢,谢谢你及时给我通了气。"

搁下话筒以后,倪院长脸上的气色好了一点,电话里似乎给他报告了好消息。他的背脊往沙发椅上一靠,微带点笑地对客人道:

"话,刚才我都讲了,你好像仍旧迷信我……"

"不是迷信。"记者急忙申辩,"倪院长,谁不晓得你是上海赫赫有名的十把刀之一,驰誉……"

倪维宇摆摆手,示意他不要往下说了:"今天上午,报社老张打电话来,我就表示,如果病人家属都这样提要求,那医院里就热闹了,对吗?"

"我爱人是特殊情况,她是演员……"

"听说了,听说了。这样吧,手术我做……"

"哎呀,那真感激不尽了!"记者以同他年龄不相称的敏捷跃了起来,一把抓住倪院长的手,连连摇晃着,他那微秃的额头上,也泛出一片亮光来,"有你这句话,我晚上睡得着了。"

倪院长笑出了声,伸出食指点了点他:"不过,你那不相信中青年医生的思想,还是得改!"

"当然,当然。"记者连连点头,脸上露出了笑容。

客人走了,倪维宇院长颓然坐在沙发椅里,长长地吁了一口气。

墙上的电子石英钟已指向六点一刻,他却丝毫还没有回家的意思。

刚才光辉灯具厂打来的那个电话,把他的情绪全破坏了。

灯具厂那位很能干的齐厂长,在电话里对他讲,倪院长的宝贝小女儿倪梦琳,调到展销门市部之后,又出事情了。据反映,梦琳和门市部一位三十多岁的男同志谈起了恋爱。按理这是很正当的事情,可那位男同志是个身边带有一个四岁儿子的鳏夫。齐厂长觉得,这件事"交关讨厌"。由厂方或是门市部出面做工作,有干涉自由恋爱之嫌,而且很可能碰一鼻子灰。所以他觉得有必要给倪院长通只电话,把情况反映给家长。

齐厂长的良苦用心,倪院长完全心领神会。

要不是客人在座,他可以向齐厂长详尽地了解一下情况:当时碍于客人面对面坐着,倪院长只好以一连串的嗯嗯表示听明白了,在外表上不露一丝儿不悦。

那位中年记者,也许还不晓得,完全是由于这只电话,扰乱了倪院长的心绪,才使倪院长慨然应允主刀的呀。

嘀嘀!

两声短促的喇叭声从楼下的停车场传来,那是司机小徐在催促院长下楼,该回家了。

倪院长不便再耽搁,略微收拾一下,关上了朝南的窗子,离开了院长室。

"倪院长,下班了?"下楼梯的时候,值班的妇产科护士长微笑着和他打招呼。

"嗯,回家去。"倪院长随口应着。

走下三层楼梯,走出长长的一截走廊,不断地有人和倪院长打招呼,皮肤科的、小儿科的、耳鼻喉科的、神经科的——都是来值夜班的——有些人倪院长叫得出名字,有些人的名字实在叫不出,只能凭脸庞,晓得是福仁医院的医生或是护士。他一边客气地同他们打着招呼,一边急急地走出了楼厅。

小徐已把车门打开,倪院长坐进轿车,不觉一怔:"汪书记还没下来?"

"汪书记下午有会。"小徐简短地答了一句。

倪院长砰一声带上车门,上海牌轿车鸣了两声喇叭,开出了福仁医院。

倪维宇院长的家离福仁医院七站路,坐公共汽车,要换乘一辆车,还要走一截路。因为倪院长家所在的那条马路,还没通公共汽车。

升任院长之前,对他这个具有博士头衔的外科主任,福仁医院就用轿车接送上下班。当了院长,坐轿车更成惯例了。小轿车鸣着喇叭开进同祥里,常常惊得在弄堂当中走的人纷纷往两边避去,并且习惯地回头望一眼。认出是倪院长坐的轿车,上了年纪的人,还都要朝轿车扬一扬手,或是颔首微微一笑,算是同倪院长打招呼。

同祥里是所谓高档的新式弄堂房子,建于二十世纪四十年代。外形上参照了西式洋房,内有煤气、卫生设备,二楼有阳台。一式的假三楼,一幢幢相毗连。主弄之外,左右分别有五条支弄。由于统一格式的楼房统统被漆成咖啡色,弄堂里的卫生又抓得好,因而一进同祥里,就给人一种舒适感。

倪院长的家在左侧第五条支弄的12号。小徐每回都把轿车直接开到主弄的尽头,倪院长下车后,只需走三四十步,就可以从后门进家了。

后门照例半开着,灶披间里装着自来水龙头,还有四户人家的煤气灶,进进出出的人多,又是下班时候,要关也关不住。

今天倒好,灶披间里没有往常的热闹劲,只有板箱店老板娘站在自来水龙头前,背朝着灶披间洗菜。倪院长舒了口气,可以免却同好几张嘴打招呼了。

倪院长穿过灶披间,拐一个弯,踏着楼梯上去了。12号楼下住着四户人家,一二楼和假三层,全部都是倪院长家的。倪院长刚踏上二楼,阳台左侧厨房里的拖鞋嗒嗒响,妻子周静梅走到厨房门口,柔声招呼着:

"维宇,你回家了。先在客堂间歇息。"

倪院长不像往常那样,朝妻子点个头就进客堂间去,而是站定在门口,瞥了妻子圆圆的脸一眼,问:

"梦琳回来了吗?"

"哎呀,我只顾烧饭,倒还没注意哩!"周静梅失声道,同时疑虑地瞅了倪院长一眼。

倪院长也正严厉地瞪着她。周静梅有点不安,脸上掠过一丝慌张,放声喊着:

"梦颖,梦颖。"

"哎。"厢房里传出大女儿的回答声。

"看看梦琳回来没有?"周静梅又溜了丈夫一眼关照道。

"好的。"厢房里传出脚步声,梦颖走出来了,一眼看到父亲,就站定在门口笑着招呼,"爸爸回来了。我给你打洗脸水去。"

"哦不,"倪院长爱抚地瞅了大女儿一眼,摆摆手,"你先看看梦琳在不在。"

梦颖走下六级楼梯,敲敲亭子间的门:"梦琳、梦琳……爸爸,她还没回家。"

倪院长鼻子里哼了一声,转身往客堂走去。

"爸爸,你洗个脸!"

倪院长一脚刚跨进门槛,大女婿源华端着一脸盆水,从厨房里跑出来,几步下了楼梯,把洗脸水直端到倪院长跟前。

倪院长把手里的拎包往门旁的椅子上一放,接过女婿手中的脸盆,赞赏地瞅一眼女婿结实健壮的身架子,然后洗起脸来。

金源华毕恭毕敬地在旁边站着。

"源华,厂里忙哦?"

"忙。不过没关系,我身板强壮。"

"翻砂是很累的。"

"累是累,我也习惯了,嘿嘿。"

翁婿之间讲话时,梦颖用眼角斜了丈夫一眼,似要提醒金源华什么,但金源华没觉察,梦颖抿了一下嘴,回身走进厢房去了。

倪院长洗完脸,把毛巾放进脸盆,刚要俯身去端,金源华早抢在他之前,把脸盆端起来了:

"爸爸,我来。"

看他转身要去倒水,倪院长提醒似的说:"看见梦琳回来,喊我一声。"

"好的,爸爸。"

"梦岩和蓓莉回家了吗?"

"在三楼上看书呢。"

倪院长点了点头,走进客堂去了。

从厢房里,传来梦颖给女儿眉眉讲故事的声音:"……黄莺以为自己是世界上最好的歌唱家,立刻答应了人们的要求。它骄傲地对着山后唱起来,可是太阳不肯出来……"

倪院长在床边的沙发上坐下,仰脸靠在沙发背上,他只觉得比以往哪天都烦躁。

倪院长的家教,在福仁医院、在医学界、在同祥里上千户人家中,都是出了名的。

外人都以羡慕、赞赏的口吻谈起倪院长的家,说这个家庭是浑然一体型的。家人之间互助互谅、相敬如宾,充满了温暖和睦的气氛,是幸福而又美满的。倪院长和老伴周静梅,一个是出名的外科医生,高级知识分子,一个是家庭妇女;一个当院长,一个干家务。照现代某些人的观念,似乎有些格格不入。但老两口因此就有了明确分工,按各自的所长来维持家政。是的,在外人眼里,这一对老夫妻各自都把对方视为从一而终的伴侣,且是牢不可破的,是任何东西都不能替代的。他俩一道走出弄堂,就给人一种白头偕老的一体感,让人联想到他们那友好而安定的家庭。瞧他俩相亲相爱的样子,人们会觉得,如果其中一个甩手而去,另一个随后也会离去的。当然,上千户人家的弄堂,哪能千口一词呢!也有人说,"一体型"的家庭,并不是完美的,尤其是那种固定程式的分工,很多人会感到受不了。倪院长听到这种议论,一点也不生气,相反还眯眯含笑地颔首道:

"我承认,这不是十分完美的。但它是一种较为理想的夫妻关系的典型。"

正由于有了这种夫妻关系的统一,倪家的子女才会受到感染,才会对父母亲那么恭敬孝顺。

只是,近年来,倪院长的家教,在小女儿梦琳身上有点不大灵光了。

梦琳排行老四,是家里最小的。兴许由于从小受到过分的溺爱,长大了竟同两个姐姐的性格截然相反。她热情、活泼,一点点小事情,莫名其妙的,她也会咯咯咯笑一通。自己笑不算,还能把别人也引得笑起来。有几回,倪院长被她笑得憋不住,也只得摇摇头,跟着无声地笑起来。倪院长是不喜欢这种过分开朗的女性的。别看他是美国留学生、医学博士、堂堂福仁医院的院长,他中意的是温顺、娴静的女性,为此,他也希望自己的三位千金全都成长为贤淑、端庄、温柔的人。他不喜欢梦琳已在逐步形成的性格,不喜欢她"那副腔调"。

这些还都不要紧,都只能算是小事,倪院长并不以为然的。使倪院长恼火并下决心"改造"梦琳的,是去年光辉灯具厂发生的那件事。

"倪院长啊,梦琳……你那宝贝小女儿梦琳,你得管一管了!"光辉灯具厂的齐厂长,一副好好先生相的胖圆脸上紧皱着眉头,在倪家客堂间的沙发上一坐下来,就讲开了,"再不管,她在厂里可就成了众矢之的,成了风流人物了!"

"啥?风流……"

"是啊！这几年,她在宣传科干得好好的,厂里好多人都夸她。这次也不晓得是受了啥影响,多半是同那些讲吃讲穿的女工混得太熟了,她会跳出来说那么一番话……"

"到底是哪一桩事?"

"厂里贴出了张宣传画,画面上是个喜好穿着打扮的姑娘,站在光荣榜跟前低着头沉思。团总支买了这张画在每个车间张贴,目的就是想教育教育那些一天到夜只晓得买衣料、裁衣片、讲吃讲穿的青工。这张画贴出来之后,引起厂里青年工人一番自发的辩论,有的说这张画好,有的说好个屁,双方争得很激烈。团总支根据我们的意见,组织了讨论会,想以这种形式,引导青工走正道。不料,就在讨论会上梦琳讲了一大段话,一下子把个好端端的讨论会搅了。团总支、我们厂领导中好几个人,对她都是一肚皮意见。有人正式向总支书记提出,说梦琳有这种思想,不能在宣传科干,要她下车间当工人。你看看,倪院长,我这个当厂长的……"

倪院长相信,齐厂长讲的全是真心话。不是碰到左右为难的事,他绝不会专程上门的。瞧,他还专门挑梦琳上班的时候到家里来,可见用心良苦。倪院长的眉心也皱了起来:

"梦琳在讨论会上讲点啥?"

"你可以听听。"齐厂长从那只早已过时的人造革提包里,拿出一只单声道收录机,在手里扬了扬,道:"我把团干部录下的磁带带来了。"

梦琳的发言是以瞧不起人的口气开始的:

"哎,你算了吧,让我也讲几句。大家看看啊,看啊!先仔细看看这幅画,看看这位女青工。瞧,她的梳妆自然、大胆,衣着新颖、不落俗套,我也真希望穿这么一身服装来上班……"

一阵笑声逼得梦琳的话停顿了片刻。声音是现场录下来的,形象极了。倪院长闭目听着,真以为梦琳就在他跟前说这一番话。

"你们只要长着眼睛,就能看到,这姑娘漂亮极了,体态秀美苗条,加上画家那明亮和谐的色彩、细腻动人的造型,确确实实地给人一种美的感觉。然而,不难看出,这幅画的主题,却是在谴责这种美、排斥这种美,把某些青年身上的消极因素归罪于这种美,十分明显地在爱美与先进人物之间划了一条鸿沟。借此告诉欣赏的人,追求生活的美和模范人物是互相对立的。女青年工人之所以上不了光荣榜,就是由于她那身打扮。爱美就不能当先进;反过来,先进青年就不能爱美,只能穿肥大的工作服,看不出腰身的箩筐裤子。难道这不荒唐吗?……"

一阵哄笑声再次打断了梦琳的话。即使是在录音磁带里,倪院长也能听出来,这阵笑声是那么放肆、那么粗野,明显地带着对梦琳的赞赏。

"画面上表现的,女青年工人站在光荣榜面前沉思默想的,恰恰是在美和先进之间进行痛苦的抉择。我认为,这样的立意本身就不值得团组织兴师动众地宣扬,别说还要引导我们什么什么啦……"

"讲得对头!"

"全是阿拉的心里话!"

"不要看她像个嗲妹妹,心思同我们是一样的!"

……

就是梦琳这番无法无天的讲话,促使倪院长下了决心:请厂里把她调出宣传科,安排到一个日常接触人较少的部门去。

倪院长晓得,齐厂长是会办的,他是会给自己这点面子的。还在梦琳读名义上的高中时,齐厂长的女儿患风湿性心脏病,屡治不愈,发育之后也无好转,已到了非动手术不行的地步。而这种手术的成功率也不是很高的。由于齐厂长女儿的心脏病拖的时间长,主刀的中年医生也感到没有把握,照惯例,院长找来了齐厂长夫妇,郑重地进行了一次谈话,对夫妇俩摊了牌:不动手术,拖下去,孩子只有一个归宿;动手术,有可能好,但没有绝对把握,要有思想准备。家属有什么想法和要求,可以坦率提出来。齐厂长也不知是怎么晓得倪维宇这个名字的,他提出要求,让倪维宇大夫主刀。由倪大夫主刀,即使女儿有个三长两短,他也认命。倪维宇答应了他的要求,为他女儿动了手术。术后那姑娘痊愈得快极了。倪维宇非常高兴,他对齐厂长说,这是姑娘青春蓬勃的生命力战胜了死亡,恢复得那么快,简直算得上奇迹。而齐厂长却认定,是倪大夫妙手回春,救了他女儿一条命。他要对倪大夫有所报答,于是乎,他对倪大夫大谈了一番灯具经,从皇冠壁灯、绣球罩壁灯,谈到松花罩吊灯、菠萝吊灯,又从各式吊灯,谈到玉橘吸顶灯、变色缀景灯、海狮母子台灯……倪维宇虽说是美国纽约州约翰·霍普金斯医学院的博士,见过大世面,但也从未想到,光是灯具,就有那么多花样。有辰光的时候,听齐厂长讲讲,倒是一件开眼界、长知识的事。齐厂长讲这番灯具经,意思很明白,你倪大夫喜欢哪一种,只管开口好了。齐厂长还告诉倪大夫,在光辉灯具厂有个不成文的规矩:凡本厂职工,每年可以按成本价钿买两件灯具,不属于"后门"之类。倪大夫完全懂得齐厂长的心意,但他对齐厂长的好意婉辞了。为此,齐厂长总觉得过意不去。当在无意中听说梦琳没有考上大学,考工时被手工业局录取以后,他主动跑到局里面劳资处,把梦琳要到光辉灯具厂,并且把她分到厂宣传科当了轻轻松松的小科员。

现在,梦琳自己不争气,倪院长主动提出把她调离宣传科,想来齐厂长是会办到的。

果然,在倪院长说过这话后不久,齐厂长的电话来了:厂里想把梦琳调到灯具展销门市部去,不是当营业员,而是在门市部里面坐写字间。一间办公室里,天天上班的只有四个人,加上营业员,整个门市部也只十三个人,接触面是不大的。

倪院长当然是满心欢喜,十分中意咯。

他哪里想到,梦琳去门市部仅仅一年,又会出事情呢!找上了一个鳏夫,一个"拖油瓶"①!倪院长心中郁积着不可抑制的怒火。真亏她做得出来,这个梦琳,她把自己这个当父亲的台全坍尽了!

而倪院长更为恼火、更为说不出来的,是梦琳的这次所谓恋爱,恰恰是在他的导演之下发生的。要是他不授意齐厂长调动梦琳的工作,也许梦琳永远不可能认识那个三十多岁的"拖油瓶"!

"……公鸡渴得忍不住了,也去喝水。斑鸠说:叫你挖塘你不挖,别人挖好你享现成的。你这种懒汉呀,雷公公会把你劈死……外公、外公",刚满六岁的外孙女眉眉手里捧着一本彩色连环画,一边有口无心地念着,一边走进客堂间来喊倪院长。

倪院长瞅了一眼眉眉,敷衍道:"唔,眉眉,你嘴巴里读啥?"

---

① 在旧社会,上海一带习惯于把带着儿女改嫁的妇女蔑称为"拖油瓶",而在这里,倪维宇等是故意借用这称呼,以表示对梦琳的男朋友李阵的蔑视。

"讲故事,我都背得下来啦。外公,你看我背得对不对?"眉眉把彩色连环画塞到外公怀里来,不待他翻开,便又昂着脑袋朗声背下去,"公鸡害怕天上的雷公公来劈它,喝一口水,又抬起头望望天。再喝一口水,又抬起头望望天。外公,你看着书呀,看我背得对吗?"

倪院长还没找到外孙女背的那一页呢,他点着头说:"背得对,对……"

眉眉又继续往下背:"从此,它每喝一口水,都要抬一次头。"

"嗬,有意思。眉眉,你的故事很有意思。"倪院长瞅着外孙女一副天真的样子,郁闷恼怒的情绪稍好了些,他揪揪眉眉的小辫子说,"外公像你这么大的时候,可念不到这么有意思的书……"

"那你念什么呢?"

"念啊,哎,你听着,"倪院长翕着眼睑,摇头晃脑地用拖腔背道,"天子重英豪,文章教尔曹,万般皆下品,唯有读书高。少小必勤学,文章可立身……"

"听不懂,听不懂。"眉眉吵嚷起来打断了外公的朗读,"你是老和尚念经……"

"啥?"倪院长的两只眼睛一睁。

"老和尚念经。我不要听,不要听!"眉眉用两只手去塞耳朵,撒起娇来。

门外,响起梦颖的叫声:"眉眉,喊你叫外公的,你叫到哪里去了?"

眉眉被这一喊声提醒,两只手从耳朵上放下来了,正正经经地说:

"外公,外婆喊你吃饭了。"

"哦。"倪院长不觉环顾了一下客堂间,只顾凝神沉思,没察觉天色已暗下来了,"那我们一道去洗手,好吗?"

"我洗了,外公。"

"乖。"倪院长牵着眉眉的手走出客堂,随口问了一句,"小阿姨回来了吗?"

"没有。"

倪院长心头又是一阵不悦。吃晚饭时间还不回来,野到哪里去了呢?会不会是那个"拖油瓶"把梦琳骗出去了?

走到客堂左侧,步入六级楼梯,在浴间里洗净了手,倪院长又顺梯而上,来到灶间里吃晚饭。

灶间里的饭桌已经拉出来,六菜一汤和碗筷全已摆好。盛好的几碗饭,冒着缕缕热气。大女儿梦颖在替眉眉安小饭桌,一只方凳边放一只小矮凳、一碗饭、一碟子菜。这是倪院长家的规矩:小孩子十岁之前,一律不能与大人同桌吃饭。大女婿源华在水池边搓揩布,水哗啦哗啦响。三儿子梦岩和三媳妇于蓓莉,木然靠壁站着,见倪院长走进灶间,各人轻轻叫了声爸爸。周静梅见倪院长走进灶间,就放声说:

"爸爸来了,坐下吃饭吧。不要等梦琳了。"

倪院长落座之后,几个子女跟着坐下来。照例,大女儿夫妇坐一侧,三儿子夫妇坐一侧,倪院长和老伴各坐一边。倪院长瞥了少言寡语的梦岩一眼,问:

"梦琳为啥不回来,打过电话回家吗?"

"噢,爸爸,她给我打过电话。"媳妇于蓓莉接嘴说,"打到我单位里来的。"

"怎么讲?"

"梦琳说晚饭不要等,她有事。"

"有啥事情?"

"她没说,我也没问。不过大概是学习、开会什么的吧,常有的事。"

是的,是常有的事。以前倪院长从不会生心,但今天不一样。

尽管盛好的饭在凉下来,倪院长不端碗,其他人一个也不会动筷。倪院长询问似的瞅了蓓莉秀气端雅的脸一眼:"你们近来察觉梦琳有啥异样吗?"

蓓莉一愣,眨眨眼睛,摇摇头。

倪院长视线又落到梦颖脸上:"你呢?"

"看不出来,爸爸。"

"做哥哥姐姐的,要关心一下妹妹的事。"倪院长显然带点不满地说,"梦琳平时疯疯癫癫、痴头怪脑的,热情有余⋯⋯"

"我感觉,她好像在谈恋爱。"梦岩忽然没头没脑地插了一句。

"你从哪里感觉的?我怎么一点看不出来?"周静梅把一钵大汤黄鱼端放在桌子中间,转脸向儿子。

梦岩不及答话,倪院长冷冷地说:"都像你一样,女儿被人卖了,也不晓得。"

周静梅瞅了丈夫一眼,抿抿嘴,低头解下围腰,在桌子一边坐下,摆弄着象牙筷。

大女婿最后一个落座,他搓搓手说:"梦岩讲得对。梦琳是在谈恋爱。"

倪院长端起饭碗,拿筷头一点他:"源华,你从啥地方看出来?"

"嗨嗨,男大当婚,女大当嫁。阿拉厂里像梦琳一样的小姑娘,谈恋爱全成精了,啥不懂?"金源华的嗓门大,讲起话来眉飞色舞,兴致勃勃。梦颖见他一开口,脸上就带了不自然的神色,直拿眼角瞅他。可他全然没看见,照样讲自己的:"到啥店里去吃点心,怎么吊男方的胃口,到了什么程度把男方公开带出来,哎呀,花样经透了! 乌七八糟的事情也出得多,艺徒没满师,肚皮先弄大了的事情有,脚踏两只船、三只船,同时接受几方礼物的有。就拿我们金工二电气组那个姑娘来讲吧,姓王……"

"源华,眉眉要吃线粉,你给她添点。"梦颖扯了一下金源华的衣袖,两眼使劲瞪着他说。

"噢,好的、好的!"金源华瞅了妻子一眼,朗声答应,"眉眉,爸爸给你夹线粉来。"

夹完线粉,金源华回过头来又说:"反正叫你们做梦也想不到,那种事情都是二十来岁的小姑娘做出来的! 讲起来几天几夜也讲不完……"

"吃饭吧!"梦颖微蹙着眉头,低声咕噜道,"都听你讲,饭菜全凉了。"

金源华转脸瞥了梦颖一眼,似从她的脸色中悟出了啥意思,嗯嗯两声,不再吭气了。

倪院长看得出,梦颖两次插话,都是在打断源华的话头,示意他别说了。幸好金源华脾气好,对丈人、丈母、妻子,什么事儿都是百依百顺的,而且从不会露出半点不悦的表情,似乎别人抢白他、打断他的话,并没伤害他的自尊心一般。这在倪院长的子女当中,几乎是不可想象的。为此,倪院长比较偏爱金源华。特别是在众子女跟前,他更愿意表示自己的这点偏爱。一来,这体现了他的民主和随和。就地位和身份而言,源华是个干粗活的工人,他在这个家庭里,和其他人对比是很明显的,但他照样生活得如鱼得水,自由自在,证明了倪院长的开明。二来,源华的个性,证实了倪院长对婚姻、对家庭的看法。他历来认为,世间从来不会有绝无半点矛盾的家庭,而要解决这些矛盾,最好的办法就是宽容和谦让。此刻,看到梦颖两次截断源华的话,倪院长还是觉得大女儿做得过了,他伸出左手,拍拍梦颖的手臂说:

"梦颖,你让源华说下去嘛! 你们说对不对啊?"

倪院长又把脸转向儿子、儿媳妇。

"对,爸爸。"于蓓莉一边咀嚼一边道,"姐夫讲的事情,我们听来都是蛮新鲜的。姐夫,你讲啊!"

"嘿嘿。"金源华带点畏惧地斜了梦颖一眼,笑着道,"我是乱说一气,听你们讲,听你们讲。"

梦颖的脸色有点不自然。

倪院长心里说,当女儿的,有个这样规矩听话的丈夫,该知足了。他把脸转向儿子:

"梦岩,你说梦琳像在谈恋爱,有啥依据?"

"还有啥依据啊!嘻嘻。"于蓓莉先乐了,"只要看看梦琳梳头时那个认真劲儿,就感觉出来了。"

"不。"梦岩正色道,"小妹亲口和我讲过……"

周静梅一脸紧张地插进话来:"她讲啥?"

"你别打岔。"倪院长一摆手阻止老伴,"讲下去。"

"梦琳问我,要是一个姑娘,很愿意接近一个男的,这是不是爱情?"梦岩讲话时,整个饭桌上都静下来了,唯有眉眉用瓷匙舀饭吃的声音不时传来,"我说,这可以认为是爱情的前奏……"

"你倒是蛮有经验的。"于蓓莉朝丈夫翻了一个白眼。

"我从未有过实践。"梦岩彬彬有礼地转过头去,一本正经地对妻子道。

于蓓莉嘴角一努,还要说些什么。倪院长的眉头皱起来了,这对夫妇,总喜欢把拌嘴当成逗乐,也不分个场合,还像新婚那几天一样哩!真是的,他们该有个孩子了。

"小妹怎么讲,你说啊!"梦颖催促了。

"小妹自言自语的,像咀嚼姆妈做的红烧鸡一样,翻来覆去地说:爱情的前奏,爱情的前奏……"

"念念有词。"于蓓莉笑了。

"这也不能证明小妹在谈恋爱呀!"金源华提出异议了。

梦颖吃了一惊般把背脊往椅背上一靠,情不自禁地横掠了金源华一眼。

金源华觉察了,埋头扒饭。

倪院长瞅了老伴一眼,以肯定的语气道:"这说明她是在恋爱。老太婆,她同你谈过吗?"

周静梅微胖的圆脸上略呈惊讶:"没有,梦琳从没同我讲过。"

倪院长不再望着老伴了,他用筷子细细地扒了两口饭,一面咀嚼,一面沉吟片刻,继而环顾了四个子女一眼,斟酌着字眼道:

"说起梦琳,年龄也不小了,是到了谈恋爱的时候。是哪个伟人说的,世上有多少婚姻,就有多少种恋爱经历,有高尚的,势必也有卑下的;有正正经经的,也不免有瞎七搭八的。梦琳虽然二十出了头,只怪我和你们的姆妈,对她从小管教不够,让她任性过了头;这么大的事情她也不同家里人通个气,有点不像话。不过,从现在开始,我们一道注意起来,不会算迟吧。大家都留点神吧。当然啰,我们不是要干涉她的恋爱,只是替她递点主意,参谋参谋,让她不要在这种事情上跌跟斗。你们都懂得的,一个人在这种事情上跌个跟斗,往往就要影响一辈子。"

对周静梅和子女们来讲,倪院长这番话,在家庭里就算是"最高指示"了。大家都凝神屏息地倾听着,谁都没有表示异议。

二

二十世纪八十年代一个普普通通的春夜来到了幽静住宅地段的同祥里。

暖融融的春风里,飘荡着从哪家阳台上传来的笛声。弄堂里,自行车铃声和收音机里沪剧的唱腔混杂在一起,电视里正在播放《新闻联播》节目,播音员标准的普通话在夜空里形成一股嗡嗡响的共鸣音。

在同祥里,家家户户都有电视机,大的或是小的,黑白的或是彩色的。住得密集,到了时间,静心坐下来,不开电视机,也可以听到从邻居家传来的声音。

左侧第五支弄12号里的倪家,这天晚上几乎和所有的晚上一样,没啥异样的迹象。

至少在梦岩的感觉上是这个样子。

吃过晚饭,爸爸踱进后厢房改建的客厅去看电视,每天的《新闻联播》,爸爸是不会漏掉的。妈妈照例还要在厨房里归整一番。而洗碗、抹桌子、冲开水一类事情,则由姐夫源华包了。至于梦岩呢,一搁下碗筷,就抓紧洗漱,接着,就步上楼梯,踏进被上海人称为假三层的阁楼。

名谓阁楼,实际是一间相当宽敞的房间,足有二三十个平方米。但是,在二十世纪六十年代时,它却的的确确是一间堆放陈物的小阁楼。一直到一九七八、一九七九年,插队落户的二女儿梦湖回到了上海,由于崇明农场考进大学的梦岩准备成家,梦颖生了小眉眉,梦琳又长成了大姑娘,倪家才请房管局来人把三层阁楼的屋顶抬高,把原来仅供通风透气的小窗户改为豁亮的老虎天窗。房间改建完毕,虽不甚正规,但梦岩已相当满足了。和他那些因缺房而不能结婚的农场职工、同学比起来,他简直是个天之骄子。婚后,他同在出版社当编务的于蓓莉就生活在这么个"领地"里。蓓莉是个小说迷,梦岩在复旦大学历史系读研究生,专修美国历史,要伏案工作,小夫妇俩就在里外两扇老虎天窗下各安了一张写字台,一个看小说,一个做学问,互不干扰。

梦岩在外面的写字台旁坐定下来,脚往斜里一伸,揿亮了键盘式台灯,就捧过一本《美国史》,啪啦啪啦打开来。

蓓莉紧跟着他上了楼,走到他坐的圈手椅旁,在他的椅把上一倚,手轻轻搭上了他的肩膀说:

"一吃过饭就看书啊!爸爸会说你不讲卫生。"

梦岩仰起头来,回眸瞅她一眼:"你有什么事儿?"

"你发现了吗?"蓓莉头一偏,"爸爸今天对梦琳的恋爱格外关注。"

"他总是这样,关心得太过分。"梦岩冷冷地说。

"太过分?"

"是啊!"梦岩叹了一口气,"有时候,对子女关心得过分不见得是好事。"

"怎么可以这样说……"

"事实如此。"

"事实……如此?"于蓓莉眨巴眨巴一双晶莹透亮的眼睛,白皙细嫩的脸上露出股沉思的神情。

"你今晚上不看电视?"梦岩不想谈下去,把书打开问道。他记得,以往,蓓莉天天晚上要在客厅里看一会儿电视才上楼的。

蓓莉笑了。她笑的时候,奶油色的脸上显得格外甜,格外带点儿稚气:

"不看电视。我想邀你去看电影……"

"看电影?"梦岩一怔,"什么电影?"

"单位里买的票,新片子。"蓓莉一面说,一面掏出电影票来,"是日本电影《海峡》……"

"我看过了。"

"你什么时候看的?"

"前几天。"

"前几天?哪一天呀?"

"星期二下午,校园里太闹,读不进书,我骑着自行车出来,买了张电影票……"

"一个人看的?"

"一个人。"

于蓓莉把两张蓝色的电影票一撕,愤愤地朝地上一扔,离开了梦岩的圈手椅。

梦岩埋下头,目不斜视地读起《美国史》来。蓓莉扑倒在席梦思床上,拼命克制的啜泣声,他只当作没听见。

不安定的美国在向西部发展的时代,辉格党呼喊着"一直把球滚向华盛顿"。竞选出来的第九位总统威廉·亨利·哈里森究竟有多大"功绩",必须弄得清清楚楚,既不能夸大,也不能抹杀,他毕竟只当了几十天的总统呀……

"不行,我受不了!"于蓓莉猛地从床上跃了起来,她直扑到门边,把房门砰的一声关上,而后朝梦岩走来,右手的食指点着他额头,齿缝里迸出嘶嘶的声音道,"梦岩,把书放下!"

"做啥呀?"梦岩装作诧异地搁下《美国史》,慢条斯理地仰起脸来。

"你得给我讲清楚,为什么这样对待我?"于蓓莉的眼里噙满了泪。

"我在哪里伤害了你呀?没陪你去看电影吗?哦,这电影我看过了,直倒胃口,一点也不好看。你一定要去看,炒一遍冷饭,我陪你去就是了。"梦岩边说边俯首寻找那两张被撕毁的电影票。

于蓓莉气恼地一踩脚:"不光是看电影……"

"那还有啥?"

"你心里头清楚!"

"我……哈,我确实不知道在哪儿得罪了你呀。"

"好,我问你,我放在你桌子上的那本书,你看过吗?"

"哪一本书?"

"就是这本!"于蓓莉从好几本精装的英语词典下面,抽出了一本厚厚的《青年生活指导》,重重地往梦岩面前一放。

"嗬,是这本啊,我看了……"

"撒谎。"

"是翻过一下的嘛。"

"那好,我问你。我嫁给你,是到你家来当花瓶供着的呢,还是专门来看你脸色的?"

梦岩不自然地转了一下活动灯罩。

"你说呀!"蓓莉催促道,"难道结婚后就该像你这样对待我吗?不冷不热,不阴不阳,天天夜里,等人家睡熟了,你都不上床来……"

梦岩拿过那本厚厚的《青年生活指导》,抚摸了一下烫塑封面。他当然看过这本书咯!书里面有整整一章,谈到怎样过好新婚时的夫妇生活,包括怎样处理男女间的那种事。况且,他也完全理解,为什么蓓莉找这本书给他看。但这几天来,他一直在装糊涂;这会儿,他只得仰起脸来瞅着于蓓莉,抱歉地一笑说:

"看我呀,只顾着啃书,啥都忘了。你在我桌子上放这本书,我翻了一下,心里说,看这种书有啥意思啊,就搁在一边了,我没有想到你的用意。"

蓓莉的脸微微一红,梦岩赔罪的脸色消了她一多半气。

"蓓莉,原谅我。"梦岩真诚地离座走近蓓莉。

"看书,看书,一天到夜只晓得看书,看你的魂灵头。你为啥不同书去结婚呢?"蓓莉的气全消了,但又不好意思马上露出逗人的笑脸,只得故意噘起嘴,找话嗔怪着梦岩。最终,还是忍不住笑了:"要我原谅,那好办,你要听我的。"

"行啊!要我陪你看电影?"

"不,你看过的,不去看了!"

"那我们干什么?"

"我要你陪我坐着!"

"陪你坐着?"

"你不愿意?"

"哦,愿意、愿意的。"

"那好。"于蓓莉伸出手来,亲热地挽着他的臂膀,并肩走到床沿边坐下来,"梦岩,看着我。"

梦岩定睛瞅着妻子。于蓓莉有一张姣好而妩媚的脸,五官眉宇之间,透着一股纯真的稚气。梦岩哪能看不出妻子的情意啊!他须极力镇定着,才不致流露出心不在焉的失魄样儿,不致流露出心底时常泛起的愧疚。

蓓莉的双手搂着梦岩的腰,悄声耳语般问:"梦岩,我有什么地方不顺你的意吗?"

"啊,没、没有,绝没有。"

"那……我在什么地方无意中惹你不快了……爸爸总说我太任性,不会体贴人。"

"也没有。"

"这么说,只因为你太用功,把我忘在一边了?"

"这不好,蓓莉,以后我一定改。其实,你也晓得的,读研究生期间,关键是……"

"我懂得的,爸爸提醒过我……梦岩,吻吻我。"

梦岩迟疑了三五秒钟,继而垂下脸去,耸起嘴唇,笨拙地吻了一下蓓莉。

他的唇刚一和蓓莉湿润饱满的嘴唇相触,蓓莉就紧紧地抱住了他的颈项,两片嘴唇热烈地回吻着他,久久地不愿分开。

梦岩起先是完成任务似的吻着蓓莉,当蓓莉一阵比一阵热情地回吻他时,他也从蓓莉温馨的吻里受到了感染,带着一点怜悯,带着一阵爱的冲动,有力地吻着妻子。

这是一次令人销魂荡魄的长吻。

"梦岩,听我说。"

"嗯。"

"今晚上不要用功,早点休息。"

"好的。"

"你知道,我盼着快有个孩子……"

"嗯……"梦岩的声音低得连他自己大概也听不见。

"去吧,把台灯关了。"

走向台灯的那一瞬间,梦岩只觉得台灯旁恍恍惚惚闪过一个人影。他想定一定神,脚步却像醉汉一般闪了闪,他几乎是斜着肩膀扑到写字台上去的。台灯鲜红色的键盘醒目地泛着光,他却摸索了几次,才按准了比拇指大一点的键盘。屋里顿时变成一片晦暗,走到床边去的时候,梦岩心里却觉得,像是跌进了黑黝黝的深渊。

弟弟屋里这么早就熄了灯,倒是一件稀奇事。哪天晚上,阁楼上两扇老虎天窗的灯光不要亮到半夜啊!

这么说,蓓莉平时的忧郁,她的焦躁和不安,全是多余的。她隐隐约约透露的对婚后生活的失望,她的寂寞感,正在消逝。

祝福你,蓓莉。愿你和梦岩的姻缘美满、幸福,愿你再也别用那种祈求般的目光瞅人。

梦颖伫立在前厢房的窗户旁,昂首凝视着突出屋顶的两扇老虎天窗出神。

"妈妈,来给我讲故事!"眉眉躺在床上叫。

梦颖答应一声,回到床上,斜倚着双人床的床横板,翻开了眉眉递给她的一本书,就着床头的壁灯道:

"看好,眉眉,你数数看,海洋里有哪几种动物?有多少条鱼?"

"妈妈,我要你数。"

"不,该你数。乖眉眉,数数看!"

"一、二、三……"眉眉的小手点着画面,慢吞吞地数起来。

后厢房里的电视机已经关闭了。金源华在挪动沙发椅、小沙发,顺手把踩脏的地板扫干净。从没关严的门缝里,能看到他俯身扫地的身影,那肌肉发达的身躯映在墙上,更显得硕实强壮,精力无限。要晓得,他在厂里已经干了足足八小时的翻砂活了呀!真不可思议,他那么充沛的精力是从哪儿来的?也许,正是他强健的体魄,才使得他的智力那么迟钝的吧。在家里,许多杂七杂八的家务事都压在了他身上：每天晚饭后洗碗、抹桌子、扫地，都是他；倒垃圾、卖废报纸等等，也都由他承担下来。不是说他不该干这些家务事，就像爸爸讲的，总要有人牺牲休息时间去做的。问题是他干得那么有滋有味，完全沉醉在做这些琐碎事情的喜悦之中，简直令人不可理解。尤其是他每次卖脱废报纸回来，把卖得的钱交给妈妈时，梦颖总要避开。

"姆妈，喏，给你，这是废报纸和废瓶卖脱的钱，你点点看。"

"好的、好的。"妈妈接过钱，总是点也不点，就往衣袋里塞，或者转身塞进眉眉的衣兜，"眉眉，这些钱给你买玩具，买小图书。"

每当这时候，源华就会喜滋滋地搓着手，兴致勃勃地对丈母娘讲：

"姆妈，废品回收站的人门槛精透了，明明是三斤八两报纸，偏要讲是三斤半，我不盯牢点，又给他赚去三两的钱了……"

"哦，源华，这种事以后就随便点。"

"不能给他们白赚去，姆妈！"源华正色道，"这三两报纸的钱，又不是给国家赚去，肯定是给他们贪污了！"

"人家不会那么贱，赚三两报纸的钱。"

"会的，姆妈，一个人头上刮三两，十个人头上就刮三斤，每天有多少人到废品回收站卖东西呀！不能那么便宜了他们。"

梦颖感到可怕极了。只有妈妈有耐心同源华唠叨这些闲话，梦颖不是拿背脊对着他，就是急急地拉着眉眉的手离开灶间（如果眉眉在场的话）。她有什么办法呢，沉着脸呵斥他，点着他鼻子骂几声，或者干脆打断他的话，梦颖做不出来；即使这么干了，她认定，源华也是不会服气的。他自有他的道理。记得那是他们新婚头一年里的事情。家里杀鸡，源华操刀放了血，煺尽鸡毛，挖出五脏六腑。清洗鸡肫时，源华小心翼翼地撕下那张鸡肫皮，然后摊到阳台的栏杆上去晒干。当天下午，他把一畚箕鸡毛和晒干的鸡肫皮一起，端到弄堂里去了。不论是爸爸妈妈弟弟妹妹，还是梦颖，都以为他把鸡毛倒进垃圾桶里去了。哪里想到，梦颖下楼路过这灶披间，板箱店老板带着笑对她说：

"梦颖，你嫁了一个模范丈夫呀！"

"哪里……"梦颖既像是否认，又像是喃喃自语般地回答一句。

"你不要不承认，"板箱店老板挺着他那高大魁伟的身躯，一本正经地说，

"要我看啊,你们倪家里,就是源华这个女婿做人家①。"

梦颖好奇地问了一句:"他来我家才多久啊,你怎么看得出来?"

"梦颖,这方面,我要喊你一声小妹妹了!旧社会,我开板箱店的时候,社会上三教九流,啥没见过?哪种人未打过交道?这双眼睛,就是那时候练出来的!"板箱店老板带点自夸地说,"我从一桩事体就可以认定一个人!你那个源华,刚才端着一畚箕鸡毛,还有一张鸡肫皮,到废品回收站和中药店去卖,能卖得五分钱呢……"

"啊!"

简直是闻所未闻。

梦颖的两眼随着惊骇不解而瞪直了,板箱店老板用赞赏的口吻又讲了点啥,灶披间里的邻居是怎样齐声笑起来的,梦颖都视而不见,听而不闻;她下楼来要办什么事,也全都忘了!她只觉得头脑发胀,浑身的血液在奔涌、在沸腾,仿佛顷刻间都要从血管里喷洒出来。想到源华端着满满一畚箕鸡毛,在同祥里这么大一条弄堂中招摇过市,还要斜穿过马路,到废品回收站去卖;想到源华五大三粗一个堂堂大汉,拿着一张小小的鸡肫皮走进保重道大药房……梦颖的汗毛全竖了起来。这个人,这么样一个人,竟然是她的丈夫!她选中的终身伴侣。

"姆妈,这是卖鸡毛和鸡肫皮的五分钱。鸡毛卖二分,鸡肫皮没有撕坏,卖三分!"

当源华拎着畚箕,走进灶披间,把一枚五分的镍币搁在桌子角上,交给妈妈的时候,梦颖人几乎要倒在地上。他怎么会选择全家人都在灶披间里的当儿,说出这种话来呢!梦颖脸色惨白地翕着眼睑,极力克制着自己想要呵斥他几声的怒气。

她注意到,全家人的目光,不约而同地盯在桌角那五分币上,而后又默默地移到了她的脸上。只有妈妈依然耐心地回答源华的话:

"好、好的,源华。不过,为五分钱,以后你不要穿弄堂、过马路地去跑腿了。"

"这有啥呀,姆妈。走这几步路,对我来讲,就同踏死一只苍蝇样容易。"他

---

① 做人家,上海话,勤俭、节约的意思,稍带一点贬义。

粗声粗气地回答。

"你想想嘛,端只畚箕走那么长一截弄堂,成何体统?"当天夜里,梦颖终于忍不住满脸的愠意对源华抱怨着,"你在弄堂里一走不要紧,我们倪家的台,全坍尽了。"

"有啥坍台的,鸡毛鸡肫倒进垃圾桶,不白白浪费了?"源华反驳说,"再讲,国家药店和废品回收站,到处宣传收购鸡毛、鸡肫皮呢!听说,鸡肫皮收去是做药的,病人……"

他越说越远了。

梦颖气得声音都在颤抖:"我们家不少这五分钱……"

"我晓得。爸爸是名医生,钱多。你们家的人用钱不在乎。可我们家不一样,我从小过惯了穷日子,晓得钱来之不易……"

"可人活着,不单是为了钱。人还得讲面子……"

"饿着肚皮,也去讲面子?"

"跟你讲不清楚!"

"怎么讲不清楚了?是我端畚箕出去的,要坍台也是我坍,碍你什么事了?你要是过一阵苦日子,就会懂……"

他愈讲愈有理了。梦颖气得嘶声吼了起来:"你这个白痴!"

梦颖一发脾气,源华当即就软下来了,他畏惧地瞅着她,慌张地问:

"怎么了,你怎么了?我说错了吗?"

显然,小两口的意见分歧被爸爸听见了。第二天,爸爸和蔼地对梦颖说:"有些事儿,不要去苛求源华。他是在另外一种环境里长大的,看法和我们不同。你要学会谅解他。"

爸爸并没有责怪源华,这就是说,他并不认为源华坍了他的台。这一来,倒弄得梦颖不能理解自己的父亲了。而她的心灵深处,常常犹如大海的波涛,难以平静……

"妈妈,妈妈,我数清楚了!"梦颖的沉思被眉眉的尖叫声打断了,眉眉扯住她的衣领嚷嚷着:"一共有十七条鱼,十七条,对吗?"

源华走进屋来,瞥了一眼床上的母女俩说:"眉眉,不要吵,睡觉吧。"

"妈妈在教我数鱼,我不睡。"

"哎呀,多费啥神呀!过一年,眉眉就读书了,反正有老师会教她。睡吧、睡吧!"

"自己不教眉眉,还来泼冷水。"梦颖支身坐起,不悦地沉着脸道,"要睡你睡吧,别来打乱眉眉学数数。"

"睡觉也是要紧的,梦颖。"

"喊你少管少管,你啰唆啥呀!"

"要你早点休息也有错吗?"源华委屈地嘟哝着。

"你就是爱管闲事,"梦颖离床站起来说,"吃晚饭时,爸爸问小妹的事,你净扯些啥呀,乱七八糟的……"

"我讲的都是大实话。"

"你的话直叫人反胃。"

"哎呀,梦颖,你轻点声,爸爸妈妈还没睡呢!"

梦颖不吭气了。不知不觉间,她的嗓门就提高了。这种情况,近年来逐渐频繁。她自己也说不透是什么原因。只要一看到源华的身影,一听他在家人面前说话,她就感到烦躁,感到坐立不安,感到一种掩饰不住的厌恶。天哪,这叫她的心灵怎么能不泛起波澜呢!

她呆痴痴地伫立了片刻,陡地,一抽身走出了前厢房。

"妈妈,我要妈妈。"眉眉放声喊了起来。

"噢,眉眉,不要闹,妈妈一会儿就进来,一会儿就进来。"源华立刻哄着眉眉,让孩子安静下来,"来,我来教你数,我和你一道来数。三只虾,两只螃蟹,十二条鱼……"

好像是胸口,又像是喉咙头,堵着一块什么沉甸甸的东西似的,倪院长觉得呼吸都不舒畅了。

那本总结他一生手术经验的著作稿,是他每天晚上都要坐在灯前写上一节的,昨晚上正写到膝关节半月板切除术那个例子,时已近半夜,他有点不舍地搁下了笔。本想今晚上一气把这个例子写完,可此刻,稿子还锁在抽屉里,一本本参阅书籍,都还整齐地堆在写字台一侧,倪院长根本无心去翻动一下。

梦琳的事,把他的心绪全搅乱了,把他井然有序的作息时间表,也全打乱了。

"大汤黄鱼还入味吗?"周静梅柔声地问丈夫。

"啊!"倪院长脑子里还在想着梦琳的事情。

"今天买到新鲜的大黄鱼,我用腌芥菜烧的,同用雪里蕻咸菜烧出来的,味道不一样吧!"

天晓得。倪院长吃夜饭时,竟然一点不晓得饭桌上有这钵菜。平时,家常菜中,他是最喜欢吃这道菜的呀。见老伴两眼睁得大大地盯着自己,倪院长胡乱点点头,含糊其词地说:

"嗯嗯,味道不一样,是另一种鲜。"

"你好像是没有吃出味来。"

"吃是吃了,没细细地品一品。"倪院长有点抱歉地说。

老伴白净圆润的脸庞探过来了:"梦琳的事儿,真有那么严重了?"

"她轧朋友我不反对,二十五六岁的人了,也谈得恋爱了。可她轧的是个啥朋友呀……"

"啥朋友?"

"拖油瓶。"

"哎呀呀,这个梦琳,真是困扁了头,昏了!上海滩男子汉千千万,闭着眼睛去拉,也不会拉回一个'拖油瓶'来呀!"

"我问你,平时她同你一直嘀嘀咕咕的,从来没跟你透露过吗?"

"没有呀!"周静梅大感冤枉地眨着眼睛,"她和我讲了,我会不告诉你?"

"那也不一定。"倪院长一闭眼说。他相信,母女之间瞒着他一点什么,肯定是有的,"要我讲啊,梦琳变成这个样子,你是第一个有责任的。"

老伴慌得退坐到床沿上:"我?"

"是啊,天天在家里,光用眼睛看,也看得出一点花样来了。梦琳的变化,你就看不出来?"

"我不是也同你一样,"周静梅烦恼地辩解着,"只以为她二十五六岁了,在外面谈朋友,也是正当事……"

"正当事!哼……"

门上笃笃响了两下,跟着,女婿源华在门外面唤:

"爸爸,姆妈。"

老伴走过去,把虚掩着的门打开:"源华有事吗？进来啊！"

金源华朝通阳台的楼梯瞥了一眼,一步踅进客堂间,不待两位老人发问,就说:

"我是来讲点情况的。吃夜饭时,人多不好讲。"

"啥情况？"老伴急急地问。

"梦琳的情况。离我们机器厂不远,有一家托儿所,我上下班都要从托儿所门口过。有一次,我看到梦琳领着一个小男孩从托儿所出来。我把脚踏车龙头一弯,踏到她面前,问她小男孩是谁家的,她说是同事的小孩……"

"嗯。"倪院长点了点头。

"还有一次,在离托儿所不远的马路上,我看见梦琳和一个三十多岁的男人一道匆匆往托儿所走去。那次我没过去招呼她。"

"源华,这两件事,怎么没听你讲起过？"倪院长放缓了语气问。

"我一直没把它当回事儿。今天听爸爸说到梦琳,我才想起来的。"

啪一声,倪院长的右手重重地拍在左掌心里,对老伴道:

"看看,你看看,已经到这个地步了！不管还了得吗？"

"那个男的,一定是'拖油瓶'。"周静梅沉吟着说。

倪院长双手一撑沙发扶手,站起身来对源华道:"以后,你天天给我注意,看梦琳什么时候又钻到那托儿所去了。"

"好的,爸爸。"

"眉眉睡了吗？"倪院长的声音柔和了点。

"睡熟了。"

"梦颖呢？"

"她呀,嘿嘿,爸爸,她嫌厢房里气闷,到阳台上透透空气去了。"

"噢,你们也该早点休息了。"

"好的,爸爸,那我回自己屋里去了。"

源华退出去了。

老伴失神地坐在床沿上,自言自语般重复着一句话:"梦琳真是在发痴、发痴,梦琳真发痴……"

倪院长双手背在身后,激愤地来回踱着步子,两眼灼灼地闪出令人望而生畏的寒光。

好一阵子,倪院长才平息了一些心头的怒火,拉开客堂门,沿着通阳台的楼梯,一步一步走上去。

源华提供的情况,再有力不过地证实了问题的严重性。梦琳不但瞒着父母家人和"拖油瓶"谈起了恋爱,她还死不要脸地肩并肩地同那个人一起进出托儿所……这就是说,她同那个人的关系已经非同一般。其实,何须听源华讲呢?只怪自己想得不深,问题要不是那么公开,不是单位上有人在议论纷纷,齐厂长哪会打电话来惊扰他啊!

此时此刻,倪院长才领会到齐厂长那只电话里更深沉的意思。

倪院长只觉得一股火气腾腾地往头上冲,梦琳的所作所为,触犯的岂止是他的尊严哪?还有他几十年来形成的观念和生活方式,他不能便宜了这个小逆种!

阳台门敞着,倪院长一步跨上阳台,迎面吹来一阵刮得蛮凶的风,倪院长情不自禁地打了一个寒战。

夜空里是一片绛红色。大上海的夜,即使在偏僻的同祥里,也是喧嚣的、骚动着的。

从哪家敞开的窗户里,传出一声声本地滩黄的唱腔,电视播音员标准的普通话,和收音机里放出的节奏轻快的流行曲,一起融汇在夜空中,随风四散飘荡着。弄堂里自行车铃声,父母呼叫小娃娃的喊声,过路人的脚步声,不时升到阳台上来。唯独对面第七支弄的一排排窗户,各种花式的窗帘全都拉上了,尽管亮着灯,却给人一种静谧、安宁的感觉。可以想象,窗帘后面有人在读书,有人在绘图,有人在钻研着啥尖端问题……

倪院长是同祥里的老住户了,对弄内的好些人家是略知一二的。第七支弄里,住的都是正正经经的人家,在上海滩,总划得上中等或是上等那一类家庭中去。倪院长的家,不也是让同祥里好些人奉为楷模的嘛,可要是梦琳的事儿传开去……

站了片刻,眼睛逐渐适应了阳台上的薄暗,倪院长陡地看到,水泥栏杆前幽灵般站着一个人。从这人宽宽的肩膀,挺拔高挑的个头,一眼就能断定,这是大女儿梦颖。

倪院长走前一步,刚要张嘴喊她,却又抿紧了嘴。他脑子里闪出了一个疑念:阳台上这么大风,梦疑在风头里木呆呆站着,是个啥缘故呢?倪院长是为梦琳的事烦恼,走上阳台来吹吹凉风,梦颖又是为啥呢?莫非,莫非她也有自己的心事?

刚闪出这一念头,倪院长眼前就浮现出金源华谦恭而虔诚的笑脸来。他一摆手,责备自己生了心病,然后轻轻咳一声,向梦颖走去。

梦颖警觉地一回首,认清是倪院长,轻轻叫了一声:"爸爸。"

语气是平平静静的,倪院长放心了。他信步走了过去,带着点笑问道:

"瞧,风把你鬓发都吹乱了,你站在这里干啥?"

"哦,吹吹风,爸爸。"梦颖回眸瞅了父亲一眼,似带点掩饰地说。

倪院长颔首道:"小心着凉了……"就在这当儿,他看到梦颖的两眼里闪着泪光。

"我还穿着薄绒线衫呢,爸爸。"大约是感觉到父亲突然止住了话头,梦颖稍提高了点声音说。

"你有心事吗,梦颖?"倪院长的双眼紧盯着大女儿,正色问道。

"哪里……爸爸……"

"那你眼睛……"

"噢,"梦颖故作轻松状,"那是刚才吹来一阵烟尘,眯了眼,你来之前我还在拭眼眶呢。"

倪院长微笑着点点头,原来是虚惊一场。但他注意到梦颖面对的方向,也昂首朝那边望去。

那是同祥里右后侧的一片弄堂房子,叫同仁里。同祥里,同仁里,虽一字之差,房子连着房子,屋基连屋基,距离也甚近,举足就可到达,但实际上的差别,却大得多了。就外表而言,同仁里也是两层楼带三层阁楼的假三层建筑,但同仁里的假三层要比同祥里低一米多。同祥里的砖墙被漆成咖啡色,同仁里却是本色黄砖。同祥里的窗户都有木头百叶窗,同仁里没有百叶窗。

要讲内部结构,差距就更大了。同祥里煤气、卫生设备齐全,而同仁里呢,可以说什么设备也没有。就是每幢楼的阳台,也都搭成了简易住房。由于阳台被用来住人,衣裳只好晾在弄堂里。到了星期天,整条弄堂就像轮船上的信号旗一样,挂满了各式各样、男男女女、老老少少的衣裳,穿过弄堂少不得挨上几滴"雨点"。

梦颖的两眼久久地盯着那个方向干啥呢？

倪院长百思不得其解。他记得，梦颖、梦湖、梦岩、梦琳四个子女，小时候都在马路对面的光明小学读书，同仁里的孩子，也大都在光明小学求学。小学生时期，几个孩子经常到同仁里的同学家去玩，同仁里的小朋友，也常被邀来倪家玩。进中学之后，才渐渐断了往来。唯独梦岩，在崇明农场，和同仁里的一帮青年男女分在一个连队，他们回上海时，老伴常请他们给梦岩带一点吃的东西。梦岩进了复旦大学历史系，这帮青年就很少来了。梦颖还可能同同仁里的哪个有什么联系呢？

不可能的。倪院长否定了心头的猜疑，凝神眺望着同仁里的上空。

哦，久未走上阳台，同仁里那一头，又升起了一座老虎天窗，这座老虎天窗，耸立在一个阳台新房间的顶上，一下子高过了同祥里的假三层；尤其是那天窗顶上，一盏雪亮雪亮的日光灯（准是四十八瓦的大日光灯），在夜空里显得特别引人注目。

庸俗。倪院长心头忖度着，转过脸来，瞅着梦颖，轻声问：

"你在想啥？"

"爸爸，我在想你在饭桌上讲的梦琳的事儿。"

"噢，你是怎么想的？"

"长远了，我总有一种感觉，梦琳和我，和梦岩，和爸爸妈妈，好像没啥话讲。这个家好像是个客栈、饭馆，她回家来，不是吃饭，就是睡觉，要不就关紧了门，躲在亭子间里看书。或者，骑着自行车，离家去干她的事。我觉得这有点不正常，几次都想和她谈谈。可是，都被她叽叽呱呱一阵机关枪岔开了，想想，我这当大姐的，对她的事情关心得忒不够了。"

"关心不够的，是我。"倪院长一向是颇器重梦颖的。大女儿孝顺、听话，是他心目中那种温顺、端庄、娴静的女性，样样事情都懂得规矩，心里也存得住事。听她一检讨，倪院长也自责起来："打倒'四人帮'，当上了院长，每天忙得昏头昏脑的，回到家来，只晓得尝点好小菜，听两段越剧，赶写那本书，很少过问一下家里的事。我一直以为，梦琳虽好动一些，但有哥哥姐姐的榜样，不会走歪道的。唉，哪晓得……"

"爸爸,以后我多留神一点小妹好了。"

"应该的、应该的。"

"你就不必多操心了。"

"不可能的,这件事,总要管一管。"

"那也不要太动气,爸爸,你的身体更要紧。"

"我晓得。"

风刮得更大了,倪院长已经有点支持不住。但是,他还是愿意多站一会儿。和梦颖的这一番交谈,使他心头得到不少安慰,由梦琳惹出的火气,不知不觉也消了不少。

回到客堂里,三十六瓦的大日光灯已经关闭,屋里只亮着床头柜上一盏纱罩台灯。老伴周静梅守着台灯,在缝补啥衣裳。她总能找到什么事情做的,尽管家庭经济比较宽裕,她的习惯还是改不了。

倪院长移动一张沙发椅子,慢慢地端着椅子往客堂间门口走。沙发椅子是红木,椅背上镶嵌着一块椭圆形的镜子,很沉。倪院长既怕弄出声响,惊动楼下人家,又怕腾空拿不动,一紧张,竟喘起气来。

老伴急忙过来帮着他搬。

沙发椅放在客堂间门口,老伴诧异地问:"这是干啥?"

"我要等梦琳回来。"倪院长没好气地说,坐上了沙发椅子。这个位置,正好可以看到六级楼梯下的亭子间门口。

老伴忧心忡忡地从侧面望着他,料定老头子的怪脾气发作了,轻轻叹了口气说:

"明天还要上班,睡吧,不早了。"

倪院长看看手表,已经十点零五分了。但他还是坚持着:"要睡,你先睡吧。我要等。"

老伴悄悄地退回到床头柜边的台灯前,又一针一线缝补起来。倪院长晓得她是不会睡的,几十年的老习惯了,他不上床,她是不会休息的。有时会开得晚,回来得迟,她要等。有时给病人做大手术到深更半夜,甚至通宵达旦,他困乏至极地回到家里,她总在灶披间里,或是捧一本书,或是拿着针线等他。见他回来了,赶紧给他热鸡汤或排骨汤,好像她休息得很好似的……不少年轻的男医生都极羡慕他们的院长有这样一位贤惠的夫人,他们感叹现在这样的女人越来越少了。

为了防备眼皮耷拉下来打瞌睡,也为了看得更清楚一点,倪院长开亮了楼梯上的三瓦小日光灯。

"梦琳也大了,她选个什么人,早晚总要同我们讲的。"不知为啥,老伴今夜倒愿意讲话了,"还没同我们讲,就是她还没定下来。没定下来的事情,多管她干啥呢?"

"你懂个啥!"倪院长不悦地一转脸,话出口,他才感到声音大了一点,会被子女或是楼下人家听到的。他镇静一下,放低嗓音道:"你没听源华讲,现在社会上的小青年,谈恋爱啥稀奇古怪的事儿都有。不管不管,都像你,事情闹大再来管,来不及了。"

老伴没有回答。倪院长只听到她轻轻地叹了口气。

第五支弄12号楼房的上上下下,到这时候,都已安寂下来。楼下灶披间里,四户人家合用的水龙头没有关严,在滴答滴答地漏水。

当!紧挨着灶披间住的小裁缝家里,那只讨厌的三五牌台钟,清晰地敲了一下,倪院长知道,十点半了,小冤家梦琳还没回家来。这么晚了,她会在哪里呢?

倪院长在沙发椅上扭动着身子。一想到梦琳,他的心就像有一只毛爪子在挠似的不好受。不是为了等她,今晚上,早把那个手术例子详尽地写完了。也许,连示意图都能描出来了。

"梦琳回来了!"周静梅轻轻叫了一声,随而吁了一口气。

倒是老伴耳朵尖,坐在屋里先听到楼下灶披间后门上的钥匙声。

果然,倪院长也听到了,后门打开了,拔出了钥匙,砰一声又重重地关上。跟着,响起了几声脚步,啪嗒一声,楼梯脚下那只三瓦小灯泡亮了。

女儿的身影总算在亭子间门前出现了。穿一件淡黄色的绸衬衣,外套一件细格马甲,头发梳成男女难以分清的那种贴耳风凉式。倪院长记得,梦琳前两天还是一头飘飘洒洒的披肩发哩,怎么一下子又剪得这样短?

倪院长等待着女儿掏钥匙开亭子间的门,他就请她上楼。却不料,女儿竟直接走上楼来。

蓦地,倪院长惊愕地发现,来的人不是他等待已久的小女儿梦琳,而是出了嫁的二女儿梦湖!

梦湖垂着头,还未看到父亲坐在客堂门口哩。

倪院长大大地吃了一惊,十点过头,出了嫁的梦湖跑回家来干啥呢?

梦湖在跨上二层楼面时,才惊讶地看到爸爸端坐在沙发椅上凝定般瞪着她。

"爸爸。"

倪院长扬起了眉毛:"梦湖,这么晚了,你……你来家干啥?"

老伴听到声音,也急慌慌赶到门口来了:"梦湖,你出啥事情了?"

"妈妈",梦湖的泪水扑簌簌落出来,她拖着哭腔唤了一声道,"我……我今晚住在家里……"

"什么?"倪院长的脑子里轰一声响,像脑血管在这一瞬间全爆裂了,"你不同善清住在一起,住回家来干啥,唛?"

"他……他……"梦湖的脸抽搐着,全身都在颤抖,只是哭着,说不出话来。

"快,快进屋来,进屋来呀!"倪院长一眼看到梦湖几乎要痛哭失声,忙把红木沙发椅一推,让女儿进客堂间来。

红木沙发椅被搬到了客堂中间,倪院长坐在单人沙发上,老伴搀扶着梦湖在沙发椅上坐定,门也掩上了。倪院长双手不停地在沙发扶手上来回摩挲,镇定了一下,他才说:

"你讲吧,轻点声……到底出了啥事情?"

"他……吴善清他……"梦湖刚开口,就嘤嘤地哭出了声,啜泣中她勉强抑制着自己悲痛的情绪,嘶哑着嗓子喊了起来,"他打人……还……还叫我滚……呜呜……"

倪院长的眼神发直,耳朵里除了梦湖的哭泣声,啥也听不到了。

三

"梦湖,单位里发了一张戏票,我没空,你去看吧,也可散散心,放松放松。"

说着,爸爸把一张翠绿色的戏票递到梦湖的手里。梦湖低头瞅了一眼,市革委会礼堂,下午三点演出,日子就是明天,星期天。位子好极了,是六排一座。她抬起头问:

"是啥戏?"

"《哈姆雷特》,莎士比亚的名剧。"

"我不想去看,爸爸。"那个时候,二十九岁的梦湖,从插队的农村回上海还不足一年,刚分在里弄生产组服装车间工作,情绪低落忧悒,哪里有什么心思看戏!她随随便便找了个理由,"中国人演外国戏,我历来就不喜欢。"

"哈哈,"爸爸没有接梦湖递回来的戏票,倒坦然地笑了,"梦湖,恰恰投你的胃口。这是英国老维克剧团的演出,晓得老维克剧团吗?"

梦湖摇了摇头。

"老维克剧团原名展望剧团,是英国一个出名的演出团体。一九七七年到一九七八年间,展望剧团在伦敦老维克剧场和英国各地演出了《第十二夜》《李尔王》等十来个大型剧目,剧场的管理者为了纪念展望剧团对维克剧场做出的贡献,把老维克的名称赠给了展望剧团,名声大着哪!"

爸爸把来华演出的英国剧团夸了一番,又认真地说:"你看看票子的反面。"

梦湖翻过票子,瞅了一眼,票价一元。这么说,值得一看。

"票紧张着哪!人家想要还要不到,你却不要去。"爸爸笑眯眯地说,"去吧去吧,看你下班后闷在家里,实在也不是个事。"

梦湖正在疑惑最爱看文艺演出的爸爸自己为啥不去,妈妈在旁边也插话了:"梦湖去最好。明天我同你爸爸要到你大姨妈家去,你大姨父早几天就打电话来,要我们去吃大闸蟹呢!"

哦,原来如此。梦湖晓得,妈妈原姓贺,只因从小给乡下的富豪大户周家抱养过去,改姓了周。但在上海,几户姓贺的姨妈家,妈妈照样来来往往,尤其是大姨妈贺佳家,走动得很勤。不只是妈妈和大姨妈的关系最好,就是爸爸和大姨父霍铸成,也非常谈得拢,一坐下来,两杯茶喝了又冲,冲了又喝,竟可以一谈就是半天。现在,爸爸妈妈既已做好安排,梦湖只得从命了。

在贵州惠水县插队落户那么多年,乍一走进福州路210号市革委会大礼堂,梦湖真有股生疏感。

碰巧这天乘车很顺利,她到得早了一点。

到了大礼堂门口,梦湖才晓得,爸爸给的这张票子有多么珍贵,只见一群群等退票的人,几乎把大礼堂的门口封住了。梦湖一路走进门,少说也有一二十个人问她:"有退票吗?"

进了场子,人不多,反倒有点儿冷清。梦湖慢吞吞信步往前走去,留神着已来的那些观众的脸庞,她想,爸爸医院里发的票,总能认出几张熟悉的脸的。却不料,爸爸单位里的人一个也没找到,越走到前头,梦湖倒是认出了几张熟悉的电影演员的脸。想必他们也是为欣赏英国演员的演技而来的吧。

坐上六排一座,梦湖瞅了一眼手表,才两点四十分,还得干等二十分钟呢。看到走进场子来的人手里都拿着瓦绿色的说明书,梦湖懊悔自己匆匆忙忙走进来,忘记了买一份。要不,这时候也不致闲得无聊了。她又抬起手腕看一眼表,两点五十分。她刚要离座出去买份说明书,有人在她身边唤着:

"梦湖。"

梦湖转身望去,是爸爸医院里的同事吴善清,他笑吟吟地走到六排三座位子上站定下来,手里拿着一份说明书。

吴善清年近四十,五官端正文秀,动作轻捷潇洒,身材魁伟壮实,看上去相貌堂堂。他的外表,让人觉得仅有三十六七岁。面对他笑容可掬的脸,梦湖也淡淡地一笑道:

"你也来看戏。"

"是啊,外科只弄到两张票,一张给倪大夫,一张给了我。没想到,会是你来看戏。"吴善清边说边坐下来,脸转向梦湖。梦湖注意到,他的下巴刮得青青的,身上散发出一股淡雅的香水味,十月的天气,够冷的了,他穿得一点也不臃肿。她不便再离座去买说明书了,只得回答说:

"爸爸走亲戚去了。"

"哦。"吴善清应了一声,又扬起了眉毛,"你没随手买一张说明书吗?看看吧,好对剧情有个大致了解。"

瓦绿色的说明书递到梦湖的跟前。

梦湖感激地一笑,接过印制精美的说明书,翻开来看着剧照。

得里克·雅各比饰演的哈姆雷特,比梦湖想象中的哈姆雷特年纪大得多。

简·怀马克饰演的奥菲利亚,似乎也不像梦湖想象中的那样有着惊人的美。翻看着说明书,梦湖的脑子里不由得想起了有关吴善清的一些情况,那都是爸爸在无意中谈及的:吴善清在福仁医院外科,是中年医生中的佼佼者,水平很高。院内院外差不多一致公认,在福仁医院的外科大夫中,除了倪大夫,就数他了。他现在是外科副主任,年轻有为,前程似锦。只可惜,只可惜他的个人生活并不美满,结婚几年,没有子女,前不久正当他提升为外科副主任时,又发现他的妻子有外遇,闹了一场,离婚了。目前他孤身一人生活着……

"梦湖,你听得懂英语吗?"

梦湖的沉思被吴善清彬彬有礼的询问打断了,她陡地醒悟过来,自己怎么七想八想,想到吴善清的个人遭遇上去了,内心里不觉有点羞惭。她默然地摇摇头,表示听不懂英语。

"那你插上这耳塞,这里面有译意风,能同时把台上的英语翻成中文。"

一只奶白色的耳塞递了过来。

"谢谢。"梦湖接过耳塞,微显笨拙地插进自己的耳朵。她看到,吴善清并没有把他座椅上的耳塞插到耳朵上去。这就是说,他的英语水平,足可以看懂英国人演的戏。

三点钟到了。随着一遍电铃响,幕布拉开了,那表示城堡、高台的布景之简陋,令梦湖大为诧异,难道这就是世界第一流剧团的布景水平?

"老维克剧团演出莎士比亚的名剧,一律仿照文艺复兴时期的布景,刻意求真。据说,莎士比亚在世时,用的就是这样的布景。瞧,这就是艾尔西诺的克隆伯格城堡。"

吴善清的脑袋往梦湖这边凑过来,在她耳边清晰地低语着。

梦湖点了点头。心里说,他倒真会揣摸人的心理。好像我的心思,他全能猜出来似的。

"是谁?"

"喂,站住!说,你是个什么人。"

……

台上的勃尔纳多和弗兰西斯科在对话,梦湖的耳朵里清楚地听到了翻译过来的中文。

著名悲剧的演出,正式开始了。

这场戏,梦湖看得有点累。一面要看台上演员的表演,一面还要听耳塞里的翻译,当幕后礼炮齐鸣,响起死亡进行曲,台上的人抬起哈姆雷特和其他人的尸首走去时,梦湖感到一阵困乏,不由得往椅背上靠去。

走出场子的时候,吴善清紧随着她,对戏的演出赞不绝口:

"真是一次精神享受。莎士比亚的剧作,百看不厌。演员们年复一年排演着他的戏,观众们一遍又一遍地看着他的戏,可以说,这就是一个伟大作家的力量。梦湖,你过去看过剧本吗?"

"看过。都忘得差不多了。"

"今天看下来,印象如何?"

"我有一种混沌的感觉。"

"噢,那一定是你累了。走吧,我们找个地方去坐一坐。"

"不用了。走出场子,冷风一吹,我感觉好多了。"

"走吧,走吧,就往南京路方向走。"

沿着马路往南京路走去时,从幢幢高楼间刮来的风,使梦湖顿觉阵阵寒意,也使她顿时清醒了好多,吴善清要邀她到哪里去坐呢?

天色暗下来,南京东路上的商店,早早亮起了耀眼的灯光,把那些橱窗映照得比白天还要醒目。

走到德大西菜社门口时,吴善清朝里做了一个请的手势,带头走了进去。

看到餐厅里座无虚席,梦湖迟疑地在门口站了片刻。头一次相遇,吴善清就请她吃点心,这妥不妥呢?她想抽身离去,转念一想,吴善清是爸爸的同事,不辞而别,显得很不礼貌,还是同他讲一声吧。

"梦湖,进来呀!"吴善清退回来,热情地向她招着手,"那里有两个人在吃掼奶油,快完了,得进来守着位子。"

在上海滩的饭馆、点心店里,这是常事。坐不到位子就别想吃东西。吴善清说完,又急急走进店堂去了。

梦湖推辞的话没讲出口,只好也踏进店堂里。一股烘热的香气迎面扑来,一张张桌子上,都有人在吃西菜,白脱蛋糕、柠檬攀、咖喱酥角、起司条、牛奶咖啡,各类点心的香味特别浓郁,直诱人的食欲。梦湖午饭就是马马虎虎吃的,这会儿真饿了。轧上电车回家去,还得自己下面条,不如……多年的插队生活造成的随遇而安的性格,使得她在走到吴善清跟前时,讲不出告别的话了。况且,吴善清盯着人家位子的那副神态,多么认真啊,店堂里吃客那么多,她要一开口说走,吴善清再一挽留,势必要引得食客们投来诧异的目光。

两位吃撅奶油的客人离座去了,吴善清很快点来了菜,两人隔着桌子,相对吃起晚餐来。

梦湖拿起叉子的时候,有点儿拘谨,有点儿不安,她吃得很少,讲得也很少。这顿晚饭,自始至终,差不多都是吴善清在充当主角。他滔滔不绝地谈论着刚看完的《哈姆雷特》和莎士比亚,仿佛他不是一位外科医生,倒是一位研究莎士比亚的专家。

"莎士比亚对我们这个世界的巨大贡献就是:他抛弃了一味描写人物命运的古代文学,抛弃了竭力表现道德、教会和国家的中世纪文学。他的作品,深刻地剖析了人的心理和行为,以及造成个人行为的内在动机和外界环境。在莎士比亚的笔下,主宰世界的是人,而不是什么宗教信仰、道德规范……哎,梦湖,你尝尝呀,德大牛排是全市闻名的,来,我替你割开来……"

尽管讲得津津有味,吴善清还是没有忘记劝梦湖吃。他拿起刀,把蝴蝶形的牛排利索地割成小块,连盘子一起推到梦湖跟前:

"尝尝。我还点了一只'司盖阿盖',纯日本式的火锅,自己调味,生料上桌,自烧自吃。今年冬天刚刚开始供应哩。在莎士比亚时代,是吃不到这类高档菜的。这个哈姆雷特啊,可以说是一个谜。英国首相丘吉尔,称他是谜中之谜,他既冷酷又温柔,既软弱又坚强……"

梦湖想,吴善清的业余爱好,也许就是戏剧或是莎士比亚,要不他绝不会知道得那么多,谈得那么精通。即使是从书本上看来的,那也得用心才能记住啊。凭这点,也证明他的记忆力惊人。

这是吃过"司盖阿盖"几天后的一个晚上,梦湖捧着一本冬令时装裁剪书籍,正入神地琢磨着蟹钳领波浪大衣的裁法,爸爸踱到她身旁来了:

"听说,那天看《哈姆雷特》,你正巧碰到了外科副主任吴善清。"

"嗯。"

"对这人印象如何?"

"哦……吴善清挺会做人的,散场之后,请我吃了顿夜饭。"

"你吃了?"

梦湖听出爸爸的声音有点异样,仰起脸来,瞅了爸爸一眼。爸爸的眼睛凝定般盯着她,梦湖急忙把目光移到服装示意图上,但是她看到的,只是一团乱七八糟的线条,像蜘蛛网似的印在白纸上。

"吃了,爸爸,他很热情,抢座位,谈戏,领头走进德大。我想,他是你的同事,断然拒绝,面子上……"梦湖竭力想解释一下自己随吴善清吃饭的原因,却又有点心慌意乱,说着话,用眼角偷视了爸爸的脸一眼。她发现,爸爸在笑。几天来,梦湖一直在揣摩着"看戏"这件事是不是爸爸有意识的安排。现在爸爸微笑着的脸,说明了一切。

既然是爸爸的心意,梦湖还有什么话说呢?插队落户一年后回沪探亲时,讲起知青们在乡下的生活,梦湖告诉爸爸妈妈,不少人都在农村谈起了恋爱。爸爸曾郑重其事地问过她:

"还想回上海吗?"

"哪能不想呢?爸爸,夜里做梦都在想回到上海来。"

"那就好。要想回上海,就不要在当知青时谈恋爱。"爸爸的话斩钉截铁。

她硬是在漫长的插队落户生活中,关闭了感情的窗户,一次次地回绝了不少年轻小伙的试探、诱惑和大胆的表白。到了一九七五、一九七六年,她那感情的堤坝几乎崩溃了。原先同她在一个大队落户的男知青,一九七三年被招到农校去读书,一九七五年毕业之后,分回所在的那个区里工作。他以一个吃商品粮、有工资的国家干部的身份,向还是一无所有、仍在生产队里接受再教育的梦湖发动了猛烈的、火辣辣的持久战。在他即将分回区里来之前,梦湖就收到过他的一封信,说他即将毕业,在分配之前,他坚决要求,分回到原来插队的那个区,这样做的唯一目的,就是因为她。

说实话,梦湖心里一点没有这个人的影子,接到他的信,她才想起大队里是有过这么个人的。他的父母在上海好像都是商店里的营业员。他本人的相貌平平常常,为人没啥出众之处,梦湖是读了他这封信才动心的。

她在乡间太孤寂了,光靠一星期一封家信,填补不了内心的空虚和青春的感情需要。现在有这么个人,愿意为了她,宁肯回到偏僻闭塞的山乡墟场上,她不能无动于衷了。

后来这个人当真回到区里来了。他把信上的宣言变成了实际行动,一次又一次地来缠着梦湖。

梦湖招架不住了,给爸爸妈妈写了封信,详尽地把这个人描述了一番,并且写到了他的追求、他的催逼和她对前途感到渺茫的心理。

她没有接到回信,只接到一份电报:"家有急事,速归。"

"家有急事"是给她找的请假的理由。那时候正是一九七六年的夏天,逢抗旱农忙。

"速归"是命令。

梦湖回到了上海。爸爸妈妈听完了她的倾诉,只对她说了一句话:

"住在上海吧,别去了。家里不是养不活你。"

过了两年,梦源的户口终于迁回了上海,把惠水县那偏远的小山寨永远地埋葬在记忆深处,连想都不愿想起它来。

是的,爸爸的身份和地位,爸爸渊博的学识和一般人望尘莫及的水平,爸爸在家庭中的权威和尊严,还有爸爸的工资,决定了梦湖非得听从爸爸的话不可。她就是这么从小长大的。

现在,既然爸爸愿意她同吴善清接触,她又怎能违拗爸爸的意志呢?

再说,二十九岁的梦湖,也在这几天里把吴善清掂量来掂量去,除却觉得他的年龄稍大一点之外,她找不出其他的缺陷。

"我的情况,你是晓得的,生产组踏缝纫机。你是外科副主任,我们是不是合适?"

又接连看过两场电影,逛过一次马路之后,梦湖觉得有必要向吴善清摊牌。到了她这种年龄,当真还有多少恋可谈?况且吴善清又是结过婚的,梦湖更觉得该实际一些。从贵州山乡回到上海之后,不少老同学都在劝梦湖:"勿要挑挑拣拣了,赶紧寻个男人成家吧!"她们还说,一个女人,长得再俏、再漂亮,年近三十了,也就进入了人生的秋天。什么是秋天呢?下过乡的梦湖最清楚了。秋天是成熟的季节,是收获的季节。哪怕在那个人人诅咒的"十年动乱"的岁月里,每年秋收之后,在贵州山乡总还有一段让人喘息的农闲时节,总还要过几个月有吃有穿的相对稳定的日子。秋天了,梦湖也期待着进入人生的稳定阶段。至于恋爱嘛,她虽说不曾有过罗曼蒂克的经历,但是她从所见所闻中已经懂得了,在这个世界上,不求报答的、富有牺牲精神的爱,只有在小说、电影和戏剧里才有;而尘世间的爱,都是相互的,有限的。永恒的、不灭的爱情,那只是人类的理想。

"梦湖,你应该相信我。"沉默了一阵,吴善清转过脸来,两眼凝视着她,激动地表白着,"我绝不是那种以人的职业划分档次的人。只要人好,只要……只要……"

他激动得有点说不下去了。

"我人好吗?"

"当然。"

"你怎么知道?"

"通过这几次接触,通过你爸爸的介绍,我认准了。"

"哦。"梦湖到这时候,更加认定,爸爸是挺器重吴善清的。关于她和吴善清的关系,爸爸肯定和吴善清交谈过。她吁了一口气:"这毕竟是肤浅的认识,更关键的,应该是你内心的见解。"

"哈哈,梦湖,你也太小看我了。你插队落户的时候,我也常上你家去,亲眼见到,你妈妈是怎样服侍倪大夫的。在福仁医院,谁不知道倪大夫能一心扑在事业上,一半是靠着你妈妈这么个好后勤呢?"吴善清讲着讲着,显得兴奋起来,"倪大夫在工作中处处点拨我、教导我,医院里,好些人都说,我是倪大夫的得意门生,将来要在外科接他的班。我的家庭中,太需要一个像你妈妈那样的贤妻良母了。我经常想,你是在父母的熏陶下长大的,自然也会像你妈妈一样贤惠,一样温顺……嗯,梦湖,我是不是不该讲这些?"发现梦湖的脸色和眼神变了,吴善清惶惑地问。

"哦不,该讲,该讲。"梦湖乍一听吴善清的这些话,心头泛起一种莫名其妙的感觉。待他一收住话头,她马上又想:也许,所谓爱情,就是这个样的吧。平时,在同祥里,许许多多的人不也都用钦佩的口气谈到爸爸妈妈的结合吗?唉,这些局外人,有哪个晓得爸爸和妈妈之间的真正关系怎么样呢?梦湖像怕吴善清看穿她心思似的加重了语气说:"你讲下去呀。"

"好的。梦湖,说心里话,和你一起出来逛马路,我、我……我还有一种自卑感……"

"自卑感?为什么?"

"我是结过婚的。"吴善清低下头去,用只有梦湖听得见的声音说,"而且,婚姻生活不幸福……"

"噢。"梦湖有点惊讶了,她没想到,吴善清会主动对她谈起这个话题。在他们以往几次的接触中,她的心头,总觉得他的前妻如同一团阴云样罩在她头顶上。此刻他谈到了前妻,她能表示啥呢?

她实在不晓得。

"可你呢,"吴善清话锋一转,用热烈的语气说,"还从未谈过恋爱……"

如果不算那个黔南农校毕业生,这是句实话。

"但我还是要请你相信我,相信我,梦湖,我是会珍惜这种纯洁的爱情的。人们常说,在婚姻上有过不幸的人,会加倍地珍惜,珍惜……"他的语气颤抖得说不下去了。

梦湖头一次感到心情有点儿激动和喜悦。她仰起脸来,目光环视着马路两旁,辉煌灿烂的太阳光下,喧嚣的声浪里夹杂着人们的欢声笑语。疾驰而过的公共汽车、电车、小车、面包车和街面上的橱窗玻璃,都闪烁着亮晃晃的光芒。梦湖仿佛头一次发现,马路上洋溢着一股喜气。

"是啊,我们都要珍惜,善清。"也不知怎么搞的,梦湖对吴善清改变了称呼,把"吴"字省略了:这是妈妈的遗传基因在起作用吧。"你放心,我不是那种一心指望依赖别人生活的姑娘,我也有自己的追求、自己的理想……"

"理想?"吴善清大睁着一对明亮的眼睛。

"你不信?"梦湖嫣然一笑。

"你在追求什么?"

"天天在生产组服装车间,踏领子、踏衣襟、踏裤片、踏袖子,我真厌烦透了。告诉你吧,我在钻研服装设计,现在钻研服装的人多了,一窝蜂地扑上去,我不能那么盲目,我要钻个冷门。你猜,我钻的是啥?"

"猜不出。"吴善清微笑着摇摇头。

"冬令时装。"梦湖像宣布外交照会样严肃地说,"中国人服装的单调,是出了名的,四季服装里,款式、花色、规格和品种最多的要数冬季服装了。可你看看马路上,人们穿的是啥!一色的灰,一色的蓝,一式的中山装、军便服、中式棉袄,单调透了。我想设计出种种新颖的款式,用我的双手,用我的劳动,把人们打扮得更漂亮,并且告诉世界,我们中国人,新一代的中国人,也是……"

和梦湖的热情比起来,吴善清的微笑显得淡漠了一些,他只是微微颔首。目光里透出的神情,像是一个长者在听少年纵谈虚无缥缈的理想。

梦湖是有所觉察的。不过,那时她在恋爱,她以为这是所有男性的通病,谈到他们不感兴趣的事物,他们能微笑着表示默许、赞同,那已经算是非常有涵养的了。

就是这一点火星,结果却燃成了熊熊烈火。

婚后,吴善清对梦湖说:"我的工资,我的存款,足够这个家庭开销的了。生产组的工作嘛,有空就去做做;没有空,身体不好,就不要去了,乐得在家休息休息。你的重点,应该是这个家庭,像你妈妈一样。"

梦湖把这些话当作丈夫对她的关怀。她笑着点头答应下来。但她每天仍然到生产组去上班,下班回来,她就抓紧时间淘米做饭、炒菜烧汤,等吴善清回来,好有一顿美味丰盛的晚餐端出来。她甚至还有意识地安排菜谱。

每天的晚饭桌上,吴善清都满意地点着头,笑盈盈地道:

"简直是美味佳肴啊,梦湖,真苦了你啦!依我吧,别去生产组干了。"

"上班误不了吃饭的。"梦湖咬着筷头,委婉地说,"不是所有的人都这么生活嘛。"

"我们可以生活得比其他人稍好一些。"

"目前我还支持得住。"

福仁医院的食堂是办得不错的,每天的午饭,吴善清都在医院食堂吃。可他好像从来不知道,梦湖每天的午饭,都是马马虎虎对付过去的,不是吃泡饭,就是下二两面条,填饱肚皮就成。梦湖需要腾出午后的时间休息。一清早跑菜场,菜场回来时买上早点,吃完早点就去上班。傍晚下班后,她得一边煮饭,一边拣蔬菜、洗菜、切菜,为一顿晚饭忙碌。晚饭后,吴善清看电视新闻、读书,她就打开服装设计书籍,描画、剪样、试裁,做裁剪学习班布置的功课。常常是吴善清入睡了,她还坐在桌前咬着嘴唇琢磨。一天忙到夜,她太累了,午饭后不休息,下午的班就支持不住。而要休息,就必须草草了事地对付一顿午饭。她倒没啥怨言,反而觉得生活很充实,有种紧张感。

事情是出在一只高压锅上。那天星期四,梦湖照例要在晚上去参加区里组织的服装设计讲习班,而按规定该交的一张设计图,梦湖突然受到服装车间里女式大衣门襟的启示,决定做些修改,使她设计的登驳领风衣,不但具有双排扣、门襟格单覆式,而且更加适合中国男子的身材,造型别致大方,穿着时能显示出高雅的气质和潇洒的风度。梦湖满脑子是登驳领大衣的款式,回到家之后,把净膛鸡洗干净,放进高压锅,她不曾细细地瞅一眼通气安全阀,就合上了锅盖,端到煤气灶上煮起来。

晚饭有鸡吃,梦湖就不用再操心做其他的菜。她回到屋里,埋头修改设计图纸,把一切都忘了。

嘭!嘭!接连几声震响,把梦湖从椅子上炸跳起来。她预感到不妙,平时,至多二十分钟,高压锅就会冒出嗤嗤的出气声,而今天,她只顾专心致志地修改图纸,煤气灶开着大火,足足烧了有三刻钟。

她跑进了厨房,糟啦,安全阀通气孔堵塞,易溶塞也不知为啥竟未及时溶开,高压锅爆炸了,锅盖和锅内的鸡全被巨大的高压气浪冲到雪白的天花板上。那只煮熟了的鸡,紧紧地贴在天花板上,滴滴答答地往下掉着汤汁,而锅盖把天花板撞了个显眼的污痕之后,又摔落在灶台上,而灶台上的盐罐、酱油瓶打翻了不算,还把两块瓷砖也砸碎了。煤气灶上的锅儿,倾翻了大半个身子,鸡汁倒出来,熄灭了煤气。厨房里,弥漫着一股刺鼻难闻的煤气味。

起先那一瞬间,站在厨房中间,梦湖手足无措了。闻到那股刺鼻的煤气味,她赶紧捻灭了煤气。

有几滴汤汁,从天花板上掉下来,落在她头顶上、肩膀上,她急忙闪身让开,束手无策地瞅了一眼紧贴在天花板上的鸡。

她该用啥办法把它弄下来呢?

就在这时候,吴善清下班回家来了。一打开房门,他鼻子嗅嗅就叫了起来。

"什么气味,好难闻啊!"

他一步跃到厨房门口,环视了一下四五平方米的厨房,脸色倏地变了:

"搞什么名堂?"

"我也弄不清爽,在屋里修改图纸,忽然……"梦湖惊魂未定地说。

"修改图纸,哼!我就晓得你魂灵不在身上。"吴善清一听这话,顿时板起了脸。

"你这算什么话?"梦湖直感到委屈,出了点小事故,吴善清回家来不帮着她收拾,反倒出口就兴师问罪。

"什么话,你守在灶台边,会出这种事吗?"

"我也不知安全阀会被堵……"

"还要狡辩,合上安全阀的时候,你检查仔细点,会被堵住吗?"

"那也说不定的……"

吴善清厉喝一声:"乱讲!做错了事情,还不承认。你也该清醒清醒了,一个回城老知青,生产组去做事还不算,还要学啥服装设计。你的心,根本就没放在家里。都成家了,你还指望啥呀……"

梦湖从未见吴善清发过这么大的脾气。她想,也许他在医院里碰到啥不顺心的事了。于是她不再吭气,手忙脚乱地把打翻的盐罐捡起来,把打碎的酱油瓶扫进畚箕,把倾倒的锅儿扶正,然后她又找来一根叉衣杆,把天花板上紧贴着的鸡捅下来……

这期间,吴善清一直在恶声恶气地呵斥她,自始至终没来帮一点忙。梦湖惦记着晚饭的菜,惦记着要去参加讲习班,她稍收拾出了点头绪,就匆匆赶到熟食店里,买了点熟菜:红肠、酱汁小排、兰花豆腐干,回到家来,又做了一盆番茄蛋汤,总算把晚饭菜赶出来了。

"听着,"晚饭吃到一半的时候,吴善清打破了难堪的沉默,用命令的口气说道,"从今以后,晚上不准去参加啥讲习班,随便啥活动,都给我停了。"

梦湖搁下了碗筷,默默地踱到窗边,两眼里噙满了泪。她绝对没有想到吴善清会用这样的语气对她说话,绝对没有想到他完全把她置于从属的地位。在以往的日子里,他不是一直给她那种温柔而又彬彬有礼的印象吗!

他们住的是一幢二十世纪七十年代落成的十六层高楼,两居室,有煤气和小卫生设备,乐惠而又自在。平时太忙了,梦湖很少站在窗边向外凝视。这会儿,站在十层楼上往外望去,她似乎头一次发现,竟能望得那么远。林立的烟囱,高高低低的楼房,醒目而凝重的著名建筑物,还有西区那几条林荫密布的马路,甚至郊外的农田和河流也隐约可辨。哦,世界是多么大啊,而她,却要被限制在某一个固定的程式不变的天地里,这太不公平。

想是这么想,梦湖还是决定迁就吴善清,她怕看到家庭的裂痕。她朦朦胧胧地觉得,有点儿理解自己的妈妈了。她自我宽慰地忖度着,谁没点脾气,谁不发点火呢?也许,只是吴善清盛怒中的气话。事后,他会为自己的态度后悔的。要是硬上讲习班,势必在他的火上浇油,引得他大发雷霆。况且,梦湖记得,这天晚上不讲新课,只是让学员们交自己的服装设计,然后互相交流。她不去,可以设法弥补的。

尽管这样,梦湖仍然感到家庭里笼罩着一层沉闷的空气,她第一次意识到,婚姻并没给她带来任何艺术作品中描绘过的幸福和狂喜,相反,她觉得一条无形的绳索,正在套上自己的脖子……要知道,她结婚还没多久啊!

家庭里那种令人压抑的气氛始终没有消散,除了在一张桌面上吃饭,一张床上睡觉,梦湖同吴善清的关系,形同路人。

两人除了讲几句非讲不可的话之外,几乎不再交谈。时间一长,双方都觉得别扭了。梦湖开始设想,怎样来改善这种不正常的夫妻关系,怎样来释去前怨。她格外留心地准备着可口的晚餐,把吴善清要换穿的衣裳,特地放在他的枕头边。对他说话时,语气放得更温存、更体贴一些。可吴善清却像啥也感觉不到似的,老是板着一张脸。梦湖有点犯愁了,她该怎样做才能消去他的怨气和不满呢?

机会终于来了。

梦湖在发生家庭矛盾的第三天,寄到区服装设计讲习班去的图纸,获得了好评和专家的注意。讲习班的孟老师写了一封热情洋溢的信,充分肯定了梦湖设计的大胆、新颖,并把图纸给她寄了回来,建议她对肩襻、袖襻的装饰做些修改,使设计更趋完美。信上还说,梦湖的设计将用精纺华达呢、厚型纯涤纶、涤棉线卡、双面卡裁制之后,送到展览会上公开展出,并建议有关部门尽快投入生产。时装杂志,也已决定刊登她的设计,向社会推荐。孟老师要求梦湖尽快修改设计,在改完之后,务必请到区服装设计讲习班来一趟,有些事需要面谈。

收到这封信,梦湖简直喜出望外。多少天来笼罩在她脸上的愁云一扫而光。吴善清一回家,她就迫不及待地迎上去,热情地叫着:

"善清,善清,你看看,快看看,好消息……"

梦湖希望亲昵的语气和主动表示热情的态度能打动吴善清。

吴善清带点矜持地展开了梦湖递给他的信,微蹙着眉,读着这封令梦湖喜气洋洋的信。

梦湖两眼目不转睛地盯着丈夫的脸。她甚觉惶惑。

读着读着,吴善清的眉头越皱越紧。最后,他把信纸往梦湖胸前一扔,不屑地哼了一声,嘴角露出一缕冷冷的笑纹。

如同有盆冷水浇在梦湖背脊上,她嗓音微颤地问:"你不高兴吗,善清?"

"你是问我对这件事的态度?"

"嗯。"

"多此一举。"

梦湖几乎不相信自己的耳朵:"怎么会……"

"你知道这个孟慈是什么人?"

"讲习班的老师呀!"

"老师?哼,痨病鬼,气喘大王,半条命。"

梦湖想到脸色白净的孟老师身体健壮结实,不由得激愤地叫起来:

"你别瞎三话四,人家身体好好的……"

"我比你清楚,我和他是高中里的同学。他就是有那一身病,才不准考大学的。这种人,多少年来混在社会上,没个正当工作。这几年政策松动,凭他那三寸不烂之舌,竟然当上什么老师了。和他混在一起,有什么好事!"吴善清轻蔑地撇撇嘴,走进隔壁屋里去了。

梦湖真想哭出声来。她紧紧地咬着嘴唇,转身走进了厨房。

这天夜里,梦湖趴在桌子上,聚精会神地修改、设计图纸。她先分别画出菱形、长方形、肩章形等几种肩襻、袖襻的草图,而后用报纸剪下来,覆在设计图上端详、比较。把图纸修改完,已经是半夜十二点五十分了。她把设计图卷拢起来,随手搁在书桌的左侧,外面还用一张报纸包着。

吴善清早在隔壁屋里睡熟了,酣睡中,不时地还响起一声长一声短的鼾声。

睡得太晚了,梦湖把闹钟拨到第二天早晨六点钟。她怕睡过了时间,误了买菜。

上班时,机械地踏着对襟小腰身夹袄的贴边,梦湖一直在费神地思忖,抽个什么时间,到区服装设计讲习班去。吴善清明确地表示了态度,晚上是不便离家去找孟老师了。唯一的办法,只有白天去。可是白天怎么去呢?生产组里每天的活都有定额,做不完定额,扣工资不去说它,余下来的活就由众人来分担,大家都要被她拖住后腿。好些人,休病假不是都要请人顶嘛。还有一个办法,就是星期天借口回娘家,顺便跑一趟……办法不是行不通,但这么一来,就要欺骗吴善清,夫妻之间,不能说真话,要欺骗,梦湖想也不敢想下去。

真是犯难啊!

难道婚姻带给女人的,就是这样的义务吗?

梦湖机械地踏着缝纫机,心神不定。

下午工间休息时,负责生产组工作的费阿姨走近梦湖的缝纫机,笑吟吟地对她道:

"看不出来,梦湖。"

梦湖不解地抬起了头,两眼直瞪瞪盯着费阿姨。

费阿姨笑得更和善了:"是这样的,区里服装设计讲习所打来电话,让你带上设计的服装图纸,赶紧去一趟。说是展览会决定提前,要你尽快送图纸去,好做出展览用的服装来。我看,你停下机子,现在就去吧。"

"那……"梦湖真是又惊又喜,"我的活儿呢?"

"放心去吧。"费阿姨的手亲切地拍拍梦湖的肩膀,"留下的活,我帮你做。"

"那怎么好意思呢?"梦湖感激得脸都红了。

"这有啥关系,你这也是为生产组争了光呀!"

"那我就谢谢你了!"

"还要客气哪,梦湖。跟你说呀,你设计的新颖服装正式投产时,一定要争取拿到我们街道生产组来做。"

"嗯。"

梦湖在姐妹和阿姨们的啧啧称道声中走了出去,三脚并作两步地赶回家去取设计图。

电梯上到十楼,门一打开,梦湖几乎是奔跑着扑到自己家门口。尽管费阿姨给了她去区里的时间,但辰光还是紧啊!现在已经三点四十分了,到区里跑一趟,她还要赶回来烧晚饭。

进了屋,梦湖不假思索地直接走到写字台前去拿图纸。她记得,昨晚修改完图纸,外面用一张报纸包好,是随手搁在桌上的。

可是,写字台上没有她的裁剪设计图。

是记错地方了?

梦湖开始打开抽屉、箱柜寻找,凡是她平时存放东西的地方全寻遍了,都没有。

一阵不祥的预感袭遍了她的全身,她还是在找,身上都急出了汗,仍然不见她的图纸。

是吴善清替她把图纸收起来了?

梦湖一看手表,已经是四点二十分了。她决定给丈夫挂个电话问一问。

"找我有啥事?"吴善清第一句话就问。虽然喊他听电话的人已告诉他,是梦湖打来的电话。

"你看到我那张服装剪裁图了吗?"

"什么图?"

"就是我昨晚上修改的图……"

"你的东西,我哪会知道?"

"会不会是你随手放到哪儿去了?"

"我没碰过你的任何东西。"

电话里传过来的声音是冷冰冰的,不等梦湖再说话,电话咯嗒一声挂断了。

抓着话筒的手心里,沁出了一层汗。随着话筒搁回电话机上,梦湖的心也沉到了深渊里。她的预感被证实了,那张服装设计图,那张渗透了梦湖的心血和追求的图,被吴善清藏起来了,很可能是撕毁了、烧了……梦湖的心像在被啃噬着一样的疼,她的眼前浮现出吴善清读完信之后那轻蔑地撇嘴的模样儿。

此时此刻,她该怎么办?

时间已是四点半,区服装设计讲习班的老师在等待,费阿姨在替她做没做完的定额。责任感驱使着梦湖赶到区里去,把图纸遗失的情况告诉他们。请他们缓一缓时间,她准备根据自己的回忆,重新绘一张。

"不必重绘了。"接待梦湖的孟老师摆一摆手,低头打开自己的抽屉,取出一份图样说:"收到你的设计,我们几个商量了一下,就复印了一份。"

梦湖惊喜地喊了起来:"哎呀,你们想得真远。"

"不是我们想得远,是你的设计确实独特新颖。"孟老师摆了摆手,"况且,我们也怕万一在邮寄中遗失。现在,你只需把要修改的肩襻和袖襻,直接在这张复印的图纸上改一改就行了。你是在这里改呢,还是带回家去改?"

"在这里改,在这里改。"梦湖抽出一张椅子,就在孟老师的办公桌旁坐了下来。

孟老师又从抽屉里取出绘图笔、橡皮、尺子,一一放在桌面上。

因为吴善清在背后那么贬斥了孟慈一番,梦湖对孟老师的一举一动都很注意。稍一留神端详,她发现孟慈是一个美男子型的中年人,个头中等偏高,不胖不瘦的脸庞白净中透着红润,五官端正,带有一股男子气概。他的两肩宽宽的,身体强壮,动作敏捷灵活,给人一种活力感。无论从哪个角度瞅他,都很难和"痨病"联系起来。

吴善清在乱讲?还是……

"孟老师,听说你以前身体不大好?"梦湖低头俯视着摊在桌面上的图纸,似漫不经心地问。

"是啊!哮喘、肺病,几乎断送了我的前程。可是,坏事变成了好事,你看我,现在不是壮得像头牛嘛。治疗加上经久不断的锻炼,效果比我想象的还要好。"

"真不简单。"

"你是怎么听说的?"孟慈有些奇怪地问。

"哦,我啊,"梦湖掩饰着说,"无意中听学员讲的……"

梦湖不善于说谎,话一出口,她简直没勇气抬头望一下孟老师了,她怕孟老师追问下去,听哪个学员讲的。幸好,孟老师没再往下问,在离开桌子以前,只叮嘱了她一句:

"改完图纸,你再稍候片刻。区服装公司的领导要同你谈话。"

霓虹灯在变幻、闪烁,商店橱窗里,琳琅满目的各式商品,在雪亮的灯光里泛出五颜六色的绚丽异彩。车辆的河流在奔泻,自行车的铃声奏出一阵阵嚣杂的乐曲,行人如潮,每个行人的脸庞,也都被灯光照得泛出暗红色的光来。

点心店里冒出缕缕热气,设在过街楼下的饮食摊上,一个胖胖的大师傅正在有节奏地敲着平底锅沿,用好听的调子招徕食客。

"来啊,刚出锅的热饺子,喷喷香、鲜得来,快来尝一尝呀……"

从十字街头,不时传来警察的吆喝:

"脚踏车,脚踏车,退回到横道线后头去。"

……

正是华灯初上的大上海最喧闹的时候。

梦湖走在人流里,急促中带着兴奋,眼里闪着笑意,情不自禁地赞叹着:哦,生活,是多么美好而富于色彩啊!她是这生活里的一部分,她在这样的生活里,用自己的劳动和追求,争来了前程。她还将用自己的努力和奋斗,来为这样的生活增添色彩,来美化这迷人的生活。这是她作为一个人的权利。

不是嘛,区服装公司的领导,在同她谈话时,已明确地告诉她,要调她到公司的服装设计科来工作,并鼓励她,进一步刻苦钻研,为人民大众,为美化生活,设计出更好更多的新颖服装来。这是时代的要求,是二十世纪八十年代的中国人日常生活中最关心的问题之一。

这就是说,梦湖的勤奋和在服装设计中显露出来的才华,为自己争得了一个更能发挥作用的工作岗位,争取了一条通向美好未来的道路。搞服装设计,不是她自小就有的理想。中学毕业,人家去闹"文化大革命",她在家当逍遥派那几年,只是受了母亲的感染,她拿起针线缝缝补补。后来去插队落户,回沪过冬时,为消磨那些枯燥寂寞的漫长的时光,她开始拿起剪刀,学裁一些简单的衣裤。进了生产组,天天同衣料、衣片、衣领、门襟打交道,她为那机械的劳动而烦恼,又为很少变化的品种、款式而不平,她逐渐对服装设计产生了兴趣,默默地萌动起设计新式服装的想法。为此,她读了许多书,搜集了大量资料,成为服装设计的"有心人"。

是呵,中国是个服装工艺历史悠久的国家。盛唐时期,安乐公主的一条裙子,用林中百鸟的羽毛织成,色彩绚丽夺目,光华照人,从正面看、反面看、白昼看、黑夜灯光下看,色泽各异,变化万千。裙子上百鸟飞翔,千姿百态,逼真引人,栩栩如生,古代成衣技艺的高超,在这条裙子上足见一斑。汉朝宫廷里就设服官,专造衮龙文绣等礼服,富贵人家以"身穿绵绣衣,足登麂皮履"而炫耀于世。春秋战国时期,中国的衣着已十分丰富多彩,号称"冠带衣履天下"。再追溯到久远的四千多年以前,殷商时期的甲骨文中,就有织帛、制裘、缝纫、皮革的记载。可为啥到了今天,偏偏我们的服饰就那么古板、单调得乏味呢?

梦湖是有自己的理想的。她决心为改变人们服装的单一、少变化而献出自己的才智。她为自己的追求划分了两个层次,先攻冬季时装设计,在这一基础上,她要试用种种普通、廉价的布料,设计出多种多样别致大方的款式,要做到新颖而不俗气,新奇而不怪诞。一旦走通这条道路,就可能改变成千上万人的衣着和服饰。

那会是一个多么美妙的时刻啊。

她很少同人谈到自己的理想,但她确是在默默地耕耘着、追求着。

今天,公司即将调她去专门设计服装的决定,给她提供了一个多好的纵横驰骋的天地啊!她怎能不为之振奋、为之喜悦呢?

但是,即使是在她最为狂喜的那一瞬间,她的心灵深处,也还隐伏着忧虑的思绪,也还清醒地意识到,天黑了,吴善清回家了,屋子里黑漆漆的,不但没有晚饭端到桌面上来,就连她的人影子也不见……

尽管思想上有准备,梦湖也没料到,家里有这么一场暴风骤雨在等待着她。

钥匙插进锁孔里,转动了两下,严丝合缝紧紧关闭的房门打开了,房间里所有的灯都开着,小吊灯、壁灯、落地灯、过道灯、厨房灯、卫生间的灯统统都开得通明透亮,吴善清坐在一张藤椅里,面对着门,脸色铁青,目光犀利地盯着愣怔在门口的梦湖。

梦湖是从有教养的人家出来的,在派头十足、傲气冲天的人面前,在唯唯诺诺、谄媚讨好的人面前,她都能显得彬彬有礼、温文尔雅,但又有自己的不失尊严的风度。她朝吴善清淡淡一笑,抱歉地说:

"回来得晚了。我马上烧夜饭。你饿了吧,饿的话到橱里寻点吃的,我买好了……"

"你到哪里去了?"没待她说出食品橱里放了些啥点心,吴善清就不耐烦地打断了她的话,质问她。

"我嘛,到区里去了。"梦湖尽量柔声回答。

"去干啥?"

"图纸遗失了,去说明一下。"

"讲一句话,要这么长时间吗?"

"你好像是在审问我了……"梦湖堆起笑脸说。

吴善清粗暴地打断了她的话:"就是在审问你。为啥去了那么长时间?"

"我可以不回答你的……"

"啥?"

"你显得太无理。"

"还是我无理?"

"对。把我的图纸藏起来了,我去说一下,你就发这么大脾气。你不藏图纸,不就啥事也没有了!"

"胡说!"吴善清一拍藤椅的扶手,恼羞成怒地说,"你是骨头轻,找借口往区里跑。名义上是去说一句话,实际上、实际上他妈的不知道去干啥!"

生产组费阿姨那张眯眯含笑的脸在梦湖眼前晃动了一下,她冷冷地道:

"那你也管不着。"

"你说啥?"

"我说你管不到我。"

"可我是你丈夫,有权来管你!"

"我是嫁给你的,不是卖给你当奴仆的。"

"嫁给了我,就得烧饭、煮菜,就得为我服务!"

"你想得倒美!凭啥非要我煮给你吃,你早回来,为啥不能动动手?"

"就是等着你回来煮给我吃。"

"你吃、你吃!"梦湖真正地来了气,她已经把门背后的围腰取下来往身上系,听到这儿,她把围腰揉成一团,往椅子上一扔,"你吃吧,今晚上我就是不煮,看你吃!"

"好啊!"吴善清跳了起来,两眼里凶光灼灼地直瞪着梦湖,"你无法无天了!告诉你,你只是个生产组的女工,每月只拿那三四十元钱,在这个家庭里,是我养活你,不是你养活我……"

"就凭这,你可以随意藏我的图纸、不尊重我的劳动?就凭这,你可以对我发号施令,训斥叫骂吗?"梦湖想起了平日里积攒下的那些怨气,怎么也无法容忍了,"告诉你,走进这个家门,我没有白吃你一顿饭,我没有白花你一分钱,这一点你应该清醒!"

"我是不允许你走上危险的道路!"

"越说越悬了!"

"别装糊涂了。我不允许你借口到区里去找孟慈,不允许我的妻子和别人……"

"你无耻!"

"你混蛋!"暴怒的吴善清陡地扑到梦湖面前,抡起巴掌,照着她的脸就是狠狠的一下。

梦湖的脸上火辣辣地发痛,但她没用手去揉搓一下,更没像一般女子样号啕大哭,相反,溢出眼眶的泪反而干了。她怒目横掠着吴善清,几乎认不出这个人竟是自己的丈夫。平时,吴善清文秀端正的脸上,这阵儿由于狂怒鼓起了圆溜溜的肉瘤,显得专横凶残。

"打得好,"梦湖镇定地抑制着微颤的声音,冷冷地道,"打得好,打出了你这人的真实面目!"

吴善清又一次跳了起来:"给我滚!滚出去!滚!"

梦湖轻蔑地瞥了他一眼,身子朝边上一侧,然后转过去,出了屋门。

由于震惊,由于气愤得浑身颤抖,她一脚重一脚轻地顺着走廊跑去、跑去,到了电梯门前,她也没停下来,一直跑到楼梯口,顺着十层楼梯,踉踉跄跄地走下去、走下去……

四

听完梦湖叙述的一场家庭风波,当母亲的周静梅头一个唉声叹气地叫起来:"哎呀呀,这个家里是交魔窟运了呀!一个去寻'拖油瓶'做对象,一个闹得又骂又打,真正的前世作孽啦!"她除了这样喊,还有啥办法呢?倪院长不悦地闭了一下眼睛,时间太晚,眼皮是很沉重了,但他仍硬撑着,把目光移到其他人

052

身上。

梦湖的到来,把一家人全惊醒了。在梦湖哭诉的当儿,先是梦颖和金源华闻声来到爸爸妈妈房里,不多一会儿,楼梯上响起脚步声,梦岩和于蓓莉也下楼来了。于蓓莉的双眼亮晶晶的,奶油般白净的脸庞上泛着亮光,乌黑的头发微显蓬乱,站在爸爸妈妈跟前,她还亲昵地偎依着梦岩的肩膀。没人发表高见,她撒撒嘴说:

"吴善清怎么可以打人呢?太岂有此理了。这个人,表面上看去还是很有修养的呢。"

"他要打人,我来同他打好了!"金源华举起拳头扬了扬,"欺负起人来了,这家伙。"

梦颖使劲扯了一下他的衣袖,他根本未曾回过神来,还转脸问:

"干啥?打人的人,就是要叫他尝尝挨打的滋味,不对吗?"

梦颖不再瞅他了,转了脸去。

梦岩半个肩膀靠在墙上,轻声咕哝道:"这还仅仅是开始。"

"所以不能任其发展,要和好如初,要像恋爱时一样亲热体谅,就要设法缓解矛盾。"梦颖接着弟弟的话说。

"梦颖讲得对。"倪院长扬了一下手,总结一般对梦湖道,"是啊,成了家,走出了家门去生活,对人生来讲,就是一道新课题。自有家庭以来,可以说没有不闹矛盾的家庭,大小总有点摩擦。问题是摩擦发生以后怎么办?我的观点是,冷静可以使得危局稳住,谦让可以使得怒气平息,宽容会使得爱情永葆青春。因此,我的意思,梦湖既来了,可在家里休息一会儿,然后就回去……"

"回去?"梦岩和金源华异口同声地问。

"是回去。"倪院长重复了一遍,不屑地瞥了儿子和女婿一眼,"这种时候,重要的是改善关系,不要扩大裂痕。"

梦湖的身子扭了一扭,嘤嘤地啜泣出声了。

周静梅瞅瞅老伴,又紧皱眉头望了望梦湖,哀求般对倪院长道:

"让梦湖在家过一夜吧。"

"你懂什么!"倪院长不快地一挥手。

周静梅还不甘心:"都这么晚了……"

"可以让梦颖和梦岩送她。"

"爸爸。"梦颖往倪院长跟前走了一步,轻声细语地说,"送梦湖去,怕也不行了,末班车也没有了。梦湖家离这里又很远,要送,只有步行,三四个钟头打来回。"

"是嘛,跑出来了又回去,吴善清以后还要凶呢!"于蓓莉紧接着快嘴快舌地说。

梦岩把偎依着他的于蓓莉轻轻扳开,在屋子里踱了两步道:"我看也没有这个必要。"

"叫他心里也好晓得,老婆是欺负不得的。"金源华粗声粗气地说。

梦颖闻声斜了他一眼。

倪院长双手扶着椅把,询问似的道:"怎么,你们都好像站在梦湖一边,帮着她说话?告诉你们,梦湖是我的女儿,我更懂得爱护她。回去,没有公共汽车,叫出租汽车,那是日夜二十四小时都服务的……"

"我不同意,爸爸!"一个响脆的嗓音打断了倪院长的话,跟着,客堂门被重重地一下推开了,小女儿梦琳身姿矫健潇洒地进了客堂间,笔直地站在倪院长面前说,"你的决定,是对大男子主义的妥协,是逼着二姐去做她不愿做的事,是让二姐甘心情愿地当吴善清那家伙的奴仆。不能同意。二姐不能回去,住在家里。要去,到星期天,我们几个兄妹一道去兴师问罪,要他赔礼道歉,彻底认错!"

"哎呀,琳囡,你有话好好讲嘛!"周静梅看到小女儿突然之间回来,又说出这么一番大为不恭的话来,岂不更惹老头子生气?她直为梦琳担心。

姐姐、姐夫、哥哥、嫂嫂听了梦琳这几句话,也大有同感,几个人都把目光转向了倪院长。

倪院长自从房门被推开时,困顿疲乏的眼睛就顿觉面前一亮,像闪进了一道光。

确实,梦琳的身上洋溢着一股蓬蓬勃勃的朝气和青春的活力。她那一头长及后背的披肩发,在客堂间里闪烁着光泽。她上身穿的那件烟灰色蝙蝠袖细绒线衫,前胸上绣着一株亭亭玉立的细竹,醒目而又别致新颖。她穿的那条牛仔裤,因为多次洗涤而显露浅白色。就连她脚上那双鞋,也是灰扑扑毛茸茸的,弄不清算是什么鞋子。

倪院长定了定神,才把梦琳这一身打扮端详了个细致,唉!这算什么穿着?怪里怪气的,袖子管下面飘飘荡荡一大块,她就不嫌累赘?要在平时,倪院长早就要对她的服饰啰唆几句了。可眼下在讨论更重要的问题,这种话题插不上。说老实话,在这个家庭里,也只有梦琳这个小冤家,敢于用如此直率大胆的语气同倪院长讲话。

倪院长朝梦琳把手一挥:"你什么事儿都不懂,来乱插啥嘴?二姐出了什么事,你知道吗?"

"我在门外头都听到了。"

"听到了也没你说话的资格。"

"我偏要讲!"

"你……"倪院长的脸泛起了发怒的红潮,食指直点住梦琳,"你勿要在这里乱搅!我说了,梦湖得回去,看谁敢留她过夜。"

"我敢,我就敢!"梦琳的性子也上来了,她一甩披肩发转脸对梦湖道,"二姐,你跟我一道睡,睡在亭子间里。"

"放肆!你、梦琳……"倪院长由于陡地提高了嗓门,一股气直冲上来,他的话说对一半,就连连地咳了好几声。

周静梅把梦琳往门外推搡着,嘴里忙不迭地责备小女儿:

"看你!看你!真不懂事,把你爸爸气得……快、快走开吧,我的小冤家。"

梦琳紧紧拉着梦湖的手,想趁机溜出门去,不料倪院长喘过一口气来,伸直了臂膀,以命令的语气道:

"不要走!我正要同你算账。"

梦琳收住了脚步,两只大眼睛眨巴眨巴地望着父亲,那神情似在问:算什么账?

若说梦琳心头不明白,在家吃晚饭的人是全都清楚的,梦琳今晚上是逃不脱一顿责备、训斥了。

果然,倪院长接过老伴递过来的一杯温开水,喝了两小口,拖长了声音道:

"你是几点钟下班的?"

"六点钟呀。"

"现在几点钟了?"

"十一点过头。"

"这五个多小时里,你到哪里去了?"

"逛马路。"

梦琳回答得如此直截了当,倪院长倒有点吃不准她的态度了。他凝神瞅了她一眼,忖度着下一句话该怎样问。

客堂间里聚满了一家两代人,谁都不便在这当儿离去,也不便从中插嘴。房间里的空气仿佛凝固了,逐渐出现了一种紧张感。

倪院长的背脊微向后仰靠在椅背上,脸上露出只有像他这样的老人才有的安详,放缓了声音道:

"和啥人逛马路?"

梦琳又毫不掩饰地回答:"男朋友。"

说着,梦琳两眼向哥哥、姐姐们扫了一眼。

"叫啥名字?"

"李阵。"

"为啥从未听你讲过?"

"还不到讲的时候。"

"不问你,你还要瞒下去啰?"

"不,这几天我就预备给家里讲。"

倪院长冷冷一笑。梦琳回答得这样率直,倒教他难以追问下去了。

房间里再次出现了冷寂的场面。梦琳大约是累了,她拉过一张椅子来坐下。她的脸正面向客堂间的六扇窗子,从一扇开着的窗户望出去,夜空暗蓝深邃,有两颗星星,恰好被套在窗框里。哦,星星在眨眼,真像是李阵那一对带点忧郁的眼睛。

在上海,这条马路被人们称作"爱情之路"。

马路的一边人行道紧挨着某研究所的围墙,另一边紧挨着某医院住院部的围墙,两道围墙夹出的这一条马路上,没有什么住户,也没有什么机关。近些年来,这条马路上被建筑部门搭盖了一些临时工棚,供工人们替换工作服、休息和堆放工具。原本就不许机动车通过的僻静马路,这一来连自行车也必须绕道了。马路两侧阔叶梧桐繁茂的树叶把稀疏的路灯包裹着、遮掩着,远远望去,入夜的

"爱情之路"上,幽暗深沉,却又影影绰绰地能看到一对对相偎相依的情侣。

听说这条"爱情之路"上出过事,每次到这儿来,梦琳总不敢往路深处走。她和李阵,常常是在离路口不远的地方相会。

今天下班之后,随李阵进了一家清真馆子,吃了几两生煎馒头,喝了一碗咖喱羊肉汤,两人就到"爱情之路"上来了。

"爱情之路"上有点微风,走到一株粗大的梧桐树边,梦琳和李阵不由得停了下来。

"跟你讲呀,我不想把这件事瞒着家里了。"梦琳的双手放在背后,触到了粗实的树皮,这话题,是他俩饭前谈起的,"你说呢?"

李阵没有吭气。

梦琳随手抓起他的衣袖一晃:"怎么不讲话,又在想你的一'小兔子'了?"

小兔子是李阵的儿子,从这个月起刚开始全托。

"不。"李阵摇摇头。

"那你想啥?"

"我有点怕……"

"有啥可怕的?"

"怕你的爸爸妈妈和哥哥姐姐……"

"寿头!他们见都没见过你,你怕个啥?"

"梦琳,"李阵一把抓起她的手,托在他的手心里轻轻地摩挲着、摩挲着,讷讷地说,"是命运把你送进我的生活里来的,初次见到你,我真不敢想象,你、你会成为我生活中的密不可分的一部分。我们相爱了,在你,一切似乎比较自然,可在你父母兄妹的眼里,我……我就是一个、一个……有孩子的父亲,一个……"

"你想得太多了。"梦琳不无柔情地说,"我爸爸是个知识分子,人很开通。连我都懂的事儿,他不会不懂!"

"这正是我所担心的。正因为你爸爸是出名的外科大夫,是高级知识分子,我才……"

"哎呀!你啊……难道我还不如你了解自己的爸爸?"梦琳笑了起来。她心里说,你还不了解我在家庭中所处的优越地位呢。

李阵笑不起来:"可能,我比你年长几岁,对事物的看法……当然啰,但愿……"

"那就对了。"梦琳一摇他的手,"你就等着听好消息吧!"

这时候,梦琳乐观地对李阵说的话,仿佛还在她自己耳边响着。

"琳囡,"妈妈冷不防地插嘴了,"那个……那个李什么的,是不是个'拖油瓶'?"

"拖油瓶!"

这个词有多难听。梦琳倏地转过脸去:"妈妈,你听哪个讲的?"

"你先别管啥人讲的,先讲讲他是不是'拖油瓶'?"

"不,我要晓得,是谁来同你们讲的?"梦琳两道愤愤的目光从母亲脸上,移到哥哥嫂嫂、姐姐姐夫脸上,最后落在爸爸沉凝的脸上,"说呀,你们为啥不说?不说我也晓得,一定是齐厂长来同爸爸讲的,对不对?爸爸。"

"人家讲也是好心……"倪院长刚刚开口,梦琳就叫了起来:"哼,他就是喜欢来拍马屁,什么事儿都来报告,好像一条狗……"

"梦琳!"倪院长沉沉地叫了一声,两眼灼灼地逼视着女儿,脸上挂满怒容,"你太不像话了!从你这一碰就跳的态度,我就晓得齐厂长说的是事实……"

"是事实又怎么样?"

"不怎么样。是事实。你就给我和那个'拖油瓶'一刀两断,断绝来往。这话既然我说出了口,你就得去照办。我不要听你的任何解释。现在时间不早了,明天还都要上班,都回自己屋睡觉去吧、去吧!"

"爸爸!"梦琳冲到倪院长跟前来,"我……"

"我不要听,回你屋里去。"倪院长的手指着门口,威严地说。

梦颖和梦湖一边一个,拉扯着梦琳,走出了客堂间。梦岩、于蓓莉、金源华三个,也随后退了出去。

有一个事实大家都看到了,却都没有点穿,那便是倪院长不再坚持让梦湖回家去了。

其实,几个子女有谁真正看到倪院长的心里啊!

听到女婿吴善清竟然动手打人,还呵斥自己的女儿滚,他是气不打一处涌上来,直感到恼怒而又伤心。

第二天上班时,一夜失眠的样儿全显露出来了。他的两眼有点儿发红,眼皮下的泪囊微带青色,脸上的皱纹似也增多了。

当着女儿梦湖的面,作为父亲,他当然只能采取劝解的态度,并且对梦湖多加责备、严厉管教,不给她火头上浇油。可反过来,对女婿,他觉得也不能饶恕。结婚才多久啊,还没有孩子,他倒先又打又骂地闹开了,真是一副流氓腔……

头一个察觉他神情有异的是福仁医院的汪书记,每天上午,小轿车先来同祥里接倪院长,然后又顺道去接汪书记。

瘦瘦高高、满脑袋头发都花白了的汪书记慈眉善目,和倪院长合作得相当不错。他钻进轿车后排,只对倪院长望了一眼,就问:

"怎么,昨晚上没睡好?"

"嗯。每隔两三个月,总有这么一夜静不下心来。"

"你要注意哕!春天气候变化大,容易有个头痛脑热的。"

"对。"倪院长点点头,脑子里却在忖度,碰到了吴善清,给他个什么脸色。

上海牌轿车在不快不慢地行驶,紧挨着轿车右侧的,是大上海早晨很多条马路上都能见到的自行车的洪流。车铃声不断传进车子里来。

汪书记似在有意识地侧转脸观察他,倪院长觉察了,微微一笑。汪书记的手往倪院长膝盖上一拍:

"梦岩和蓓莉小两口,处得还和睦吗?"

"和睦和睦。"倪院长随口应着,他的眼前掠过昨晚上于蓓莉依偎着梦岩站在客堂里的一幕,又补充了一句,"我从旁观察,小两口还很亲热哩!"

"哈哈哈!"汪书记满意地笑了。梦岩和蓓利是他从中撮合、介绍认识的。于蓓莉是汪书记一位当副局长的老战友的女儿。汪书记事前征得了两位老人的同意,又让两位年轻人相互看了照片,然后又由倪院长带着梦岩,老战友带着蓓莉,双双来到汪书记家做客,吃了一顿饭,相见之下,梦岩英俊洒脱,蓓莉美丽纤巧,不但两位年轻人满意,连两位老人,也觉得门当户对,各方面都相配。从恋爱到结婚,可以说是水到渠成,顺利极了,现在听说年轻夫妇婚后生活相当幸福,当月老的汪书记自然是欢喜不尽啰。"这件事真得谢谢你呢!"倪院长的眼角边也堆起了笑纹,真诚地说,"现在这帮子年轻人的恋爱、婚姻,真不是件容易事,常常会弄巧成拙。"

"我听说得也不少。"汪书记的情绪很好,"可惜,你倪院长就梦岩一个儿子。如果你有三个、五个儿子,像你这种家庭教育出来的小伙子,我都可以替你一个一个介绍像蓓莉这样的好姑娘。"

"噢。"

"不是戏言。我这袋袋里,"汪书记拍拍衣袋,"托我留心给介绍的就有六个,都是姑娘……"

"怪了。"

"是啊!麻烦的是这些姑娘的年龄一年比一年大。她们都是你我这样家庭出来的,接触面狭窄,内心当中对爱人的要求又高,希望对方样样都称她的心,这就难啰!姑娘都是好姑娘,却难以出嫁。"

"这已经形成了一个不大不小的社会问题。"

"真是这样哩。"

前面是十字路口,遇到红灯,小轿车随着汽车的长队停了下来。

倪院长换了一个话题:"昨天下午的会,开了点啥内容?"

"接班人。噢,顺便告诉你,上次来医院考查副院长人选的同志,对吴善清印象不错。"

"呃……"倪院长喉咙里发出了含含糊糊的声音。他对这个女婿,正窝着一肚子火呢。不错,不错!他历来对吴善清的印象不也很好嘛,可就是这个给人"印象不错"的家伙,竟然动手打梦湖,叫梦湖滚出家门。

汪书记没听到下文,以为是倪院长避嫌,便主动转了话题:

"福仁医院各科,倒是都有些骨干。毕竟是上海有名的大医院嘛。"

在院长办公室里,坐下有三四十分钟。倪院长却一件事儿也没办,他能够记起的,就是近几天里,有一个各科主任的会。其他的事,他一件也记不住了。

他满脑子里装的,就是如何对付吴善清。轿车到达福仁医院,下车后一路上楼来,他没有碰到吴善清。要是他在院长办公室办一天公,吴善清也不会找上门来。要见这个女婿,只有自己到外科去,而他找到外科去,那当然是一副兴师问罪的脸孔,这样合适吗?况且到了外科,人那么多,有没有机会谈话呢?

春天的阳光从朝南的窗户射进来,院长室里明媚爽洁。可倪院长却心烦意乱,一清早就有股懒洋洋的困倦感。

"笃笃笃!"门上急促地敲了三下。

倪院长坐直了背,随手打开天蓝色厚封皮的卷宗,放开嗓门道:

"进来!"

门开了,进来的是吴善清。他进得屋来,看清屋内就岳父一人,随即一手掩上了门,浮起殷勤的笑,喊了一声:

"爸爸。"

"嗯。"女婿来了,倪院长心头踏实了,院长室里没有旁人,他要给吴善清一点"忠告"。

吴善清有点拘谨,满脸是不安的神态,眼睛有点下陷,显然也是一夜未睡好觉。

"我是来向您认错的。"他没敢坐,内疚地垂下头,沉痛地说,"昨天做了个大手术回家,看到家里冷冷清清,肚皮饿,人又疲倦,梦湖回来后,我态度粗暴,还、还……还骂人,甚至于、甚至于动了手,我太不应该,太对不起你老人家、对不起梦湖……嗯嘻……"

他竟然哽咽起来,眼角边溢出了泪水,愧疚地站在倪院长面前。

倪院长打开办公桌的小抽屉,从中拿出一张硬纸片,上面赫然印着四个仿宋大字:请勿打扰!

他离座走到门边,打开门,将硬纸片挂在门把上,慢条斯理地坐回到他的沙发椅上,而后仰起脸,用严峻并带责备的目光瞅着吴善清。

是的,这个人是倪院长看中的。他的手术做得很不错,事业心也很强,相貌堂堂,一表人才。在吴善清还未与不贞节的老婆离婚之前,倪院长就力主把他放到外科的重要岗位上,放手让他去干。外科主任的位置,早晚也是他的。后来,听说他离了婚,而离婚的责任在女方,吴善清是清白的、无辜的,再说,还没有孩子,故而,他自己为插队回沪的梦湖牵了这根线。特别是这半年来,福仁医院班子要调整,推吴善清当副院长候选人的呼声还蛮高,倪院长就更认定,他替梦湖做的这一选择没有错。吴善清的前程远大。

万万没想到,在家里,他竟会是另一副面孔。听梦湖讲完了她的婚后情况,倪院长简直气疯了。只是他不便在梦湖面前发作,他有尴尬的一面。

吴善清被岳父犀利的目光盯得狼狈不堪,垂着眼睑,连眼角也不敢瞥一下这位老人。他当然晓得,他的前程,他的命运和下半辈子的荣耀,一大半系在这个老人身上。别说他在福仁医院,就是在整个上海医务界,大博士倪维宇的一句话,也是举足轻重的哩。

"你听说我在家里打过人吗?"倪院长的嗓音压得沉沉地开口了,"嗯?"

"没……没有。"

"你……真愚蠢!"

"是的,爸爸。"

"自己的老婆也能随意打骂吗?"

"我……对不起……"

"自己的老婆都处不好关系,你让人怎么相信,能和一起共事的同志搞好关系呢?头一个妻子你没管好,已经够丢脸的了。现在又同梦湖打打闹闹,你……你真让人失望。"

"我错了,爸爸!我愿意以百倍的努力去……去……"

"你坐下吧。"

"谢谢,爸爸。"

"梦湖错在哪里了?你给我说说。"

"她……她没错。怪、怪我,都怪我。"

"时代不同了。你不能要求梦湖像她的妈妈那样,一辈子为你煮饭、洗衣裳。她有她自己的追求嘛。况且,她的追求正在被社会承认。把她从里弄生产组抽调去区里搞专业服装设计,不就是一个有力的证明嘛!你觉得她必须依赖你才能生活得好,可她用行动证实了,靠自己的努力照样能生活得好。她比她妈妈强。"

吴善清惊愕地睁大了一对眼睛,真正有点恐慌了,他还不晓得,梦湖马上要调区里去工作了呢!

他用拳头捶击着额头:

"我……我该死,我真该死!爸爸。"

"糊涂!"倪院长又重重地加上一句,还有后半句话,他没说出口来,那就是处在目前这种状况下,作为副院长候选人,你得处处都给人以楷模的形象啊!倪院长停顿了片刻,问,"你准备怎么办?"

"我……"吴善清仰起脸来,眼眶边挂着泪,征询而心神不定地盯着倪院长,试探地说,"我想上门去道歉,向梦湖赔礼,接她回去。"

倪院长矜持地点了一下头。心里说,看起来,几个子女的观点还是对的。应该让梦湖在家住几天,杀杀吴善清的威风,让他牢牢记住这个教训。时代确实不一样了,要是他同周静梅拌嘴吵了架,不要说周静梅绝不会以离家要挟,就是她离去了,倪院长无论如何都不会上门去赔礼的,那不是太失男士风度了嘛!倪院长瞅着吴善清,口气放缓和了一点:

"你是个有文化、有知识的人,说到底,应该懂得,维护自己的权利要慎之又慎。"

这已不是教训,而完全是岳父对女婿推心置腹地交换意见了。吴善清岂有不懂之理!他掏出手帕,拭了拭眼角的泪,忙不迭地点着脑袋说:

"是,是,我在这方面确实差得太远、太远。"

"梦湖在气头上,让她在家里消消气,过个三四天,你再去接她吧。"

吴善清的眼神也表明他心安了:"谢谢,爸爸,谢谢!"

"这几天手术多吗?"倪院长狠狠地盯了他一眼,转换了话题。

这说明家庭问题的谈话已告一段落,吴善清心领神会,连忙用汇报工作的口气道:

"手术倒是多,但都不大。唯有一位演员,患的是肠膜粘连,要动大手术。她的家属死活不同意一般医生主刀,指着名儿要你出面,听说你已经答应了?"

"噢。"倪院长想起了昨天下班前那位赖着不走的客人。说实在的,听说梦琳找了个"拖油瓶"对象,又遇梦湖挨打回了娘家,倪院长已把这事儿给忘了!经女婿一提醒,他才想起来:"是那位报社记者吗?"

"不是报社记者。家属好像在文化局当个什么小头目。"

倪院长拍拍额头,自嘲般笑了,因为是报社老张打来的电话,他便认定昨天那位客人也是报社记者了,原来只是老张的朋友。唉,真是老了,好多事儿记不清爽。倪院长道:

"有啥办法呢?辗转托人找上门来,还赖在这里不走,我只好答应了。这位演员原定哪天动手术?"

"还有三四天吧。"

"那就麻烦你把她的病史什么的给我送来。"

"好的。到时候我当你的助手。"

倪院长点了点头,俯首瞅了一眼打开的卷宗。卷宗里夹的是一份红头文件。

吴善清识趣地站了起来:"爸爸,那我走了!"

倪院长一颔首,伸出食指朝着门点了一点。

吴善清蹑手蹑脚地走到门边,打开门,先把门上挂的"请勿打扰"拿进来,然后轻手轻脚退出去了。

这天夜里,倪院长对老伴道:"梦湖赌着气,她要在家住,就让她住个三四天吧。"

周静梅睁大了一对眼睛,使劲地点头:"是嘛是嘛,虽是出了嫁,也总是亲生女儿,受了气,娘家人总要帮着她点。"

语气里,对倪院长明确表这个态,感到既意外又惊喜。

"不过,还得让她办一件事。"

"啥事?"

"趁这几天和梦琳睡一间房里,让她摸摸梦琳的底。这小姑娘脑子里到底是怎么想的,要弄清爽!"

"对咯,对咯!"周静梅满口赞成,"过去这两姐妹最讲得拢。出嫁后,梦湖做出的新式衣裳,自己怕难为情穿不出去,也总叫梦琳去试穿。让梦湖问,能掏到梦琳的底!"

从老伴随口讲出的话里,倪院长才晓得,梦琳身上经常换的"行头",原来出自业余服装设计师梦湖的手!

市中心。

离外滩不远的延安东路二百六十号,是上海自然博物馆。

每年,有多多少少中小学生,从全市各个角落,到这幢五层楼房里来参观,增长知识。古生物学、地质学、人类学、天文学、植物学、动物学六个分馆,经常接待着一批又一批的学生和游客。

曾几何时,这个博物馆幽静的陈列厅,成了梦琳和李阵谈情说爱、交流感情的地方。在到处是人挤人、人"轧"人的上海,有数的几个小公园,早已不是谈恋爱的理想所在了。一批批退休工人日益壮大的队伍,几乎占领了公园的每一寸土地。他们在那里打扑克、下棋、交流长寿秘诀、舞剑、甩手、悠闲地散步、教授太极拳、捏弄保健铁球,哀叹一个未到七十的老头过早地去世,抱怨儿孙的不孝……

这支一年比一年庞大的老年大军,已不知不觉妨碍了年轻恋人们的活动。于是乎,像梦琳和李阵,只能另辟蹊径,寻找更安静的去处了。

不过,今天,他俩却一点也没有卿卿我我的情绪。站在腔肠动物陈列柜前,两双眼睛望着柜子里那些奇彩缤纷、形态各异的笙珊瑚、红珊瑚、鹿角珊瑚、石芝、脑珊瑚、黑珊瑚标本,两个人几乎是视而不见。

"听你这一讲,我真担心。"李阵的眼睛里一片阴云,忧郁地叹了一口气,"可以说,自从听说了你爸爸是个有名望的医生,我就有这种预感了。"

"担心啥?"梦琳的两眼瞪着李阵。

"担心我们好不成……"

"又不是我爸爸嫁你。"梦琳噘着嘴,似赌气又似表白,"父亲不赞成,女儿照样出嫁的事,也不是现在才有。"

李阵脸上毫无悦色,他只是钦佩地瞥了梦琳一眼,苦笑了一下:

"说起来是容易的,做起来……"

"你以为我说得出做不到吗?"梦琳尖锐地问。

"不,不是这个意思。梦琳,我的意思是讲,你对我的了解还很不够。你知道我住的是什么地方吗?"

"你不是给过我地址吗?"

"但你没有去过。"

"你是要我去,以此来表示自己的决心吗?"

"你误解了。我是说,你不知道我住的地方有多么糟糕……"

"总不见得住在露天马路上吧。"梦琳无忧无虑地说,"大不了没有煤气、卫生设备,没有落地钢窗、百叶窗罢了。"

李阵咬了咬牙,脸色阴沉地说:"不,比你想象的还要糟糕十倍、二十倍……"

梦琳惊讶地睁大了双眼。

"我家住在一条小马路上。这条小马路,前两年还是石子路,铺成柏油马路之后,情况也没多少好转。这是一个地地道道的小市民住宅区。我家就在这条马路的小弄堂里,弄堂口是只大大的开口垃圾桶,终年都散发着臭气,弄堂当中有一只公用水龙头,一天到晚自来水哗哗响着,淘米洗菜的、洗衣洗鞋的、刷牙洗脸的、倒痰盂刷便桶的,一刻不闲。有时候还会为争水龙头吵架……整条弄堂,全是高高低低、七凹八凸的带阁楼的房子……"

"噢,"梦琳听得脸色发白了,"你在我面前画了一幅多么可怕的漫画。"

李阵白皙的脸上浮起伴笑:"你看,你已经吓坏了。"

"好像是的。"梦琳正正经经地说,"我是要好好地想一想,认真地想一想。"

李阵的眼里露出惶惑的目光。

"看啊,这只锦绣龙虾,漂亮极了!"有个戴红领巾的小姑娘尖声叫着,招手唤着五六个同伴。几个姑娘簇拥着围到龙虾柜前,七嘴八舌地称道:

"看龙虾的皮,有一条条美丽的斑纹。"

"真像在织锦上绣出的花儿。"

"不晓得好吃不好吃。"

"多半不好吃!看上去美丽的东西,像蝴蝶啊金鱼啊,全都不好吃!"

"……"

小姑娘们一边议论着一边又朝木叶蝴蝶陈列柜那儿走去,梦琳和李阵也缓缓移动着脚步,朝出口处踱去。

李阵忧心忡忡地觑视着梦琳,试探地小声问:"你在想什么?"

"我在想,我为什么爱?"梦琳几乎是嘀咕般自言自语。

"需要一点时间吗?"

"当然。"

"那……那我送你回去。"

"不用。大白天光的,没人拦路抢劫。"

"那送你到车站。"

"也不必。"

李阵的脸色陡地沉了下来,眼里闪出痛苦的、乞怜般的光。

　　妈妈告诉她,爸爸已经同意她在娘家住上几天。梦湖被困扰的心逐渐安定下来。白天,她跑东跑西地办理调动手续。是啊,从里弄生产组这样的集体单位,调进区服装公司服装设计科这类全民所有制单位,不是件简单的事,要盖的章不少,要跑的地方也不少。好在一切都还顺利,接受单位迫切地要她快去,里弄生产组的头头也没卡她,下个星期,她就可以到设计科去上班了。
　　生活即将翻开新的一页,去区里办手续时,孟慈老师又告诉她,根据她的图纸做的服装样品,可以及时送到服装展销会上。她由衷地感到,生活正在向她打开一扇愈加庄严辉煌的大门,她是亢奋的、幸福的。可惜这仅仅只是指事业而言,一想到吴善清那张嘴脸,她的心只觉在往什么地方沉。
　　爸爸下班回来,妈妈就来传话,这说明爸爸已同吴善清遇见过了。梦湖心里清楚,吴善清是怕爸爸的。既然爸爸有了态度,那说明她的这桩家庭"官司",是会在爸爸的羽翼下得到解决的。但是,吴善清能否痛改前非,再不会以粗暴的态度对待自己了呢？梦湖心中一点底也没有,或者说,她持的还是悲观的看法。婚后这些日子,她觉得她对吴善清此人,才有了一点真正的了解。
　　妈妈关照她,趁和梦琳住在亭子间的机会,好好规劝一下妹妹,摸摸梦琳的底,她同那个"拖油瓶"到底相爱到了什么程度。梦湖答应了妈妈的要求。是啊,作为姐姐,她已嫁了一个不如意的郎君,她得以一个过来人的身份,好好提醒提醒梦琳。
　　"我看得出,你今天有心事。"
　　晚饭后,梦湖回到亭子间,看到比她先搁下了碗筷的梦琳痴呆呆地伫立在窗前,额头抵着窗框,觉得谈话的机会来了。
　　梦琳一动也不动地保持着原姿势,只是鼻腔里哼了一声,表示回答。
　　梦湖慢慢走近妹妹身边,征询地问:"能和我讲讲吗？"
　　梦琳转过脸来了,梦湖吓了一跳,这个平时活泼开朗,好像永远无忧无虑的妹妹,两眼噙满了泪。看来,爱情这玩意儿,常常会让人痛苦。
　　"讲什么呢,二姐？"
　　"就讲讲惹你心烦的这件事儿吧。"

"你是说,讲他……"

"听说他有个孩子?"

"是的。"

梦湖的两条弯眉一扬,以示惊奇:"他是大学生吗?"

"找对象的标准层出不穷,大学生当然也算一个高档次标准。可惜他不是,他是中专生,工资不高。"

"长得很漂亮吗?"

"不是个丑八怪。"

"家庭条件非常好?"

"不,很糟。"

"那么……"

"为什么要和他谈恋爱?你要问的是这句话,对吗,二姐?"

"就算是吧。"

"我也在问自己,为什么?"梦琳苦笑了一下,可眼睛里却无丝毫的笑意,"干脆一起说出来吧,我自己都不清楚,为什么会同李阵相爱。"

"那你就得慎重,梦琳。"梦湖显得很严肃。

"我懂,我懂!"梦琳有点急促地点着头,"可我就是爱同他在一起。不和他在一起的时候,我就想他,想他那双眼睛,想他那个儿子。啊,顺带说一句,他原先那个爱人死了,是吃错了药,突然死掉的。我还喜欢猜测,喜欢刨根问底:他不同我在一起时,干些什么,想些什么。在灯具门市部后面的办公室里,只要他一来,我坐在那儿就觉得踏实,觉得心情愉快,就是晚半个小时下班也不觉得晚。只要他一不来,那我就会如坐针毡,满脑子想的都是他,是不是病了?是不是他儿子又出了事?是不是自行车撞倒了人?是不是……二姐,你谈过恋爱,你当然知道,这些情绪算什么,你给我说说、说说呀!"

在听梦琳讲的时候,梦湖的双眼不由自主地睁大了。她看得出,妹妹陷入了情网。不知怎的,她对梦琳有点羡慕,因为她从来也不曾有过梦琳的这种情绪。不论是在插队落户时对那个男知青,还是后来对吴善清,她都不曾有过这样的感情。

而照理,就像梦琳说的,她是应该体验体验这种感情的。

梦湖又问妹妹:"这个李阵也非常爱你吗?"

"是啰!非常爱。"梦琳脸上泛着红光,走到小写字台旁的椅子边,一屁股坐下去。梦湖也在床沿上坐下,又一股羡慕之情掠过心头。

"二姐姐,说起来也怪,我们的恋爱,讲不清是啥辰光开始的。没有大波大澜,也没有狂风暴雨,就这样一天一天,随着日月的流逝,我们越来越互相了解、互相信赖。"梦琳情不自禁地又向梦湖介绍起她心爱的人来,"在业务上,他常常指导我。说出来不怕你笑,二姐,进光辉灯具厂这些年,一直待在宣传科里出黑板报、整理材料、搞宣传墙报,我连自己厂里出的好些灯的名称都弄不清爽。和李阵接触之后,我增加了多少知识啊。比如讲,亭子间里这盏吸顶灯,叫玉橘吸顶灯;那盏台灯,叫鹌鹑台灯;床上面的是点花罩壁灯,花样经多着哪!就拿人家经常来订购的吊灯来讲,种类就多得数不清,有荔枝罩吊灯、无花果吊灯、美玉吊灯、兰陵吊灯、蓓蕾罩吊灯……"

"好了好了,我不要听这些了。"梦湖含笑打断了妹妹的话,"现在我只想晓得,你同这个李阵好到了什么程度。"

梦琳脸上的笑容顿时收敛了,她瞥了梦湖一眼,说:

"不瞒你,二姐,我们商量过婚事。"

"你不是说,他的家庭条件很糟吗?"

"是啰。"

"糟到个什么地步?"

"我……我也说不清楚。"

梦湖的脸色变得严峻了:"这你就有些轻率了,梦琳。我不想干涉你的恋爱,因为我的恋爱也不很成功。听了你的话,我可以想象,你们之间的爱是有感情基础的。有些事儿,只是你不便对我讲罢了……"

"真的,二姐,真像你说的,每次落雨天,要是我没带雨具,他总是先骑车赶回去拿来雨衣雨伞;单位里晚上有活动,他常常送我回来;刚才我讲到的那些新式灯具,设计过程中,他都曾出过点子。照理,这不关他搞经销的人的事,但因为他能直接听到用户的意见,觉得有责任给设计科出主意……"梦琳又滔滔不绝地讲起来。

梦湖入神地点了点头:"我可以想象。但是,婚姻毕竟是件庄重的事儿。你应该进一步了解李阵,包括了解他的家庭情况、住房、老人、兄妹……"

"我是想到的,都是这个齐厂长,不知从哪儿刺探了情报,报告了爸爸,弄得我措手不及,哼!"梦琳气得跺了一下脚,嘴噘得老高,"二姐,你倒说说看,要是这个人确确实实好,只是因为家庭条件差,该不该嫁他呢?"

梦湖委婉地表示了自己的看法:"忘了我们抄在本子上的那首诗了吗?生命诚可贵,爱情价更高。要是从爱情出发,就得有勇气。"

"对,对!"梦琳的两眼望定了一处,熠熠地闪出光芒,"若为自由故,两者皆可抛。我现在要抛的,只不过是些物质上的便利条件罢了。可我能争来自由、自由!二姐,你说是不是?"

梦湖盯着忽然激动起来的妹妹,一时还未领会她的意思,诧异地眨着眼。

"你想想嘛,二姐,我若听了爸爸的话,以后就只有像你和大姐一样,在恋爱婚姻上,听凭爸爸的摆布,那样的生活,物质条件再好,有什么精神自由?有什么愉快可言?"梦琳说着话站了起来,双手摊开直伸到梦湖跟前,"不说你了,就说大姐吧,她愉快吗?她嫁了金源华,感到幸福吗?"

不知是被梦琳的话击中了敏感的神经,还是怕她的话被姐姐、姐夫听见,梦湖惊骇地站了起来,急急地但又是无力地提醒着妹妹:

"轻点,轻点,梦琳,被姐夫听见了可不好。"

梦琳也戛然闭紧了嘴,愣愣地瞪着二姐。她不是怕姐夫听见,而是看到梦湖的眼睛里,饱含着晶莹的泪水,几乎就要溢眶而出了。

五

在福仁医院,倪院长主刀的手术,其意义远不止于手术本身。医学博士倪维宇的每一次手术,都意味着示范,意味着精湛的表演,能获准进入手术室参观的同行,都会感到是一种荣誉。

全院上下的职工这么认为,倪院长的内心深处,何尝不是这样想的呢?

今天他又要动手术了,病人是个中年女演员,患的是肠膜粘连。这就是说,是个具有高难度的手术,要有指功,要有较长的耐力。

倪院长早在默默地做着准备了。这几天里,一得空闲,他就把两只沉甸甸的保健铁球,抓在掌上,按逆时针方向,一圈一圈地转动着。每天清晨起床之后,第一件事就是端一把椅子到晒台上,敛声屏息地静坐二十分钟到半个小时,练一练气功。

调看了中年女演员的病历,倪院长懂了,那位丈夫为啥要久久地坐在他办公室里,恳求他来主刀。中年女演员的病确实不轻。手术前一天,院长不得不打电话把那位丈夫招来,和他开诚布公地作一次严峻的谈话。

这是惯例。就像当年给齐广长的女儿动手术前,把这位厂长招来谈话一样。

不过,倪院长的心里,对手术还是充满了信心的。他这一辈子,做过多少次手术啊,记不清了。光是疑难手术,也可以排成三位数。在他的手术刀下,还没有出过什么重大的差错,要不,在人才济济、竞争激烈的上海滩,倪维宇怎会有如此大的名望和崇高的地位呢!

天气不冷不热,阳光明媚悦人,早晨起来以后,倪院长就感到神清气爽。对今天的手术来说,这都是好兆头。在院长室里,简单处理了几件院务,倪院长瞅了一下梅花牌手表,八点半了,他站起身来,准备到手术室去。手术将要在九点钟开始。

"丁零零……"电话响了起来。

倪院长没有接电话,在重大手术前,他不想有什么杂事儿扰乱了心境。

电话铃固执地接二连三地响着,一声比一声急促和清脆。

倪院长蹙了蹙眉,转过身,抓起了话筒。

"倪院长、倪院长吗?我是齐厂长啊!"对方的声音异常急迫。

"你好啊,齐厂长。"倪院长眼前闪过小女儿梦琳穿着蝙蝠袖毛衣的倩影。

齐厂长的声音一下子变大了:"打扰你了,倪院长。你是不是批评梦琳了啊?"

"没有啊!"

"那是怎么回事呢?"齐厂长的嗓音变得困惑起来,"她闯进我的办公室,朝着我呱呱呱放了一通炮,我算是被她骂惨了,说我干涉她的恋爱自由,说我不务正业,哈哈,还骂我是……是克格勃。"

手中的话筒被倪院长抓紧了,他的两眼灼灼的像是要喷出火来,梦琳这小姑娘也太不像话了！他愤愤地说："简直是岂有此理！齐厂长，我在这里向你道歉。同时，也请你用厂规厂法狠狠地治一治她。"

"我治她什么呀，倪院长？给你打电话，我是想劝劝你，管教她的时候，还是得和风细雨，疏导为主，对吗？至于我，常有工人来又吵又骂的，无所谓了。我是跟你通个气，你就宽心吧，我不会在意的。"

齐厂长很客气地挂断了电话。可倪院长却把话筒抓在手里好一会儿，才慢慢地放回去，梦琳的行为给齐厂长、给厂里领导会是个什么印象啊？别人会指责他倪维宇家一点儿家教也没有。

一股怒火直冲倪院长的脑门，如果不是马上要去做重大手术，他真想立即就给灯具厂门市部打电话，把这个不听话的"公主"叫来。

带着满脸的愠怒，倪院长离开办公室，朝医院的手术室走去。

福仁医院做重大手术的三号手术室门前，一中年女演员的丈夫忐忑不安地迎着倪院长站起来，赔小心般地招呼道：

"倪院长……"

倪院长瞥了他一眼，照理他该微微一笑，宽慰一下对方。可这时候，他笑不出来。他发现，这位在文化局工作的干部脸色忧郁憔悴，眼睛陷进眼窝深处，年龄似也添了几岁。显然，他为妻子的生命担忧。倪院长只得露出职业性的淡笑，朝他温和地颔了一下首道：

"你会听到满意的消息。我们一起盼着你妻子的手术成功。"

"谢谢，谢谢！"他机械地嗫嚅着，一步一步颓然而又无奈地退回到靠墙的椅子上，眼里却闪出巴结人般的目光。

倪院长又点了一下头，匆匆地走进手术室。

一位中年护士走到倪院长身旁，帮助他在更衣室的无菌环境中穿上消过毒的工作服，协助他戴上一只大大的口罩。倪院长擦干了洗净的手，戴上消过毒的乳胶手套，然后用目光检视了一番自己，感觉满意之后，走向手术区去。接应病人、消毒、麻醉诱导诸项术前的准备工作，看来都已完成。吴善清、手术助理护士、巡回护士、麻醉师都神色庄重地肃立在手术台旁，目光追随着倪院长。

鼓形的硕大的无影灯下，病人平平地仰卧在手术台上，大睁着一对漂亮的、既带恐惧又似镇定的眼睛,无影灯强烈的光照下,她的两边脸颊都泛起光晕。她的脸色显得苍白、消瘦。

倪院长露出亲切的、让人一见就觉宽慰的微笑,朝病人点了点头:

"你好!我相信我们一定能很好地合作,昨晚你睡得好吗?"

病人缓慢地点了两下头,神情有点儿可怜。

"手术后,你会感觉安宁、愉快。哦,可能伤口会隐隐作痛。"

倪院长非常清楚,病人担心的是她的生命安全,这样对她说,可以松弛她紧张的神经。果然,病人嘴角露出了一缕动人的笑纹。她不愧是个演员,长得很美。

倪院长转过脸去,审视般地瞅了一眼手术台,一件件消过毒的手术器械井井有条地放在那儿,明亮强烈的无影灯把它们照得闪闪发光。一般的人,至少是病人,以为他在检查手术器械,一点也没看出,倪院长已给了麻醉师一个眼色。配合默契的麻醉师刚小心翼翼地拉过了麻醉机,开始了麻醉。他先做好静脉滴注,又给她戴上一个呼吸面罩。

面罩戴上的当儿,病人眼里闪出一道似是亢奋的光,跟着掠过一丝骇然的神情。约莫半分钟以后,她微微合上了眼睑;一分钟以后,她进入了睡眠状态。

倪院长征询地瞅了麻醉师一眼,麻醉师肯定地点了一下头。

倪院长在病人身上罩上手术单,露出她腹部的手术部位,摊开了一只手。

手术助理护士递给他一把镊子,镊子头上一大团浸透棕色碘酊的棉球,倪院长在病人腹部涂出一大块手术部位,而后换了一把手术刀。

刀刃在无影灯下闪烁着雪亮的光,倪院长熟练地着力均匀地轻轻切开皮肤。

切口处没有立即出血,待刀口全部暴露了,切口的两端陡现红色,鲜血才从搏动了几下的血管中喷出。

"止血钳!"倪院长这会儿的语气完全是威严的。

他接过止血钳,夹住出血的血管。

"吸引器!"

从手术助理护士手里接过吸引器,吸去手术部位的鲜血。

接下来的事儿就显得艰难了,倪院长戴着手套的双手伸进病人的手术部位,他得找到病人粘连在一起的肠膜,然后设法把它们小心翼翼地剥离开。

对病人的丈夫来说,这几个小时简直是受刑。他坐立不安,心怦怦直跳,两眼直瞪瞪地盯着一个地方,要不就毫无目的地东张张西望望。

他记得妻子曾动过一次手术,那是妇科常规手术,刮宫术,大约只有几十分钟,一个小时也不到。当然,今天的手术不一样,这个他知道,可到了中午十二点半,手术还没结束,他的恐惧是一分钟比一分钟强烈。他真想砸开手术室的门冲进去看个究竟,可他的四肢一点力气也没有。坐在椅子上,他的两条腿克制不住地打着寒战。

倪院长满布皱纹的额头上,全是那一颗颗豆大的汗珠。他不得不一次次侧过身子,让助理护士用纱布给他抹去这些显示他年老、体虚,或是紧张而沁出的淋漓大汗。

真是活见鬼了!

粘连起来的肠膜像用胶水紧紧地胶住了似的,倪院长试着一次一次地要把它们掰开,但都失败了。已经试了无数次,无数次都没有达到目的。

他的十个手指仿佛麻木了,只是凭着毅力,凭着他多年的临床手术经验,凭着必须把手术做成功的信念,机械地移动着他的手指。

他觉得腰酸腿痛,觉得腹内空空,觉得一阵比一阵虚弱,眼睛也有点儿昏花了。只要一闭上眼,他就可能一屁股坐下去。

这怪不得他,手术已进行了五个多小时,而他,毕竟是老了,老了!

在他又一次侧过身子让护士拭去汗珠的时候,不知什么时候早已戴上消毒手套的吴善清,声音轻柔、请示般地说:

"我来试试看吧。"

倪院长真想狠狠地盯他一眼,但他还没转过脸来。疲惫不堪的身子却已移开了一步,嘴巴里也不知怎么很自然地嗯了一声。

手术台前的主角,这会儿是他的女婿吴善清了。

手术足足进行了九个半小时,成功了!

病人得救了。

女演员的丈夫眼里闪烁着感激和喜悦的泪花扑上来,双手紧紧地抓住倪院长的手,连连地摇晃着,讷讷地道着谢:

"倪院长,我、我不知……"

倪院长得体地微微一笑,轻轻地移开他伸过来的双手,在他肩头拍灰般拍了两下,绕过他的身子,走回院长室去了。

在沙发椅上坐下,倪院长长长地吁了口气,两眼不经意地望着桌面上的玻璃板。

进来时走得匆忙,门没有关严,倪院长不想去关了。屋里没开灯,台灯就在跟前,只需倾一下身子,就能揿亮的,倪院长也懒得动一下。

快七点了,屋里已显晦暗的青灰色。午饭和晚饭都还没吃,整个身体像散了架似的,照理,稍作收拾,就该赶紧回家吃饭、睡觉。可倪院长此刻却宁愿坐在暮霭掩映下的办公室里,坐在这无人打搅他的地方。

他需要好好地休息一会儿,好好地思索一番。

无疑的,今天的手术,对他来说,是一次失败,要不是吴善清,那位中年女演员,那么漂亮的一位女演员的性命,很可能就要断送在手术台上。

倪院长想到这点,就会不寒而栗。他,一个堂堂的医学博士,赫赫有名的"十把刀"之一,何以会落到这个地步啊!事情传开来,福仁医院的广大职工,私下会怎样地议论他啊。他的威望、他的尊严、他的名声,一向是福仁医院职工引以为骄傲甚至炫耀的话题啊。可今天……今天真是一个倒霉的日子,一个不吉利的日子。他怎么会在手术台旁感到力不从心,感到头晕目眩的呢?他怎么会在吴善清要求帮助他的时候,往旁边移动一步的呢?难道他就是这么个无能之辈吗?难道他就那么容易认输吗?但事实,事实却是……

在深深的伤感之中,倪院长唯一感到宽慰的是,协助他把疑难手术做完的人,毕竟是他的学生,他的女婿,他的得意门生……

福仁医院的路灯亮了,远远的,银色的光芒透过玻璃窗子映进屋内。哪一位外科住院病人,在窗口吹着口琴,幽幽的琴声,越过草坪、花园,竟然传到这儿来了。

"哎,倪院长,你不回家吃饭吗?"

屋内陡地响起一个朗朗的声音,吓了倪院长一跳。他循声望去,司机小徐手里抓着一副白线手套,站在门口笑呵呵地招呼他。

走廊里的灯一定是小徐来时开的,敞开的门口泻进一大块光亮。

"噢,"倪院长掩饰着自己不快的情绪,欣然答道,"动完手术,说是歇息几分钟,一坐下来。沉思默想的,就忘了时间啦!其实啊,小徐,过了下班时间,你就别等我了。公共汽车也不挤,我自己找得到家。"

"这是汪书记特地关照的,就是手术做到下半夜,也得等。"小徐一本正经地说。

"汪书记就是这个脾气。"倪院长一边说一边整理提包,显得手忙脚乱的,"你把他送走了吗?"

"他不让我送。要我抓紧时间吃饭,专等你。"

"你看你看,这多不好。我们走吧,小徐。"

"走吧走吧。"

倪院长随着小徐走下楼梯。

坐在轿车里,透过车窗望着满街跳动闪烁的霓虹灯,倪院长感觉真正地饿了。

回到同祥里,走上楼梯,倪院长就直奔厨房。

家里的晚饭好像开过了,后厢房的电视机开着,小外孙女眉眉正在同她爸爸争论什么问题,两人的声音忽高忽低地传过来,客堂间的门虚掩着,里面亮着灯,不知是梦湖还是梦颖在里面。亭子间的门照样冷冰冰地关着,梦琳这小姑娘,大约又没有回来。倪院长准备吃过晚饭来谈她大闹厂长室的事儿。当务之急,是吃饱肚皮。

妻子周静梅忠实地等在厨房间里,一见倪院长进来,就连忙替他开橱门端菜,点煤气热汤,忙得直打转转。

待倪院长在水龙头下洗净手.坐到饭桌边来,周静梅手里一碗热气腾腾的米饭和一双象牙筷,便递了过来。

倪院长扒饭、搛菜的当儿,她静悄悄地坐在旁边,不时地点一点菜碗说:

"这是怀胎鲜鱼,我特意做的,你尝尝,阿好?"

倪院长手里的象牙筷头伸进鱼腹,搛出一块虾仁,品着味,连连点头:

"好,好吃!"

一面说一面连连地扒饭。

"慢点吃,还有好小菜。"周静梅不无炫耀地一指煤气灶上的锅,"火腿双鸽汤,我放了香菇、木耳,专门用半只鸽子替你做了一小锅。"

这是规矩了,逢到倪院长上手术台,回到家来,周静梅总有美味佳肴等待着他,而且常常翻花头,让倪院长一得口福,二得营养。这不是一天两天、一月两月、一年两年了,几十年来都是如此。倪院长从来不曾在他的老伴嘴里听到过什么怨言,从来没在她脸上看出啥不悦的表情。多么好的老伴啊!倪院长深深地珍惜这种发自肺腑的情感。

咀嚼品尝鲜鱼肉的当儿,倪院长定睛凝望着老伴椭圆稍嫌丰硕的脸庞。她也老了,灯光下,细细密密的皱纹,在白皙的皮肤上隐约可辨。

周静梅没觉察丈夫的眼神,听到煤气灶上笃落落的滚沸声,离座起身道:

"汤热了,我去端来。"

火腿鸽汤端上来了,一股诱人的香味直冲鼻子。倪院长忍不住拿起调羹,舀了一匙汤。

周静梅见他吃了半碗饭。压住了饥,把脸往前凑凑,放低了嗓门道:

"吴善清来啦!在这里吃的夜饭……"

"噢。"倪院长的第二匙汤停留在饭碗上头,这倒是他没想到的。转念一想,是啊,梦湖在家一住已是四天了,吴善清是来接老婆回家的。他倒是会窥探时机,脚头也来得快。沉吟片刻,他问:"走了吗?"

"在客堂间坐着哪!"

"还没回去?"

"是啊!梦颖和梦琳、蓓莉几个,全陪着梦湖。唉!"周静梅叹了口气,"吴善清一来就向我道歉,对梦湖也直赔不是,也算有悔过的意思了。不过、不过、不过……"

周静梅连连拿眼角瞥丈夫,没讲出"不过"什么来。

倪院长听出意思来了:"怎么一桩事情?"

"看梦湖的样子,理也不理他,不像是想回家哩!"周静梅试探似的告诉他,"那几个姐妹,也替她帮腔。"

倪院长把汤匙搁下,拿起筷子一扬:"叫她们少管闲事!夫妇之间的事,也由得她们乱插嘴的吗!梦湖也真是的,人家上门了,给你台阶下,就该顺风张篷嘛!你去把她叫来,我跟她讲。"

"好的、好的。"周静梅领命而去,楼梯上响起她的脚步声。接着,就听见她推开客堂间的门叫梦湖:"梦湖,你到厨房间来歇一歇。你们几个陪善清坐一会儿。"

一会儿工夫,梦湖来到倪院长面前,满脸愠怒地站着:"爸爸,是你找我吗?"

"你坐吧。"倪院长指一指饭桌对面的方凳。

梦湖大睁着一对猜测的眼睛。周静梅不安地站在厨房门口,双手放在背后,注视着父女俩。

倪院长把一块小鸽骨从嘴里吐出,轻声细语地道:"梦湖,来家好几天了吧?"

"嗯。"

"你来的第二天,吴善清就专门到我办公室,向我认错了。他有悔过之意,眼泪滴落不少。我也狠狠教训了他,他表示今后一定改。还说马上要来接你,我当时阻止了他,要他好好反省,隔几天再来。日子过去好几天了,再僵下去也不是办法,对吧?"

梦湖似不情愿地点着头。

"听说他来了,态度也诚恳。我觉得,你搭搭架子是可以的,但也不要净搭下去。夫妻嘛,总应该培养互相谦让、互相尊重的感情,不要在一两件事上纠缠不休。你们是要一起过一辈子的呢,对吗?"

"爸爸的话,当然对!"梦湖说话的声音显得清亮坚定,看得出她有过考虑,"要回去,可以。不过,话要先说明白,我是嫁给他,不是依附他。我虽是个女人,但女人也有自己的人格、尊严,也有自己的价值。"

倪院长像不认识梦湖似的瞪着她,这些话难道是出自梦湖之口?那股火辣辣的味道,倒颇像梦琳的风格哩!是不是这几天两姐妹住一间房里,梦琳对她灌输了不少怪思想?但是为了妥善解决他们夫妇的矛盾,倪院长来不及追问了,他忖度般点着头:

"嗯、嗯,你可以心平气和地同他交换意见嘛!"

"那我就这样跟他讲。"梦湖说着,向厨房外走去。

倪院长见她快步走出厨房了,又赶紧补充了一句:"要注意态度,说话和气一些。"

吃过晚饭,洗了脸,倪院长正准备用烫一点的水洗洗脚,吴善清和梦湖来向爸爸告辞了。

倪院长注意地瞅了这对夫妇一眼,吴善清笑容可掬,梦湖的脸色淡漠,垂下的眼皮蝉翼般微颤着,只是在那里履行客套。

倪院长一怔,心里在说,这个梦湖,真的还不愿意原谅丈夫吗?他直起腰,对两人道:

"好嘛,回去后早点休息。善清今天也够累的了,有什么话,以后再说吧。反正我这儿,星期天你们常来走走。"

"是啊是啊,遇到事情,好商好量,互相迁就。"周静梅也在一边劝慰般地说,"一个人火气大时,另一个闭闭嘴,就吵不起来了。"

两个人走了,直到出门,倪院长也没见梦湖露一个笑脸。他不觉有点困惑,是啥原因呢?

他一边洗脚一边思索着,楼梯上响起咚咚咚的脚步声,一听就晓得是梦琳。倪院长本想洗完脚去找她,不料她倒先找上来了。

"爸爸,你为啥非要二姐姐跟吴善清回去?"梦琳说话的口气很冲,一脸的不满。

周静梅连忙过来干涉:"干啥?干啥?一个事情刚完,一个又上来了。爸爸今天做了大手术,你们让他清静点好不好?"

倪院长抹净了脚,跋上拖鞋,站起了身子。老伴不提动手术还好,一提动手术,倪院长满肚皮的气恼。今天不顺心的事情太多了,手术,梦湖那张阴沉的脸,可以说这些不顺心的事,统统是由早上齐厂长那只电话引起的。现在见梦琳又是如此无规无矩地冲上来责问他,倪院长感到他在家庭中的威望、尊严正在受到冲击。不是吗?刚才喊梦湖上来,劝她随吴善清回去,她开口第一句就是:回去可以,但要讲清楚……完全是谈条件的语气,哪里还有什么顺从、驯服!难道梦湖原来是这样的吗?想到这里,倪院长心头窝着的不快直冲而上,他把脸一板,

食指点着梦琳,以不容反驳的口气道:

"别人的事,不用你出头管……"

"我非要管!"梦琳的倔脾气又来了,她打断了爸爸的话,"吴善清骂了二姐姐,打了二姐姐,跑到我家来,混一顿晚饭吃,嬉皮笑脸,不痛不痒道几声歉,就算完事了?那也太便宜他了。马路上打了人,还要给揪到派出所去呢!这样下去,二姐姐还要吃他的亏。你当爸爸的,为啥纵容吴善清,娇惯吴善清?"

嘭!倪院长一巴掌拍在饭桌上,脸涨得通红,眼瞪得老大,粗着嗓门吼道:

"你放肆!"

随着倪院长一拍桌子,老伴周静梅的脸吓得煞白,两眼慌慌张张地眨动着,跑过来拉起梦琳就往外走:

"爸爸不开心了,快、快走吧,我的小祖宗啊!"

不料梦琳站在那儿,一动不动,她从母亲手中轻轻抽出胳臂,又迎着爸爸站住了:

"爸,你发脾气,我照样要说,二姐姐不该回去!"

倪院长气得嘴唇哆嗦着,两眼充了血。在同祥里,谁都晓得,倪院长是个有脾气的人,但他从来不轻易发火;一旦他愤怒起来,那是谁见了都会害怕的。偏偏,他的宝贝小女儿无视他的暴怒,他岂能不觉得自尊心受到了极大的伤害?

"你就少讲两句吧。梦琳啊,我、我……"周静梅扑上来又一次拉住了女儿,哀求般劝告着,眼角却不停地瞥向气得发抖的丈夫。

倪院长朝她把手一挥:"不要拖她了,今天我就是要同她算账的。傲,我看你傲到哪里去。先给你打好招呼,梦湖的事,不用你一个没结过婚的人乱插手。你自己管好自己就行了。"

"我是替二姐姐着想……"

"住嘴!我问你,你为啥闯齐厂长的办公室?"

"他当克格勃,他违法,我就是要闯!"

"你这是败坏我的名誉,知道吗?"

"是我闯他的办公室,与你不相干!"

"可你是我的女儿!"

"他当厂长的,为啥要刺探我的私事,干涉我的恋爱自由?"

"恋爱自由,好一个恋爱自由,你们听听!"倪院长举起来的手在激动地颤抖着。拍过桌子以后,先是小外孙女眉眉跑了上来,在厨房门口探头探脑,跟着女婿金源华来了,大女儿梦颖也进了厨房,媳妇于蓓莉站在厨房门口,躲在婆婆周静梅的背后,她那双乌黑发亮的眼睛,不时地在说话者的身上扫来扫去。倪院长气得双眼直逼梦琳:"你就这样不知羞耻,非要去和一个'拖油瓶'恋爱!为了一个'拖油瓶'去跟厂长大吵大闹,把脸面统统丢尽!你、你不是我的女儿!"

梦琳还要说什么,大姐梦颖在她身边,使劲地扯了扯她的衣袖,不知为啥,梦琳一抬头,看到大姐姐那双定定地凝视着她的眼睛,她不再顶撞了,气恼的双眼里,反而涌起了委屈的泪水。

金源华蹲下来,不知在眉眉的耳边说了几句什么,眉眉一步一步踅到倪院长跟前,脆声脆气地说:

"外公,外公,你不要发火了,我怕,我怕!"

眉眉一面说,一面抓住了外公的裤腿晃。倪院长垂下了眼睑,伸出一只白皙的手,在眉眉的头上轻轻抚慰了几下,照样朗声朗气地说:

"你听好了!明天上班,去给齐厂长赔礼道歉。至于'拖油瓶'那儿,我的态度很明确,必须一刀两断。再牵丝攀藤地搞不清楚,你就不要怪我当父亲的行使家规。"

梦琳嘴一撇又要说话,梦颖抢在梦琳面前说:"爸爸的话,你冷静下来好好考虑,这种事情,急不得。急了,不会有好结果。爸爸今天很累了,不要再惹他生气,走吧,回房间去。"

眉眉也小跑着冲到梦琳身旁,说:"小阿姨,小阿姨,你最喜欢我,你不要吵了,不要跟外公吵了!"

"是啊是啊,"周静梅见丈夫的怒火总算有所平息,又插进话来,"有话好好说嘛,为啥拨直喉咙顶爸爸呢!没有爸爸日里夜里地做,怎么把你们这帮小囡养大?不要引得爸爸不开心嘛!"

梦琳在大姐姐的劝导下,退出厨房,拉着眉眉的手,走下亭子间去了。金源华也识相地回到厢房间去。周静梅叹息了两声,对倪院长说:

"少生气、少生气,一大把年纪了,大生气是伤身体的。早点歇息吧,我去替你铺床。阿要听一段越剧?"

倪院长只把手举到肩头上摆了摆,周静梅就退出了厨房,下楼往客堂间走去。

厨房间门口,只剩下了于蓓莉一个人,犹犹豫豫地站在那儿,肩头靠在朝外开的门上,睁大了一对美丽的眼睛,望着倪院长。

倪院长一抬头的当儿,第一次察觉,媳妇那双很漂亮的眼睛里,充满了忧悒的神情。

他正在忖度着怎么问她一句,走到客堂间门口的周静梅喊起来了:

"蓓莉,蓓莉啊!"

"哎。"

"梦岩还没回家吗?"

"没有。"

"唉,这个梦岩,野到哪里去了呢?"周静梅自言自语般地抱怨着,又道,"你也不要等他了,怀了孕,身体要紧,早点去休息吧!"

于蓓莉答应一声,又向倪院长轻轻道一声晚安,上三层阁楼去了。

经老伴这一说,倪院长才晓得,儿媳蓓莉已经有喜了!这倒是个好消息,先得跟汪书记说一下,让他这个月老也高兴高兴。

嗨,近年来,真是反应迟钝了,好些明显的事情,竟然也都没看出来,莫非真是老糊涂了?

夜深人静。

家里总算安定下来。梦琳被劝上了床,蓓莉三层阁楼的灯熄了,爸爸妈妈房里还在放着一段越剧调头:

> 我只道骨肉总有骨肉情,
> 谁料又似陌路人?
> 早知人情薄如纸,
> 悔不该背井离乡来投亲。

清板调子刚唱到这儿,啪嗒一声被关掉了。

082

爸爸肯定还没消气,连天天晚上要欣赏一段的越剧,也无心思听完了。

梦颖轻轻地来到阳台上,伫立在栏杆边,任凭入夜的风吹拂着她发烫的面颊,平静一下她那不安宁的心绪。然而,到了阳台上,只要一看到同仁里那家灯火辉煌的窗户,梦颖的心反而更骚动不安了。

那里住着她初中时的女同学圆圆。圆圆的父亲是个有名望的工程师,家庭条件极好。如果她顺从父母的意愿,嫁给他们为她寻下的对象,就可以舒舒服服地住在娘家了。可是圆圆没有那样做。她自己选择的对象,是一个很有才气的男子汉,只是家庭条件不好。然而,两个年轻人凭着自己对生活的热情,他们向房管所申请,在同仁里十七号楼顶上,自费搭出来一间新房,小日子过得极美满。

对比圆圆,梦颖扪心自问,她的婚姻幸福吗?她也有过青春,有过少女时代五光十色的梦,她为啥不敢大着胆子,追求应该有的幸福呢?是的,她现在托爸爸妈妈的福,住房宽敞,有煤气,有卫生设备,经济上也挺宽裕,连家务事也不屑多做。但她为啥总觉得烦躁,总觉得心灵无所依托呢?

过去她心烦了,一走上阳台,凉风一吹,总能使心境逐渐趋于平静。而现在,一到阳台上,就能看到同窗好友圆圆新房的灯光。可以讲,圆圆的家境、出身、情趣与梦颖十分相似,但她走了一条与梦颖截然不同的生活之路,一条值得人羡慕的路。

这一对比刺激着梦颖,搅得原本就心绪不宁的她越发不得安静了。

梦颖走进了自己的前厢房,金源华和眉眉都已睡了,眉眉的一只小手裸露在被子外头,金源华在打着一声长一声短的鼾。

梦颖走近床边,把眉眉的小手轻轻搁进被窝里,又替她掖好被角。一张报纸从被子上滑下来,梦颖又把报纸拿开去。她不由得蹙眉瞅了金源华一眼,他每天都遵照她的嘱咐看报,可每天都看不完一版就睡熟了。有时见他勉强看完了,梦颖问他:

"有些啥消息?"

"你看你看,结婚半年就到法院闹离婚。"

梦颖已经看过这条消息,听他这么一说,觉得倒要听听他的见解,便道:

"你觉得这是啥原因呢?"

"两个人都是神经病!"金源华振振有词,"半年就离,当初结什么婚?热昏、发昏！阿拉厂里有一对男女轧姘头，一轧还轧了四年哩！"

梦颖倒抽一口凉气，她还有啥可说的呢？

梦颖没有睡意，又放轻脚步，走到临窗的小写字台边，她先用报纸把台灯罩好，接着转动一下灯罩，然后拉亮了庄重典雅的黑釉色花瓶台灯，一圈柔柔的橘红色的灯光映亮了写字台面。

床上的金源华翻了个身，突然说话了："这么晚了，还不睡啊！"

"睡的，睡的，你睡你的吧。"梦颖机械地轻声回答，掏出钥匙，塞进小写字台抽屉的锁孔。

金源华嘴里又咕哝了一声什么，继而，便响起了梦颖已习惯了的鼾声。

确信丈夫又沉入酣睡，梦颖打开抽屉，取出一本绸面日记簿，缓缓地翻开，写下新的一天的日记：

今天从学校回来，路过一所教堂，教堂里的唱诗班，正在教唱赞美诗，清亮的、虔诚的歌声传进我的耳朵，深深打动了我的心：

……
我愿效法主耶稣，
心地温柔谦虚，
从未有人听主说过一句不良言语。

我不由自主停下了脚步。这歌声里有什么东西吸引着我呢，是歌声里的情绪，是歌声和我的心产生共鸣？我说不明白。听人说，一个人的心灵在感觉空虚、感觉烦闷时，是很容易接近宗教的。难道我此时此刻的感受，就是这么回事吗？天哪！真难以想象，不敢想象，我会站在教堂的围墙外面，把这首赞美诗一直听完。记得，小学里，我们都戴着红领巾，唯有一个男生，因为家里信教，不许他提出入队申请。到了六年级，全班都入队了，他的脖子上还是光光的。那些年里，全班同学都鄙视他，不愿理他，都视信教的人如洪水猛兽。我今天这是怎么啦？竟然只听过一遍，就把赞美诗的词儿记住了：

惜我不像主耶稣,

何敢与主相比,

恳求救主使我能够与主一般完备。

　　回家的路上,我始终在念念有词地默诵着赞美诗,甚至还极想试着那"都米米米……"的曲调哼哼。

　　到了家,妹夫吴善清来了。他是来接梦湖回家的。我心里想,这桩"公案"总算妥善解决了。可一望梦湖的眼睛,我才大吃一惊,她那眼神里透出的厌恶,明明是一点也不想回去! 看来,这不是一般的家庭纠纷了。梦湖不愿原谅丈夫,她不爱吴善清了,要不,她怎么会用如此鄙视的目光瞅丈夫呢!

　　我的心像堵着一块冰。我嫁给了金源华,梦琳找了个爸爸嫌弃的"拖油瓶",都觉得梦湖的姻缘是如意的,哪晓得……唉,天哪,我们倪家三姐妹的恋爱婚姻,为啥这样子不尽如人意啊!

　　我憋闷,我觉得精神生活和感情生活都处在人生的窒息时期……

　　楼板上重重地一下跺脚声,使得梦颖吃了一惊。她停下笔来,抬头望着楼板,只听梦岩粗声吼着:

　　"不要问我,不要问我! 净问净问,你到底让不让人活了?"

　　梦颖的两眼定定地盯着楼板,浑身的血液如同凝固了一般。哦,弟弟回来了,也没听见他是什么时候上楼的。看样子,他和蓓莉之间也处得不那么和睦,完全不像爸爸感觉的那样啊!

　　天哪! 这究竟是怎么回事呀! 梦颖握笔的手战栗着,眼里噙满了泪水。

六

　　前面是一条宽敞笔直的柏油马路,进入二十世纪八十年代后新换的路灯,既典雅又明亮,自行车踏过去转个弯,能直接踏到同祥里弄堂口。很顺的一条道。

但梦岩的自行车,从来不走这条路。他偏偏喜欢把自行车弯进一条小弄堂,横穿过去,多绕小半个圈子,回到同祥里。

理由也很简单,前面自行车拐弯的地方,有一家顺着路面转弯三开间门面的南货店。店面柜台上悬吊的大日光灯,亮晃晃地照着店门前的人行道和马路。从那儿转弯,很可能碰到水果柜台后的那个人。

梦岩的自行车弯进小弄堂以后,自然而然捏紧了刹车,疾驰的速度也明显放慢,且不时地响着车铃。

小弄堂里的路灯,还是二十世纪六十年代那种昏暗的老式灯,间隔的距离又远,小弄堂里人影憧憧,不得不加倍小心。

迎面倏地掠过一道雪亮的灯光,直扫梦岩的眼睛,一辆"乌龟车"嘟嘟嘟地直朝梦岩开过来。梦岩只得把自行车靠近墙壁,沿墙前进。还没踏出十步路,墙边竖着一根电线杆,电线杆旁停着一辆垃圾车,梦岩无法前进了,只得下了自行车,推车而行。

电线杆后头有个人影一闪,站在梦岩车头前面。梦岩只得响铃:

"丁零零零……"

铃声响了两遍,人影子仍然一动不动地站着。梦岩恼了,一抬头,责备的话脱口而出:

"你插蜡烛啊……"

话说了半句,他赶紧闭了嘴,傻了一样望着对方。

路灯微弱的光线从头顶上直射下来,一个三十岁模样的女人,梳一头拢得很紧的短发,目光直直地盯着梦岩。眼睛里,蓄满了幽怨、激愤和凄婉的神情。

真是尴尬,越是不想碰到,越是"冤家路窄"。

"我特意在这里等你。"她说话了。

"有什么事儿吗?"梦岩的声音柔和得令人不敢相信是从他嘴里发出来的。

她转过身子,慢吞吞地朝前走去。梦岩的自行车快推了几步,走到她旁边。两人隔着自行车朝弄堂深处走去。

她一眼也没再望他,走了有四五十步,用报丧般的语气说:

"我要结婚了……"

"祝贺你!"梦岩的声调也像是在哭。

自行车轮在朝前滚动、滚动,内圈钢皮泛起一道道光轮。她再没讲话,只是机械地沿着弄堂走着、走着。这条弄堂是上海那种四通八达的弄堂,随便怎么走都可以走到马路上去。梦岩记不得是在什么时候随着她的脚步转弯的。听到她要结婚的消息,他的脑子里完全蒙了,嗡嗡嗡直发响,弄堂里的一切,在他都视而不见。

他的心在淌血。

走到弄堂口,她转过了半边身子,冷冷地对他说:"你可以回去了,回到你妻子身边去……"

"不许你提她。"他突然粗暴而低沉地吼道。

她惊骇地瞪着他,讷讷地说:"不提就不提。你可以走了,我等你;我只想对你说这句话,说……"她哽咽着,啜泣起来,浑圆的肩头在微微耸动。

梦岩站着不动,脸色难看得怕人,他喑哑着嗓音说:"再走走吧。"

"走有什么意思?"她不满地嘀咕着。

"陪你吃一顿饭。"

"不吃,不要你可怜我。不吃,吃也吃不下,最后的晚餐……"她嘴巴里这么说着,还是驯服地跟着他走了。

"我们……怎么会弄到这个地步的?"走出百多步,梦岩喃喃自语般地说。

"怪你,"她仰起脸来,泪汪汪地瞅着他,一双诚挚的眸子闪着怨愤,"也怪我……怪你…"

这会儿,她的泪水全涌出眼眶,她抽泣着,闪避着迎面走来的路人诧异的目光,急急忙忙掏出手帕来拭去眼泪,躲到悬铃木的阴影里去。

前头路口上,一家新开张不久的西餐店门口,霓虹灯一明一灭地闪烁着。

"就到那儿吃顿饭吧!"

"你就不怕?"她尖锐地问,"这儿离你家很近哩。"

"你别管!"

嘴里是这么说,走进小小的青年西餐馆,他俩还是不约而同地寻找了角落上的位置,且两个人都把背脊朝着门口。

樱桃白兰地掺啤酒,比崇明的老白酒好上口多了。梦岩是饿了,还是心头惶惑不定,他凝视着厚玻璃的啤酒杯一杯接一杯地往肚里灌,连菜也吃得极少。她漠然地瞅着他,也像他一样,不断地举起杯子,甩最简单的语言说着些毫无意思的话。每次举起杯子来,她仿佛总要透过啤酒杯望望他一样,微微眯起一对细长细长的秀气的眼睛。这使得她的眼睛里,带有一层梦幻的色彩。

喝这种淡酒,他们是喝不醉的,两人都有酒量,都是在崇明的农场里练出来的。

"哎呀,你,你酗酒!"

梦岩回到家里,轻手轻脚摸上三层阁楼,开亮了床侧那盏指示灯般的三瓦灯管时,于蓓莉受了惊吓样地从床上呼地坐起来,恐惧地嚷嚷着。

"别吵,人家都睡了。"

"你是不是酗酒去了?"于蓓莉朝他凑过脸来,借助三瓦灯的光线,想看看他是否喝醉了,"和哪些人在一起喝?"

"你别管!"

"我为啥不管?我是你老婆,你不打招呼就不回家吃饭,我有权管!"

"你管吧、管吧!"

"那你说,在哪儿喝的酒?"

"一家小馆子。"

"哪家?"

"记不清了。"

"胡说!你没喝醉,我看得出的,你没醉,你的眼神说明你没醉!在哪家馆子喝的酒?"

"青年西餐馆。"

"和哪些人喝的?"

"农场里的同事。"

"哪几个?"

梦岩狠狠地一跺脚,气急败坏地吼道:"不要问我,不要问我!净问净问,你到底让不让人活了?"

三瓦灯浅白浅白的光影里,于蓓莉骇然地从床上溜了下来,避得远远的,靠着墙,恐怖地盯着丈夫。

梦岩的头低垂着,一绺乌发耷拉下来,遮住了他的额头和双眼,他出气很粗地喘息着,疲惫而颓丧。

屋里静得令人心悸。

陡地,于蓓莉的双手撩起披散的长发往后一甩,猛地扑了过去,抱住了梦岩的腰,半跪半蹲在他面前,仰起头嘶声喊着:

"梦岩,梦岩!我晓得你心头有事,我晓得你心头痛苦,我早听人说过,到过农场、下过乡的人,多半在乡下谈过恋爱。多半……你、你也谈过,你也有过对象,是吗?是吗?你说呀,说出来比不说好,比闷在肚皮里好!我会谅解你的,我是你老婆啊!呜嗯……"

她哭着,极力要看到他的脸。

梦岩的脸恰巧背着光,脸上一片阴影,他的头垂得更低了。

"梦岩,梦岩,你说呀,快说呀,快说实话呀!你、你看着我,看着我,双眼都看着我,对……"

梦岩伸出双手,捧住了妻子的脸庞。即使是在灯影里,于蓓莉奶油般白净的皮肤还是泛着光,她那对乌黑发亮的眼睛里,饱含着忧悒,饱含着恐惧,却又澄净得如同从未受过污染的池水。哦,蓓莉是纯洁的,她要比梦岩小好几岁,她没有去过农场,没有度过那些不幸的岁月,没有在那些可怕的日子里挣扎过。和她能讲什么呢?一望到她的眼睛,梦岩就觉得羞愧,觉得对不起无辜的妻子。他把目光移开去了。

"看着我啊!"又嚷了起来,"说呀,梦岩,你的心中是不是……是不是有个人?"

"没有!"梦岩松开捧住她脸庞的手,把脸整个儿转过去,冷冷地说。

"你没讲实话,没讲实话!"于蓓莉直起身子,一个仰面朝天倒在床上,拉过一块枕巾,遮住自己的脸,嘤嘤地哭泣着,哭泣着。

蓓莉是什么时候停止哭泣的,梦岩不知道。

哭着、哭着,她是不是在哭泣中睡着了。梦岩也不知道。

静谧之中,扰人心灵的思绪又来折磨他了。

他悄没声息地倚靠在床栏上。上腹部似还有股异样的感觉。

从青年西餐馆出来,她忽然声音抖抖地提出:"送我回去。"说完,两眼瞪得圆圆地盯住他。

他默默地顺从了。

她坐在自行车后架上,双手环抱过来,抱住了他的上腹部,抱得那么紧。

迎着春夜微带凉意的风,他把自行车踏得飞快、飞快,他深深地呼吸了一口清凉的空气,双腿似长了劲,有力地踩着脚踏,一下又一下。马路的十字路口,一过八点钟,岗亭里的警察就下班了,一路过去,没有人会干涉他们,尽可以踩得快些,再快些。

哦,这和崇明农场机耕路上的那个夏夜有多相似啊。他在场部宣传科的工作告一段落,她去场部开指导员会议,会议结束那天加餐,她来邀他去吃饭,饭桌上喝了崇明老白酒,酒力使得他俩都有一种莫名的亢奋,饭后放露天电影,他俩都没有带板凳,站在场子后面的人群里,她不时地倚到他身上来。电影散了,他们决定当夜赶回连队去,他是骑自行车到场部去的,她坐在自行车的后架上,也像今晚上一样,双手自自然然地环抱过来,抱住了他的上腹部,抱得紧紧的。

星光在墨蓝墨蓝的苍穹上闪烁,夏夜的风把他的衬衣吹得鼓胀起来,梦岩把自行车骑得飞快,只觉得一股快感直涌上来。

她起先欢喜地咯咯笑着,不时故意地惊呼着,继而,她的笑声消失了,她安静下来,梦岩感觉得到,他的背脊上热烘烘的,她的半边脸庞,靠在他背上。

二十几里地的机耕路啊,骑出十来里地之后,他不知怎么骑得慢了,踩脚踏的双脚,也不那么有劲儿了。

"你累了吧,下来,我们休息一会儿。"她建议说,环抱住他的双手,松开了。在旷野的机耕路上,她的声音显得尖脆响亮。

梦岩顺从地刹了车,她跳下车架,他把车子往路旁推去。

机耕路两旁,栽着刺槐和柳树。摇曳多姿的柳条,垂落下来,在夏夜的微风里,不时拂上他俩的脸庞。酒力像是尚未散去似的,梦岩的脸颊烫乎乎的。

除非席地而坐,要不,机耕路两旁,找不到一个休息的地方。

"我们在哪儿歇息?"梦岩问。

"在那儿!"她顺手一指。

星光下,他顺着她手指的方向望去,朦朦胧胧之中,看得到一座水泥桥。

两人朝桥那边走去,快上桥的时候,她重重地扯了他一把:

"走这边。"

他眨眨眼,心怦怦直跳,他俩紧挨着向黝黑黝黑的桥洞走去。

刚刚进入桥洞,他看不见她,只感觉到她与自己面对面站着,静静地站着,期待地站着。离脚边不远,有股不大的淙淙潺潺的流水,低吟般地淌去。他听得出她的喘息有点局促,有点儿不安,似乎是在等待着什么。

他的心跳得益发厉害了,是啊,他愿意见到她,多少日子来,他都有一种感觉,一种敏感,作为连队指导员的她在暗中关注着他、照料着他。每当受到这种关注和照料时,他的心里就会涌起一股柔情,一股感激的情绪。多久了呀,他怀着近乎虔诚和钦佩的目光瞅着她,又不无遗憾地哀叹,她离他是那么遥远。她是领导,是指导员,她有单独的寝室,有和老连长一起工作的办公室。连队的职工和知青们,不是要请假回上海,是很少踏进办公室那扇门的。意识到他们之间地位的悬殊,他常常痛苦得只感到什么东西在啃着他的心……

这会儿,他俩离得这么近,他几乎能感到她的胸脯在微起微伏。哦,原来她也是愿意接近他的,原来她也有着这样的心。

梦岩的头脑里烘热起来,一股强烈的愿望在升起、升起。体内仿佛有团火,灼烧着他,催促着他,他简直无法控制自己了。

这时候她动了一下,似乎梦呓般哼了一声,好像往后退去。

梦岩冲动地张开了双臂,莽撞而粗暴地紧紧抱住了她。

她惊骇地低低叫唤了一声。有一瞬间,她似在拼命地挣扎,仅只一刹那间,她便乖乖地偎依在他的怀里,嘴里轻轻地呢喃着:

"哦,哦,梦岩,梦岩,我的梦岩,哦,天哪,我……梦岩,我的……"

梦岩浑身的血液在奔涌着,笨拙地、试探地把青春的第一个吻,献给了他深深爱着的姑娘。

大田里的青蛙在呱呱呱聒噪着,树根脚、草丛里的蟋蟀在争相鸣唱,各式各样小虫子的奏鸣,使得寂静和广漠的田野充满了生机。

月儿隐在浓云里,星光在闪烁。夏夜的崇明岛上,带着海腥味的风儿不时徐徐地拂来。大堤后面,海浪坦率地、粗野地一阵接一阵涌来。

涨潮了。桥洞里,黝黑黝黑的一片。极低极低地,传出一对恋人的喁喁细语:

"梦岩,你……突如其来的……你真坏!"

"这样不好吗? 你恨我吗?"

"哦,不、不……"

"你是我的人了。"

"还没有结婚。"

"是的,还没有……"

"可我的心早就是你的了。"

"真的吗?"

"你呀,真憨!"

"我……"

"是啊,顶着烈日插秧、耘稻,我知道你受不了,故意让你换刷一批新的大批判专栏,可、可你开始还不愿意! 傻不傻?"

"那么,这回夏收双抢,你让我到场部宣传科帮忙,也是这个意思啰?"

"你现在才明白?"

"我真不知道怎样来感谢你。"

"只要你永远永远地对我好……"

……

那一个夏夜的晚上,他们在桥洞里一直逗留到下半夜,直到察觉长夜就要消逝,两人才无可奈何地回到连队的驻地。

可今晚上,不允许他们在缠绵中消磨过多的时间。梦岩的自行车骑得越快,离她家也越近。

"到了。"

"到了……"

自行车在长宁区一片低矮的居民住宅区附近停下来时,梦岩自言自语说了一声。她也喃喃地重复了这两个字,依依不舍地拉住了他的衣袖。

梦岩委婉地说:"我送你进去……"

"让你再鄙视我一次?"

"不……"

"也没这个必要!"

梦岩推着自行车走进一棵梧桐树浓重的阴影里,她猛地把他重重地一推,推靠在墙上。

梦岩惊愕地望着她,支起自行车架。

她朝他靠近一步,几乎贴住了他的胸口,以命令的语气说:

"吻我。"

梦岩骇然地仰着脸不动。

她扯了扯他的衣袖。

他垂下了眼睑,脸慢慢地、慢慢地向她凑过去。就在她急促的喘气声里,他陡地看到了蓓莉那张凝脂般白净的脸,那双纯洁透亮的大眼睛。梦岩一闭眼,象征性地在她额头上碰了一下。

就在这当儿,她重重地吻了他一下,梦岩正要把脸移开,她又愤愤地在他的唇上咬了一口。

"哎哟!"他痛得叫唤起来。

"痛吗?就是要你记住这痛!"她两眼噙满了泪,低低地嘶喊着,"告诉你,就是我结了婚,我也不会让你得到安宁,决不!"

梦岩还没回过神来,她倏地一个转身,疯了似的朝着一条幽深黑暗的小巷子里跑去,脚步声踢踏踢踏乱响着……

两行热泪,顺着梦岩的脸颊流下来。

"啊,你哭了,你还懂得羞耻!"不知什么时候,于蓓莉坐了起来,借着三瓦灯的微光,目不转睛地窥视着丈夫脸上的表情。

要掩饰自己的感情已来不及了。梦岩只得仍痴痴地躺着。

"哼,你是哭破灭了的初恋吗?是哭往事一去不再来了吗?"于蓓莉愤愤地、不无刻薄地嘀咕着,"你、你既有自己的爱情,为啥还要娶我?为啥要我做你的老婆?要晓得,我在同你认识之前,还从来没跟任何男人逛过马路,从来没有!你骗了我,欺骗了我的感情。你,梦岩你还要把人折磨到什么时候啊?"

她越说话越多了。

"不要逼我,蓓莉,我晓得你是好人,是好心人。"梦岩说话了,声调冷峻得怕人,在宽敞的三层阁楼的深夜里,这声调更有一种汗毛凛凛的感觉,"把我逼急了,我……我就只有走绝路!"

蓓莉愣怔了片刻,继而,悲恸地哭了起来,由于拼命压抑着自己的哭声,她那一声连一声的啜泣愈加令人伤心。

梦岩旋即又懊悔起来,蓓莉有什么罪啊!他竟说出这样威胁、要挟的话。是的,她问得对,既然有自己的爱情,为啥要同无辜的、纯洁得如同白玉的蓓莉结婚呢?为啥呢?这不是残酷吗?

好几双筷子挟着三肥三瘦的大块夹花肉,夹着水笋、百叶结,夹着挑出来的大朵的黑木耳,往梦岩端着的那只大海碗里送,热情地念叨着:

"吃呀,放开肚皮吃。"

"客气啥呀,往后就是自家人。"

"年纪轻轻的,就是要多吃肥肉才有力气。"

……

围桌坐着的,老老小小祖孙三代的脸上,挂着真诚的、感人肺腑的笑容,一大家子人,守着一只特大号的砂锅。他们不但殷勤地劝梦岩快吃、多吃,自己也吃得又快又香,一双双竹筷雨点似的落进锅里,一大砂锅肉在一点一点地减少,由一满锅变成半锅,由半锅变成小半锅,最后竟然见了砂锅底那暗红暗红的釉色。

这是梦岩和她双双由崇明抽调回沪后,第一次以男朋友的身份到她家去吃饭。可以说,自始至终,她那一大家子人对梦岩都是嘘寒问暖、关怀备至;唯独她,似乎已经从梦岩的笑脸上,从梦岩的眼睛深处,看出了点什么,预感到了点什么,她阴沉着脸,蹙着眉环视着她的父母、她的哥哥嫂嫂们、她的姐姐姐夫们、她的侄儿外甥们,她的眼窝深处,透出的是一种说不出的哀伤的眼神。

平心而论,她的家在这一片住宅区中,还算是好的。有楼上楼下四间水泥板、砖块和木料混搭而成的一幢房子,有电视机、收录机、缝纫机等等一切家庭里该有的东西。这一片住宅区,新中国成立前是标准的贫民窟、棚户区,"滚地龙"一个连一个。新中国成立后,"滚地龙"到二十世纪五十年代中期已经绝迹,稻草盖顶的棚户也在六十年代逐渐消失,到了七十年代末八十年代初,这里的家家户户差不多都已根据自家经济能力、活动能力的大小翻盖了住房。但是,从外头望进去,人们仍觉得这里的住房简陋、破败。对居住在这里的人,上海市民中还有好些持蔑视的态度。

　　在她家吃过这一顿饭以后,梦岩眼前经常浮现出她那一大家子人的吃相。他不得不认真地考虑,他有没有勇气和这些人做亲戚,星期天、节假日和这些人互相串门、拜年、贺喜、祝寿。他不得不认真地考虑,爸爸和妈妈会对这些亲戚持什么态度,他的子女将来要喊这些亲戚外公外婆、舅舅阿姨。梦岩处在痛苦的抉择时期;她,忧心地焦灼地期待着他的答复。

　　"梦岩,"恰在这个关键时刻,爸爸和他有过一次严峻的谈话,"去过几次福仁医院,见过汪书记吗?"

　　"怎么了?"

　　"印象如何?"

　　"比起我们农场那些大大小小的书记,他要和蔼可亲得多了。"

　　"是啊,难得的一个好书记,我们搭档不多久,他就启发我该对党有个态度。我的入党介绍人,就是他。"

　　梦岩双眼诧异地盯着爸爸,爸爸讲这些话,与他何干呢?

　　"汪书记问到你了。"

　　"问到我?他问啥?"

　　"问你有女朋友了吗?"

　　"呃……嘿嘿。"梦岩干笑着,和她在农场的事儿,他从未对家人提及过,一时不知是说好还是不说好。

　　想不到爸爸倒单刀直入了:"从那些同你一起由崇明回来的人嘴里,我听出些苗头,好像你有个对象,她似乎还来过一两次?"

　　"不止一两次。"

　　"噢,那就对了。正因为如此,我从侧面对这个人了解了一下。你不要这么盯着我,也不要怪我,你是我唯一的儿子,对你的未来,对你的婚姻,我有关心的必要。了解的结果,我想你比我一定更清楚。我不想议论你在农场的恋爱,不想干涉你的婚姻。我只想提醒你这么两三点。首先,你已经体验了,一个人在处境孤独、寂寞的时期,也就是像你在农场的那几年,是最容易跳进爱情的旋涡里的。那不足怪,却不足取。另外,我奉劝你认真地观察一下,仔细地考虑一下,不要看很远,就瞧瞧邻近的同仁里一些家庭,为什么闹离婚的那么多,就是从家庭地位到精神追求整个儿的不协调,由'乱爱'造成的。最后,我同你妈妈商量过,你的婚姻如果不经我们允许,那么,我们无法给你提供住房,在经济上更无法支持你。你有权利走自己的路,我们不会阻拦你。"

爸爸说话的语气虽然和风细雨,侃侃而叙,但梦岩却感到了一种承受不住的压力。

农场数年,梦岩在经济上是个上海人说的"塌底棺材",每月一分钱也不曾积存,也无法积存。最先一月二十四元,接下来二十七元、三十元、三十六元,挤牙膏似的增加到四十二元,梦岩基本上是"月月光"。连回上海的往返路费也得家里掏。结婚没有钱,不是"热昏"嘛! 更可怕的是住房。照上海的规矩,男女双方中,只要有一方家庭有条件提供住房的,房管部门一律不分配住房。倪家属于有条件提供住房户,爸爸不给房子,他们只有到马路上去结婚,当"马路天使"! 这——在戏剧和电影里倒颇有浪漫色彩,要梦岩去付诸实践,他连想都不敢想。

当爸爸交代完了,双眼直愣愣瞪住他,等待着他的答复时,梦岩的脑子里整个儿乱了,他愕然地瞅着爸爸的脸,不敢和爸爸犀利的目光相碰,讷讷地说:

"那……那么爸爸,你……你的意思……我、我……该、该怎么办呢?"

"毫无意义的恋爱,只会使人意志消沉,应该果断地处理。"爸爸倒是胸有成竹,答复得干脆利索。

他的第二步棋,也早预备好了,让梦岩见一见汪书记极力介绍的老战友的女儿于蓓莉。

梦岩那时倒是以一种敷衍的态度去见于蓓莉的。偏偏,于蓓莉有一种常人难以见到的美,况且她又正处于青春岁月中最为蓬勃和诱人的时期。

心灵上的天平倾覆了。爱的砝码压不住社会的、习惯的观念和深谋远虑的理智,梦岩走了一条爸爸给他安排好的"爱情之路"。

这是晚春初夏一个星期天的早晨,倪院长从南京东路浙江中路口的又一春餐厅吃了早茶早点回来,神清气爽,倍觉舒适。

灶披间里要比往常天热闹得多,板箱店老板夫妇在包虾米蛋卷,水兜、煤气灶上,有人在洗,有人在烧,忙得个不亦乐乎。气氛也要比往常和睦安然一些,不像每天傍晚赶煮一顿夜饭时,每个人的动作都匆匆忙忙的。

看到倪院长穿过灶披间,个个都转过脸来朝他打招呼,有话没话说上两三句,露一个笑脸:

"倪院长,一大早又到茶楼去啦,精神真好。"

"好福气啊。"

"看上去,倪院长的气色真好啊。"

……

不论是男是女,是老是少,说出的话,都对倪院长带有一点恭维、一点奉承的味儿。这一点倪院长心里很清楚。但是,见到别人尊重自己,心里总是快活的。他满面春风地和他们搭讪着,一路走过去。

上得楼来,亭子间的门还是严严地关着,梦琳一定还在睡懒觉!倒是客堂间的门大大地敞着,朝南的六扇玻璃窗开了一半,阳光照得房间里明媚媚的。一把椅子端放在屋中央,仿佛专候倪院长回来静坐似的。

倪院长刚进客堂间,外孙女眉眉尾随在身后,跟进来了,嘴里念念有词儿:"哩哩啦,哩哩啦,敲锣鼓,吹喇叭,老鼠家里办喜事,有个女儿要出嫁。女儿嫁给谁,妈妈问爸爸,爸爸是个老糊涂,他说谁神气就嫁给他……"

倪院长转过身去,只见眉眉双手捧着一本既能折叠又能展开成一长条的花书,噘着小嘴,念得正来劲儿:"爸爸就去找太阳,太阳说乌云要遮我,乌云来了我害怕。外公,外公,我读得对吗?"

"对,对。"倪院长眯眯含笑地在椅子上坐下,问,"是妈妈给你买的小书吗?"

"这本是小阿姨买的。"

"噢,什么时候买的呀?"

"昨天。小阿姨教我念了,妈妈又教。"

"你妈妈呢?"

"在写字。"

"爸爸呢?"

"爸爸昨天上夜班,还没回来。"

"嗯嗯。"倪院长记起来了,这个礼拜,源华轮到上夜班。天气热起来了,上完夜班,他总要在厂里洗完澡才回来。他是翻砂工,工作又脏又累。从厨房里,传来自来水的滴滴答答声,老伴一定又在为星期天的两顿饭忙碌了。老规矩了,梦湖和吴善清,逢到星期天,总要回家来聚一聚的。一来是梦湖还未怀孩子,二来这对小夫妇也可少烧两顿饭。倪院长倒是盼他俩来,前两天,汪书记又郑重其事地与倪院长谈了吴善清当副院长的事,他透露说,卫生局的任命,只是个时间问题了。倪院长觉得,很有必要叮嘱这位即将荣升的女婿几句。年纪轻轻身居要位,是容易使人飘飘然的。

眉眉见外公没再理她,便又顾自念了下去:"爸爸又去找乌云,乌云说大风要吹我,大风来了我害怕⋯⋯"

"眉眉。"客堂门口站着舅舅梦岩,"不要在这里吵外公,到厨房里去。"

"我没吵外公,我在念书,小阿姨要我好好念。外公,我吵你了吗?"

"没有没有。"倪院长朝她慈祥地笑笑,同时瞥了儿子一眼。他看得出,儿子是想同他说什么,于是便对眉眉道:"不过我想起来了,每个星期天上午,电视里都有小娃娃节目,你不想看吗?"

"想看啊,想看啊!舅舅,你帮我去开电视。"眉眉快活地把书一扔,冲到客堂门口,拉起舅舅就走,"快帮我开啊,舅舅!"

一会儿工夫,电视机响起来,梦岩也随即来到倪院长跟前:

"爸爸,对付小眉眉还是你有办法。"

倪院长责备地瞅了他一眼:"你啊,哄小孩子也不会,眼看就要当父亲了呢!"

梦岩蹙了蹙眉:"爸爸,我有一桩事情要同你商量。"

倪院长的食指指向一把沙发椅,示意儿子坐下说。

"这几年,我的英语已经基本过关。"梦岩字斟句酌地说,"前几天有个美国人来我们学校访问,我完全有能力单独同他交谈。因此,我想申请自费到美国留学。"

"为啥要去美国?"倪院长慢悠悠地问了一句,梦岩提出了一个他不曾想到的题目,"说说你的道理。"

"第一,爸爸之所以有这么大成就,就是青年时代去美国留过学,取得了博士学位,奠定了一生的基础。第二,我专攻美国历史,不实地去看看,一辈子总是个遗憾。第三⋯⋯"

梦岩的话还没讲完,楼梯上一阵咚咚咚脚步声响,来得很猛,紧跟着,大女婿金源华汗流满面地冲进了客堂间:

"爸爸,爸爸,有桩事情要告诉你,有桩事情,哎呀,让我揩揩汗,热死了。真是急煞人,我憋足了一口气,拼上一条命把脚踏车踏得飞快。"

倪院长朝梦岩一摆手,表示此事另外找时间再说,随后转过脸来望着大女婿:

"源华啊,不要急,歇口气慢慢地说,出什么事了?"

"梦琳,我看见小妹梦琳了!"

"啥?"倪院长大吃一惊,梦琳没在家里睡懒觉,倒是野出去了,"你说下去!"

金源华喘过了一口气,稍镇静了片刻,说:"下了夜班,洗完澡出来,厂里几个小兄弟说去吃油豆腐线粉汤,我们几个就到离厂不远的一个街面饮食摊占了桌子,买了油条、大饼、羌饼,要了汤吃起来。有说有笑地吃得正来劲,我一抬头,忽然看见梦琳站在马路对面,我朝她扬手,她没看见我,我刚想立起来喊她,不料她迎着一个男人走过去了……"

"那男人多大年纪?"倪院长沉着脸问。

"三十出头点,脸白净白净的。他买了一笸箕油条,梦琳和他招呼之后,两人就一道走进斜对面弄堂里去了。"

"这是条什么样的弄堂,你注意了吗?"

"爸爸关照过我,我当然注意了,从外面望进去,比同仁里还蹩脚。公用水龙头,人多得像小菜场……"

金源华说到一半,突然不说了。

倪院长一愣,疑惑地瞅他一眼,当即明白过来,原来是大女儿梦颖出现在客堂间门口了。

"你说下去。"倪院长又催促着。这当儿,老伴周静梅也从厨房间下来了,询问似的望着金源华。

金源华又揩揩额头上的汗,畏惧地瞅了妻子一眼,声音一下低得多了:

"我看到的就是这些。"

"好吧,我晓得了。"倪院长的语气倒是出奇地平静,随即摆了摆手,示意他们都退出去。

周静梅首先退出了客堂间。

梦岩随即也毫无表情地走了出去,临走时,他斜了姐夫一眼。

梦颖倏地一个转身,身子擦着金源华的肩膀,走出了屋子。金源华已心领神会,刚要随妻子而去,倪院长把手一招:

"源华,你等一等,我想请你办件事。"

"啥事?"

"买一副搭扣,铁皮搭扣,要最牢的那种;再买一把锁,也挑好的那种买。"

"我马上就去。"

"对不起,你刚刚下夜班,又让你……"

"不要紧,爸爸。"金源华的大巴掌嘭嘭拍着自己的胸膛,"我身体壮得像头牛,再多做点也没关系。"

"谢谢。"

金源华旋风似的一个转身,出了客堂间,又咚咚咚一路下楼去了。

倪院长双手扶着椅把,两眼瞪得大大的,脸色铁青铁青,坐在那儿思考着什么。

星期天的早晨,学生不上课,大多数干部不上班,好些工人也逢休息,乘车搭船的旅客、自行车的洪流、赶路的行人,都要比其他日子少得多。天天早上随处可见的那种紧张、匆忙状态,也要缓和得多。

但是,出现在全市各个角落的小吃店、饮食摊却丝毫不因休息天而松快。相反,每家店面、摊头周围聚集的人,比往日还要多些。原因也极简单,逢休的职工、学生和干部们星期天一般都是起得晚些,好多平时在单位食堂对付一顿早饭的人,现在都来光顾点心摊头了。

梦琳就是在这个时候来到李阵家弄堂附近的。

正是星期天的起床时分,李阵家所在的那条弄堂里喧哗嘈杂,一片骤雨似的刷便桶声不绝于耳,一股梦琳闻不惯的臭气扑鼻而来,穿着睡裤的男男女女,有的敞着外衣,有的端着脸盆,有的提只搪瓷缸,围着公用水龙头团团打转。就着弄堂里积满污水的那条阴沟刷牙的人,把雪白的牙膏沫随地乱吐。

踌躇满志壮胆而来的梦琳面对这幅画面,也望而却步了。她在弄堂口附近徘徊了一阵,怎么也鼓不起勇气走进弄堂里去。她第一次到这儿来,还不知李阵家住在弄堂的哪扇门内,走进去就要问人,这么一大清早地问人找门,势必引起弄堂里众多居民的注意;大家都把目光盯到她脸上,她会无地自容的。

她徘徊着、犹豫着,拿不定主意该怎么办。

恰恰在这当儿,她看到李阵了!他就在马路对面的大饼油条摊旁边排队,手里拿着一只小筲箕。

梦琳欣慰地笑了,真是天无绝人之路。

她决心捺着性子等他买了油条再去打招呼。炸油条的大锅里飘散出一阵一阵浓香味,梦琳不由得咽下一口唾沫。一起床就匆匆忙忙赶来,她还没吃早饭。

李阵买了六根油条,环顾了一下马路两边,朝自家的弄堂走过来了。

梦琳抿着嘴儿,迎着他走上一步,又走上一步,再走上一步,他太迟钝了!竟然没发现她。直到两人几乎要相撞了,他慌乱间一抬头,才看到了她:

"梦琳,你……是你……"她的出现使他惊愕不已。

"我又不是死而复生,看你脸上那副怪样!"

"你、你要去哪儿?"

"你家。"

"呃……这……到我家去,这时候去怎么行?"

"怎么不行?"梦琳狡黠地一笑,"不入虎穴,焉得虎子,要下决心,我至少得对未来有个数。"

李阵的脸上虽然没笑,但是他的眼睛里已闪出了笑意:"那……走吧!"

他在前面引路。不是直对着他家所在的那条弄堂口走,而是走向它旁边的一条小小的弄堂。

他真会体会人的心思。走这条支弄要清静多了,虽然窄一些,但没有那么多诧异的目光瞪着梦琳。

弯弯拐拐走了三四分钟,穿过一条晦暗的过道,登上十来级窄窄的板子晃动的楼梯,终于到了!

踏进李阵家的门,梦琳就晓得他刚才为啥说"不行"了。这间由双亭子间用木屑板一隔为二的屋子里,一眼望过去,就会发现所有的东西都放得乱七八糟,不是地方。

"哈呀!"梦琳故意张扬一般嚷嚷起来,"原来我总以为,你是蛮讲究清洁的,哪晓得你的真实面貌是这个样啊!哈哈,你看,你看!"梦琳指着椅背上一条团得皱巴巴的裤子、桌子角上的茶杯、满地的纸屑和玩具。

李阵的脸涨得通红,半天也说不出一句话来,只得嗫嗫嚅嚅地道:

"如果你是来'视察'的,那你真是找准了时候。"

瞅着他的狼狈相,梦琳快活地笑了起来。

李阵不解地盯着她。

"那你还不快收拾收拾,看看!杯子该洗一洗,衣裳、裤子、袜子该放在一起,鞋子、拖鞋都该搁在房门背后,你怎么连这点儿也不懂!"梦琳的语调里满含着揶揄和俏皮。

说实在的,从一踏进李阵家,她就觉得这屋子比原先想象的要强得多。在内心深处,她早把这间双亭子间和自己的"独立王国"做了对比。除了没有煤气和卫生设备,她觉得两间屋子的差别不大。当然,同祥里的房子要坚固一些,质量高一些。梦琳衡量的标准,仅仅是她有没有勇气在这里开始新的生活。

事先,也许是李阵把自己的住处渲染得太破败简陋,也许是梦琳的想象过于丰富了,她以为李阵的家和棚户区的房子没啥区别。而实地一看,她踏实了。

"小兔子呢?"她兴冲冲地问。

"还在里边睡觉。"

"睡懒觉?"梦琳的眉头一皱,说话声音立刻放低了。

"昨晚上看电视,一直看到结束,难得的,一星期一次,我不便把他卡得太紧。孩子……"李阵有点啰唆地解释着,陡地仰起脸,询问道,"看来,你还不是太嫌弃这儿。"

"为啥要嫌弃呢?"梦琳头一偏反问道,"喂,你买的油条,请不请我吃?不请我可自己动手啰!我饿了。"

她拿起一根油条,有力地咬了一口。

李阵嘴角露出一丝笑,不无自卑地说:"当然,我住得很差,和博士家比起来,很寒酸!不过,凭良心说,和上海滩很多缺房户比,我还算可以。问题不在这里,在于你……"

"不要怪我当了一个不速之客。我懂得,仅仅有爱是不够的;在人生的追求、各自的信仰和情趣、家庭地位这样一些问题上存在着悬殊,对婚姻会构成威胁,会成为感情危机的祸根……"

"真没想到你小小年纪竟这么成熟。"

"我早不是小娃娃了。"

"梦琳,我一直不敢说,今天你既已谈得这么坦率,我也向你摊牌吧。关于住房,我们不是无望的。我们光辉灯具厂的齐厂长,虽然是个反对我们恋爱的角色,但你不得不承认,齐厂长抓灯具生产是一把好手。要不,我们一个小小的百多人的厂子,凭啥吃掉人家两个四五百人的厂子,让他们成为我们的附属车间,生产出的产品用我们的商标……"

"这同住房有什么关系?"

"当然有关系。你以为齐厂长一个人长着三头六臂?我们光辉灯具厂年年推出的一批批新产品,都有我的一份汗水。"

"别自夸了!你在他眼里只是颗沙子。"

"在伦理观念上,他不同意我们的看法。也许他对你父亲还有种报恩思想。但在生产上,他器重我,这是真的!"

"那又怎么样呢?"

"他看我上下班赶来赶去,为小兔子进幼儿园全托费了九牛二虎之力,不止一次跟我说,只要厂里的职工宿舍楼一盖好,就把我调过去。那样离厂近,有利于我为厂里的生产多出点子。"

"你怎么从来没跟我提起?"

"你也是第一次和我谈实际问题啊!"

"不过也别抱太大希望。"

"为什么?"

"也许,我爸爸还会对他说些什么……"梦琳的眼睛望着李阵,但实际上她什么都没看见,她的目光看到的是很远很远的地方。

李阵的脸色也沉了下来:"那就……"

"把命运掌握在自己手中。"梦琳扬起了小小的拳头,严肃地说。

仿佛有一道灿烂的光射在李阵的脸上,他笑了,由衷地笑了。

梦琳从李阵家回来,就觉察到爸爸的脸色有异。在爸爸庄重冷峻的脸上,酝酿着一场可怕的风暴。从他不时瞥向她的眼神,她意识到这态度主要是针对自己来的。她格外小心提防着。

时近中午,快吃饭了。梦琳尽可能帮助妈妈做点事儿,收拾菜刀砧板、倒垃圾、准备碗筷。她抑制着自己说话的欲望,尽量不用话头去无意地招惹人。她不愿跟爸爸发生冲突。

但风暴还是来了。是从饭桌上来的。

刚刚端起碗,爸爸说话了,他恰巧坐在梦琳的对面:

"梦琳,今早上加班去了吗?"

"没有,到同事家去了。"

"哪位同事?"

"爸爸,是不是审讯?"

"是问你!"

"那好。"梦琳搁下了碗,端端正正坐着,做好了应战准备,"我可以回答,我去李阵家了。"

"那个'拖油瓶'家?"

"爸爸,你不应该用这样轻蔑的语言称呼他。"

"这是事实!"

"那么,你要二姐姐嫁的吴善清,不同样结过婚吗?"

"你二姐夫不是'拖油瓶',他和前妻没有孩子!"

"问题不在这里。爸爸,他要有孩子,你也会让二姐嫁他的……"

"胡扯!"

"问题在哪儿呢?爸爸,在你的脑子里。吴善清是你的学生、得意门徒,医术高超。他也会成为有名的几把刀之一。他也会爬上外科主任或者什么院长的位置,有令人尊崇的职业。而李阵,只不过是个普普通通的工人,一个工人出身的小干部、小职员。他在他的位置上,也许只能是默默无闻地干一辈子。你觉得你的女儿嫁给这样的人,会扫了你的面子!当然,令人尊崇的职业是值得羡慕的。但是爸爸,要是那闪闪发光的职业皇冠之下,包裹着的只是一颗极端自私、虚伪的灵魂,只是满脑袋的封建等级观念,只是维护那职业光圈的主观和刚愎,你的女儿会有幸福可言吗?"

"梦琳,你说到哪里去了?"见丈夫的脸色越来越可怖,周静梅劝说的嗓音都发抖了,"全是瞎三话四。你大姐嫁给大姐夫,一个普普通通的翻砂工,不也是爸爸一手促成的嘛!你不要把父母的一片好心,当成了恶意啊,梦琳!"

"究竟是怎么促成的大姐姐最清楚!"梦琳把脸转向妈妈,但话头仍然直对着爸爸,"捅开窗户说亮话,现在可以当面问问大姐姐、大姐夫,他们到底幸福吗?"

"阿拉是蛮幸福的啰!"金源华咧开大嘴,傻呵呵地笑着,"梦颖,对哦?"

梦颖的脸色相当尴尬,赶紧低下头去,装作照料坐在一边小凳上吃饭的眉眉。

梦琳连眼角也没瞅金源华一下,照旧往下说:"还有梦岩和蓓莉,梦湖和吴善清,爸爸,你只晓得按照你的意志,撮合成一对又一对的婚姻。你在什么时候,问过一下哥哥姐姐们,他们乐意吗?他们的一生会快乐吗?你问过没有?"

争执起来之后,饭桌上所有的人都搁下了碗筷。倪院长哪里还有心思拨拉饭菜,他把饭碗推到一边,手里抓着一双象牙筷,筷头笔直地指向梦琳:

"你无法无天啦,用这样的口气对我说话!"

"是你先……"

"住嘴!其他人的事,不用你在此乱发议论!我要你先管好自己。我问你,喊你去向齐厂长道歉,去了吗?"倪院长咄咄逼人地问。

"我早找过他了。"

"道歉了吗?"

"我们取得了谅解。"

"那么,我让你和'拖油瓶'一刀两断,你为啥还同他勾搭?"

"我们是正当恋爱……"

"呸,你还配谈恋爱。一个姑娘家,一大清早跑到死了老婆的男人家去,你这是伤风败俗,是无耻!"

"爸爸的话说得对啊,梦琳,"周静梅又在中间打起圆场来了,"难得休息一天,你不要惹爸生气了!当父母的哪个愿意自己的子女过苦日子?爸爸这样劝你,全都是为了你啊!"

"妈妈,你讲错了,他不是为了我,是为了他自己。"梦琳对妈妈的态度要友善得多,转过脸来,面对着父亲时,她的话里又充满了火药味,"我知道,爸爸,你是全市有名的外科医生,你在医务界、在医院里是权威。耍惯了威风,见惯了人们服从的脸和奉承的笑。甚至一些很有权势、很有地位的人,找你看病时对你也得恭恭敬敬。你手里那把手术刀,不知为病人割去过多少毒瘤。然而,你永远医治不了自己身上的痼疾。就说妈妈吧,她一辈子对你唯唯诺诺,瞅着你的眼色行事,她幸福吗?我很怀疑……"

"梦琳,你这个小囡发痴了!"周静梅叫了起来。

"不是发痴,妈妈。"梦琳苦笑了一下说,"最了解父母亲的,总是他们溺爱的子女。很幸运我总得到你们的溺爱,因此我也了解得最清楚。妈妈,如果你把绝对的服从和驯顺认为就是幸福,那只能证明你是麻木了。妈妈可以这么过一辈子,我不行,我要有自己的丰富的感情生活,我不能像妈妈这样过一辈子,谁要逼迫我这样过,我就要反抗,就要同这种'暴君'似的家教决裂。"

"你,"倪院长的语气突然放低了,象牙筷也不再点过来了,只是他的脸,愈加阴沉了,冷冷地显得峻厉而又怕人,"把你要说的话,统统说出来!"

围桌而坐的人们,看到倪院长的眼神和脸色,谁也不敢再插嘴了。

"我当然要说!"梦琳毫无畏惧地一挺胸,声音脆脆地道,"爸爸、妈妈,你们不要以为干涉子女的生活方式和感情,就是关心子女、爱护子女。不是,这不是关心,不是爱,这是封建式的家教,我不能忍受!在我看来,最最残忍的,不是骂,不是打;最最残忍的,莫过于要以个人的生活方式、价值观、爱情观、家庭观,甚至自己的一切都强加于别人,强加于自己的子女。尽管有人把这视作义务、习俗和道德的象征。但是,到了二十世纪八十年代的今天,暴力只能毁灭爱情,唯有自由才能滋生爱情,而不是什么小市民眼里的煤卫设备和可怜的物质条件。"

"讲完了吗?"倪院长讥诮地问,"我的演说家。"

"讲完了。"梦琳撩起鬓角的一束乌发,拢到耳朵后面去,由于说出了久已憋在心底深处的话,她的双颊红扑扑的,脸上布满了光辉,两眼也熠熠地烁出青春的光芒。

"那好,你给我滚!"倪院长狮吼一般地命令着,话音未落,他的双手抓起推到一边去的饭碗,跳起来,狠狠地朝着女儿砸了过去。

梦琳惊叫着避开身子,逃出了厨房;饭碗砸在菜橱的门上,哐啷啷碎裂了,四散迸溅的瓷屑和饭一起落到地板上。所有的人都离开了饭桌,小眉眉吓得躲进了煤气灶下的柜子里。

嘭一声,亭子间的门重重地关上了,还有力地落了锁。跑进了自己"独立王国"的梦琳,似又增加了勇气,她隔着门嚷嚷着:

"是打是骂,是高压手段,都来吧!你越是这样,我越不屈服,决不屈服!"

倪院长气得浑身发抖,站立不稳,一屁股坐倒在椅子上呼哧呼哧连连地出着粗气。

七

爸爸当着家人大发雷霆,眉眉给吓坏了。在她眼里,外公永远是慈祥、和蔼、善良的。把她从煤气灶下的柜子里抱出来,回到自己的外厢房间,梦颖还能感到,眉眉的身子在她的怀抱里颤抖。

"妈妈,妈妈,外公要打小阿姨吗?"眉眉胆战心惊地盯着梦颖问。

"不是。眉眉,外公今天心里烦。"

"他是要打小阿姨,他把饭碗往小阿姨头上摔!"

"眉眉,你不要管大人的事。告诉妈妈,你吃饱了吗?"

"我吃了半碗饭,还剩……"

"那不要紧了,跟妈妈睡觉好吗?睡一觉起来,外公就笑了。"

眉眉将信将疑点了点头:"嗯。"

给眉眉铺床时,梦颖听到爸爸在喊金源华:"源华,你拿上这把锁,去把亭子间锁了,钥匙交给我。"

"好的。"

梦颖直起腰,愣怔地站在那儿,听到金源华下楼梯的脚步声,她轻轻地一跺脚,但又没勇气冲出去阻止丈夫。

"妈妈,我脱衣裳啦!"眉眉爬上床,仰起脸来朝着梦颖叫,"妈妈,你没听见吗?"

梦颖心不在焉地嗯嗯点着头,陪伴着女儿,斜倚在床上。眉眉一声不响地躺着,一双黑溜溜的眼睛不停地眨动着,她在想什么呢?

梦颖的心头,百感交集。她只是机械地一下又一下轻轻拍着眉眉,而她的脑子里,乱成了一团,思绪纷涌不绝。弄堂里,不知哪家邻居在放越剧唱片,声声呜咽般的悲腔清晰地传过来:

爹爹呀,爹爹,
你空有一片爱女情,
女儿的心事却不明,
自古多少贞烈女,
不贪权势爱人品。
刘采屏,甘受寒窑风雪苦,
……

从小受爸爸的影响,对越剧十分喜爱的梦颖,一听就晓得唱的是《碧玉桃花》中史碧桃拒婚一段。此时此刻,听到这段唱腔,梦颖的心中真是别有一番滋味。是啊,酷爱越剧的爸爸,看过那么多古装戏,封建社会里,尚且还有一些明智的父母;为啥生活在二十世纪八十年代的爸爸,一个高级知识分子,却偏偏还要如此对待子女的婚姻呢?

梦颖是大女儿,受爸爸的教育和熏陶时间最久。爸爸在她婚后有意无意之间,多次教诲她,不要奢望十全十美的伴侣,人世上难寻绝无矛盾的夫妻。男女双方也不可能在各方面完全相似、事事一致。既已接受一个人的爱情,也就意味着对那个人的缺陷、个性、嗜癖、脾气,甚至不那么高雅的举止的接受。不要天真地以想象和梦幻来对待生活,要能够容忍。爸爸还不止一次地对她说过,世界上所有的生物都能通过生殖留下后代,但只有人类、高尚的人类才能通过后代留下家庭的传统、德行和对事业的态度。

正因为爸爸的及时规劝,梦颖对金源华一切不入眼的地方都容忍了,她把不时涌起的厌恶感克制下去,她以一种坚韧的精神,默默地吞噬着不称心的婚姻带来的苦果。作为老大,她完全懂得爸爸谆谆教诲的意图。

可今天,她却怎么也忍耐不下去了。金源华怎么能这样,把梦琳去找对象的事儿告诉爸爸,十十足足地成了个告密者! 家庭里的这场风波,全是由他惹出来的,他还嫌不够,还要听爸爸的吩咐,去给梦琳的亭子间加上锁。难道他不知道,这是爸爸在对梦琳采取强硬措施;难道他就不懂,这会给妹妹的身心带来多大的伤害。

这个白痴!

原先梦颖总以为,由于自己的抑制,由于他们夫妻之间从未争吵过,家里人并不知道她对金源华的失望,并不晓得她精神上在忍受着难言的痛苦。刚才梦琳直率地道出的一番话,把她自我安慰似的想象砸了个稀里哗啦。却原来,连小妹妹也知道她的心事啊。

人躺在床上,心里灼烧着的一团火,在以一股无法控制的势头往上冒、往外涌。不行,她不能忍受下去了,她非得跟金源华挑明了说一次,必须说一次。

眉眉不知什么时候睡熟了,梦颖翕下眼睑,似在闭目养神,像往常一样午休。可她脑子里乱哄哄的,一点也安静不下来。太阳穴旁的一根神经,在怦怦怦剧烈地搏动。

金源华的脚步声传进来了,听得出,他是跷着脚,小心翼翼走进来的。

梦颖一睁眼,果然,他正轻手轻脚地往里走,还不时用眼窥探他们母女呢。见梦颖的眼睛忽然睁开,他不禁一怔。随后脸上就浮起了殷勤的笑,低声关切地问:

"你还没睡着?"

看着他的笑脸,梦颖只觉得恶心。她把眼睛斜到一边去,说:

"下半天,你陪我去买点东西好吗?"

"你不睡午觉啦?"他诧异地一扬眉毛。

"不睡了。"

"干啥? 扯花布、逛小百货店、买点婆婆妈妈的东西,我可没耐性,情愿在家睡觉。"

"你就只会睡觉!"梦颖几乎就要脱口抢白他一句,但她还是忍下了,"只给眉眉买点线,要不了多少时间的。"

"现在就去?"金源华一边说一边伸直双臂,张大了嘴巴,长长地出气很粗地打了一个哈欠。

梦颖离床下地,拢了拢头发说:"现在就走吧,反正眉眉刚睡着。"

夫妇俩稍做准备,走出厢房间时,看到爸爸妈妈的客堂间房门敞着。两位老人,一个坐在椅子上,一个坐在床沿边,都垂着头,沉着脸,在那里生闷气。

"妈妈,我们出去买点东西。"梦颖站在门口,柔声对妈妈说,"眉眉刚睡着,要是她醒了……"

"我会管她的,你们放心去吧。"周静梅接过话头,朝女儿摆摆手说。

倪院长抬起头来,狐疑地盯了女儿一眼,又把猜测的目光转到女婿脸上,什么话也没说。

夫妇俩下了楼梯,梦颖见灶披间里没一个人,迫不及待地用抱怨的口气道:"你怎么能去锁梦琳的房门呢？一点也不动脑筋。"

"是爸爸喊我锁的呀!"

"爸爸、爸爸,他叫你去跳黄浦江,你去不去？"

"呃……"金源华哭丧着脸,委屈地说,"你怎么了？一下楼就对我发脾气……"

身后传来一声咳嗽,源华赶紧住了嘴。梦颖转脸一看,是板箱店老板从楼下客堂间出来了。她连忙一个转身,急急地走出了灶披间,沿弄堂向外走去。

金源华急急地跟在她身后,妻子一生气,他就感到六神无主。

梦颖和源华的脚步声消失之后,周静梅长长地叹息一声,轻声劝慰倪院长说:

"小囡大了,管起来也心烦,慢慢地来吧。午觉睡不成,净坐着生闷气,反而伤神,倒不如像梦颖她俩,出去走走,散散心,消了气再谈其他的事。"

倪院长虎着一张脸,略一颔首,站起身来,背着双手,一声不吭地朝外走去。

周静梅连忙跟到门口,啪嗒一声,给老伴开亮了楼梯灯,嘴里还在说:

"下楼梯时,当心点。过马路时,不要七想八想……"

倪院长一句话也不回答,下了楼梯,走进了灶披间。

楼下的板箱店老板在水兜边洗冷水脸,见了倪院长,高声招呼:

"倪院长,你家里也不太平了吧!"

洪亮的嗓音简直同他七十多岁的高龄不相称。

"哪里……"倪院长内心一惊,脸上佯笑着,"你怎么看出来的?"

"吃中饭时,听你拔直了喉咙在教训子女。"板箱店老板一边绞毛巾,一边数落证据般地,"刚才你大女儿和女婿在灶披间里还拌嘴呢!"

"噢!"倪院长又是一愣怔。既然他家庭里起矛盾已让板箱店老板晓得,那么出不了三天,整个同祥里都会知道,倪院长的家教失去作用了。更使他内心愕然的,是梦颖和源华竟然也在拌嘴,也在闹摩擦。这一对夫妇,可是同他天天生活在一起的啊,他怎么就看不出来?他只晓得,源华是工人,粗一些,但人很勤快,也很识趣。梦颖是教师,和源华有那么一点点不协调,但无伤大局。梦颖自小就是个识大体、顾大局的女儿。哪晓得……难道真如梦琳说的,梦颖和源华生活在一起,并无幸福可言?

"唉,倪院长,其实啊,子女大了,好多事情,当家长的不如不管来得爽快、清静!"板箱店老板完全是一副过来人的腔调,"我那个不识好人心的儿子,你是晓得的啰!嗨,一讲起来我就来火……"

板箱店老板的独养儿子,"文化大革命"之前就同父母断绝了来往,近二十年没有来过同祥里了。这个儿子上大学以前,由板箱店老板夫妻俩做主,给他找了一个老婆,高挑个儿,白净脸庞,在弄堂里走出走进,不时逗得好些婆婆妈妈啧啧称道,说老板会替儿子挑媳妇,挑了一个百里难寻的漂亮女人。这漂亮女人在街道民办小学教书,对公婆恭敬孝顺,结婚不到一年,就生下一个洋囡囡般的小孙女,老板夫妻俩乐得合不拢嘴。哪晓得,这个宝贝儿子大学毕业之后,就提出他的婚姻是包办的,要与老婆闹离婚;闹了两年没离成,他干脆把新轧的女朋友带回来了。这一来把媳妇气坏了,当天就去办了离婚手续。调解人和法院同情女方,把两人新房里的那套红木家具判给了媳妇。离了婚的媳妇带上女儿,叫来一辆卡车,把一房红木家具拖走了。老板夫妻喜欢的媳妇走了,心爱的孙女儿飞了,还赔了一房红木家具,当时价值三千,现在八千也买不到。

这桩事,那时轰动了整个同祥里。漂亮媳妇叫卡车来拖家具那天,倪院长家12号门口,看热闹的人围了个水泄不通。大家都看到老板夫妻俩和离了婚的媳妇痛哭流涕地告别,孙女儿哭得从妈妈怀里滚到奶奶怀里。那情景凄惨极了。好看热闹的居民们心头都好奇,都想瞧一瞧铁心要离婚的老板儿子究竟找了个什么样的新对象。很多人喊喊喳喳地议论着,说前妻那么漂亮他非要离,自由恋爱找到的女人,一定有天仙般的容貌。众目睽睽之下,老板的儿子和新轧的女友走出来了,那女人大饼脸,鼻翼两旁有不少雀斑,打扮得更普普通通,非但不美,还有几分丑。刻薄的邻居中有人大惊小怪地当场叫了起来:

"哎呀呀,这张面孔,我看见了隔夜饭也要呕出来!"

一句话引起了阵阵放肆的哄笑,那女友的脸顿时涨得通红,匆匆逃遁般走出了弄堂。

同祥里所有的人,提起这事都说不可理解。板箱店老板夫妇一讲起来更是怨声不绝,伤心跺脚。倪院长当时就是老板的邻居,楼上楼下,他是目睹离婚那一幕的。谢天谢地!他那时候就这么想,这种事只可能出在别人家,绝不可能出在他的家庭里。时过境迁,到了今日,莫非他堂堂医学博士家里,也要出些怪诞的丑闻?

板箱店老板无意中告诉他的事,犹如迎头朝他击了一闷棍,完全把他打蒙了。他哪里还有什么心思出去散心,朝老板哼了几声,便又慌慌地转回身来,朝楼梯走去。他急于要核实,梦颖和源华拌嘴,究竟是为了啥。

走上楼来,周静梅已听出了他的脚步声,赶忙迎出来:"忘了啥东西吗?刚刚出去又转来了!"

倪院长没有理会老伴的询问,只顾仰着头,朝三层阁楼上喊:

"梦岩,梦岩!下来一趟。"

楼梯响了,走下来的不是梦岩,而是儿媳妇于蓓莉:"爸爸,梦岩出去了。"

"出去了?"

"是啊,午饭后歇也没歇,他就闷头走了。"

"噢。"倪院长撑着楼梯扶手,只觉得一阵困乏,大清早赶到南京路一乐天餐厅喝茶吃早点,这会儿已甚觉疲倦。他本来是想让儿子去追一下梦颖和金源华,让他俩快回来,他好当面把事情问清楚。此刻,下楼来的是怀孕的儿媳妇,倪院长不便支使她了。他向于蓓莉摆摆手,颓然道:"梦岩不在就算了,你回屋休息吧。"

说完,倪院长一步一顿地走进了客堂间去。

于蓓莉在楼梯上默然站了片刻,随着顺梯而下,跟在公婆身后,也进了客堂间：

"爸爸，我想问问你……"

倪院长缓缓转过身来，乍一见儿媳妇庄重中带点儿拘谨的神态，眼前不由得浮现出她在厨房门口欲言又止的模样。她有什么话儿要说呢？他拍了拍椅背：

"有话坐下说。"

"坐、坐啊！"周静梅也体贴地招呼着儿媳妇。

于蓓莉苦笑了一下，并不坐，只是抿了抿嘴，问道："爸爸，梦岩向你提出，要到美国去学习，是吗？"

"他今早上刚提。怎么，没跟你商量过？"

"他透过这意思。"

"你同意他去吗？"

"不同意。爸爸，你也不能同意。"

"是考虑到你怀了孩子？"

"不是。他嘴里说得好听，出去留学、深造，学成回来好有更大的贡献！可实际上，全不是那么回事。他要出国，主要是为了逃避，为了求得良心的安宁，为了……为了……"于蓓莉说不下去了，两行清泪，顺着她凝脂般的面颊淌了下来。

倪院长只觉得脸部的肌肉在抽搐，眼睛在失控地骤跳，这又算怎么一码事？他好容易镇定住自己，说：

"蓓莉，我越听越糊涂了，到底是怎么一回事？你冷静一下，给我说说，给我说说。"

"爸爸，"蓓莉哽咽地说，"我婚后才知道，才感觉出来，梦岩对我的感情不专一，不深沉！他……他在农场有对象，而且他们有很深的感情。梦岩结婚后，还想着那个人，但他又愧对于我，他、他心里不好受，他受不了良心的谴责，他要逃避。爸爸，这婚姻害了他，也害了我，我们怎么办哪？爸爸……"

于蓓莉说话间，已是泣不成声，这当儿，更是抑制不住，身子扑倒在床沿上，放声大哭起来。

周静梅的脸拉得老长，眼里掠过道道恐怖的神色。

倪院长的眼帘里，陡地叠现出两张、三张、四张于蓓莉的脸，他只觉得头晕目眩、天旋地转,终于站立不住,踉跄着退后几步,倒在椅子上。

　　正对着六扇玻璃窗的对面同仁里阳台上,有几个人在张头探脑朝倪家觑视着。

　　走出弄堂以后,源华就觉察到不对头了。要出去买绒线,不往百货公司方向走,也不朝公共汽车站头赶,反而朝行人疏落的马路上跑,这算咋回事呢?联想到一进灶披间梦颖责备他的那种眼神,源华心头忐忑起来,魂灵如同打脱了一般,不时斜眼瞅着妻子,走了几条马路不敢吭一声。

　　梦颖是感觉得到源华的不安神情的,他越是呈现一副奴才相,她心头越是瞧不起他。堂堂一个男子汉,就该是这么个厌包相吗?

　　"梦颖,"金源华终于忍不住了,"你不是说给眉眉买绒线吗?"

　　"好意思问……"

　　"怎么?"

　　"寿头!"

　　"是你自己说的,一起给眉眉买……"

　　"买魂灵啊!是要你出来,跟你讲讲清爽!你、你一个上门女婿,净干些啥缺德事啊。把梦琳锁在亭子间,看到梦琳找对象,你又像特务一样瞎报告……"

　　"特务?"金源华惊叫起来。

　　"就是特务。"

　　"哎呀,梦颖,你是晓得的,爸爸不同意梦琳跟那个'拖油瓶'好,是爸爸关照我,要我看到什么,回来及时告诉他的。我、我有啥办法?"

　　"你自己没长脑子吗?净往爸爸身上推。"

　　"是爸爸的意思嘛。他是你的爸爸。"源华越发感到委屈了,"我这女婿听岳父的话,理所应当。难道、难道你不要我听爸爸的话?"

　　"我是要你动动脑筋。"

　　"动啥脑筋?我是工人,大老粗,一根肚肠通到底,不会打百叶结,七弯八拐的……"

　　"哎呀,你越说越没边了。"

　　"是你先挑起来的嘛。"

"我是为你好,喊你不要做这种小人干的事……"

"不要讲了,梦颖。"金源华突然打断了妻子的话,诧异地轻轻叫起来,"你看,摩登裁缝,梦湖和一个男的!"

梦颖朝前望去,果然,行人疏落的马路两侧,出现了一股人流。梦湖上身穿着一件式样新颖的灯芯绒旅游衫,敞着一大半拉链;下身穿一条紧身的筒裤,和一个中年男子谈得津津有味地迎面走来。她的脸色红润,显得轻松快活,人也比前一阵逃回娘家时年轻些了。怪不得源华要叫她"摩登裁缝"哩,她的那一头乌光闪闪的黑发,梳成庄重典雅却又别致的蟠桃髻式,恰到好处地衬出了她那张白皙的鹅蛋形的脸庞。

"梦湖。"梦颖快走几步,迎上前去。

"哎唷,姐姐,姐夫。"梦湖先是一惊,继而大大方方地跑上来,一把抓住梦颖的双手,"你们是出来买东西吗?来,介绍一下,这位是我的新同事,孟慈老师。今天上午,开新式服装设计发奖大会……"

"梦湖的设计得了一等奖。"孟慈在旁边笑眯眯地介绍。

"祝贺你!"梦颖高兴地晃了晃妹妹的手。

梦湖不好意思地一笑:"我的设计算不了啥。发完奖,得奖人员和老师们会餐,是几家服装厂请的,菜丰盛极了,看,一顿中饭,吃到这个时候。马上还要赶到服装展销会上去。"梦湖顺手指了指前后左右那些出席发奖大会上的人。

"你姐姐姐夫要是有兴趣,也可以去看看。"孟慈提议说,"服装款式现在真是奇异万千,令人眼花缭乱。去看看,能大开眼界!"

"去吗?"金源华被几句话就吊起了胃口,兴致浓郁地说,"梦颖,去看看吧,开开眼界,吹起牛来也有点资本。"

梦湖也跟着鼓动道:"难得的,姐姐,去一次吧,就随我们这些会议代表一道进去。"

梦颖淡淡地一笑,低低地叹了口气,说:"谢谢你们的好意,今天,我们就不去了,以后再说吧。反正是要展销一段日子的。唷,其他人都走到前面去了,你们也快去吧。"

客气地道过别,梦颖默默地沿着人行道走去。她的脸庞上罩着层沉思的色彩。此刻,她不想说话,一句也不想说。

金源华似乎也很尊重她的沉默,并不为她对他的冷漠而感到什么不悦。相反,他为碰到了梦湖还挺高兴,因为这一相遇把他与梦颖之间不快的交谈冲散了。他东张西望地瞧着马路两旁那些日本式的屋顶。

梦颖还在茫无目的地往前走,她简直不知该怎样来排遣内心的愁闷和烦躁。和源华再谈下去,已经没这个必要了,他们夫妇之间,根本不可能认认真真、推心置腹地交谈一个问题。她认为必须讨论的复杂事儿,他却看得极简单;而他大惊小怪强调的问题,她简直认为不屑一顾,唉……

梦颖正不快不慢地走着,左臂陡地给赶上来的源华扯住了:

"梦颖,梦颖,刚才你看见没有?"

金源华一脸的紧张神色。

梦颖被他吓了一跳,眨眨困惑的眼睛,只觉得莫名其妙:

"看见啥?"

"你没看见啊,啧啧,"他大感遗憾地咂着嘴,"我看见了,吴善清。"

"他看见我们了吗?"

"弄不清楚。"

"你怎么不给他打个招呼?"

"我不跟他打招呼。我发现他……他……他好像……"

"到底怎么回事?"

"他好像在盯梦湖的梢。"

"呃……"梦颖让金源华一提醒,也感到点蹊跷了,为啥会在同一条马路上分别碰到夫妇两个?她沉吟片刻,一摆手说,"你别瞎三话四!"

"是真的,梦颖,你是晓得我的,我绝不会讲谎话。我看得清清爽爽,吴善清在对面马路上,鬼鬼祟祟的,避在一棵棵粗壮的梧桐树后头,贼头贼脑地往梦湖走去的方向张望。"

梦颖的脸上出现一道阴影,但她嘴里却说:"你又发现人家的秘密了,再回去对爸爸说嘛!"

"嘿嘿嘿,"金源华傻呵呵地笑起来,"我又不是真的'阿木林',你这样提醒我,我再不多嘴多舌了。"

"是该这样嘛。"梦颖息事宁人地说,而且放缓了语气,"源华,我心头一急一气,也忘了,只顾喊你出来,忘记你昨晚刚上完夜班。眉眉的绒线我一个人去买吧,你回去睡一会儿。"

金源华两眼探询地盯着妻子,略觉意外地道:"那你不要我陪了?"

"不必了,你回去吧。"

"那也好,你早点回来。"

"好的。"

金源华回身走了,梦颖瞅着他的背影被几棵梧桐树干遮住,才缓缓转过身来,继续沿马路走去。

去哪儿呢?替眉眉买半斤纯毛细绒线,要不了十分钟就能买好。可她不忙着去买,也不想回到气氛郁闷的家里去。她情愿这样走走,心头好像还安静一些。

进入初夏的阳光,已有点热量了。走了这一程路,梦颖感觉身上热烘烘的,但她的心里,却是冷冰冰的。一个人走着,她感觉到孤寂。是的,她已经不像梦湖和梦琳那样年轻了,梦琳还在恋爱阶段;梦湖有她自己的追求;而她呢,既无追求,也没理想和憧憬。她的青春已经随着岁月的流逝而消亡,她的容貌也随着年华枯萎而凋残。

她没有什么希望。她的丈夫不理想,她的婚姻不如意,她天天晚上辗转难寐。这怪谁、怨谁啊?怨源华?怨那时候她太欠考虑吗?她和金源华之间,既不是包办婚姻,也不是诱骗成婚,更不存在买卖交易,他俩都没有另一个第三者从中插足。那为啥,梦颖对源华会一年比一年冷淡,一天比一天疏远呢?她为啥会对他感到一种不可掩饰的厌恶和烦恼呢?

要怨只能怨那个年头,那个使所有的人都辨不清方向的疯狂年头。

寒冬,爸爸患病了。

整个上海都在飘着雪花。屋顶上、弄堂里、马路边都已积起一层白白的薄雪,阳台上结着冰,露天的水龙头冻住了。这是这个东方大都市一年当中最冷的几天。

被从"五七干校"监押回来的爸爸,咳嗽,吐浓痰,痰中还带着血丝,人一天比一天消瘦。

由于他本人是"反动学术权威""洋奴",由于妈妈的家庭出身是地主,由于妈妈的干爹是被镇压的恶霸,爸爸一直是被视为只能作敌我矛盾处理的老"牛鬼蛇神"。

这种人物医院是不会接受住院的。

而爸爸的病情却必须住院。

弟弟梦岩在崇明农场冒着风雪开河,妹妹梦湖远在贵州插队还没回来,小妹妹梦琳尚不懂事。陪伴爸爸去医院的任务自然而然落在梦颖身上。妈妈的身份是不能随便走动的,她除了每天早晚必须扫两次弄堂之外,无论去哪儿,都得到居委会去请示。

起先,梦颖搀扶着爸爸还能走着到医院去;后来,必须半扶半背地才能把爸爸弄到医院就诊;到了下雪天,梦颖得完全背着爸爸下楼,顺着长长的弄堂走出去,摇摇晃晃地送爸爸去就诊。她虽然年轻,但爸爸毕竟是个百多斤重的男子汉啊。为防止爸爸着凉,还得给爸爸身上蒙一条毯子。雪后第二天,梦颖背爸爸出弄堂的时候,脚底下一滑,整个身子都向一边倾倒下去,她惊骇地尖叫起来,要不是一条有力的臂膀扶住了父女俩,梦颖不敢想象这后果将会如何。

扶住他们的,是个穿着劳保工作服的壮小伙子,像是穿弄堂而过的路人。他问明情况,主动地背起爸爸上了医院,看完病又把爸爸背回来。

梦颖对他千恩万谢,充满了感激。

第二天这个时候,他不请自来了,还推来了一辆专给病人坐的手车,要送爸爸去看病。

"这车,哪来的?"梦颖又惊又喜地问。

"在我们街道医院借的。"

"可以借?"

"怎么不可以?他们备着,就是专门借给无法行走的病人的。"

梦颖不晓得这个情况。即使从此知道了,她也不敢去借。这周围的街坊邻居,谁不知她是大名鼎鼎的"反动学术权威"的女儿啊!

由于有了手车,来回路上,梦颖就能腾出时间和这小伙讲讲话。讲的内容,自然都是爸爸,他的病那么重,为啥还不能住院,拖下去,全家人都充满忧虑。

壮小伙子不善言辞,但也并不对爸爸的身份感到厌恶或嫌弃。

当天夜里,已近九点了,一辆救护车开进同祥里第五支弄,壮小伙子敲开了12号后门,走进倪家,让他们赶紧准备,送爸爸住院去。梦颖和妈妈真是喜出望外。

壮小伙子叮嘱他们,让爸爸尽量少讲话,迫不得已非讲不可的时候,得用普通话。他说,让爸爸装作是他家在外省的亲戚。他的爸爸在一个区医院开救护车,通过相熟的医生,找了点门路,才做出了这样的安排。

爸爸患的是肺炎,幸好及时住进了医院,要不,拖下去后果不堪设想。这点梦颖心头最清楚:不论是爸爸妈妈还是梦颖,都把壮小伙子视作他家的恩人和救星。

住院看病和出院后养病期间,壮小伙子常常来探望爸爸,更多的是探望梦颖。

梦颖心里当然明白,她早就通过入神的观察审视过壮小伙子了。作为一个具有侠骨义肠的路人,他显然是个难逢难遇的好人;但是作为一个对象,他是不符合梦颖心目中的标准的。他长得粗相,说话虽然实在,却听得出比较俗气。不过,由于一种感恩心理,梦颖并不讨厌他,对他还有好感。

这时爸爸给过她一张纸条,纸条上写着,梦颖的年纪不小了,个人问题不宜太拖时间。作为爸爸妈妈,对头一个孩子的婚姻,没有别的要求,只有几点提供给女儿参考:头一条,在这么个年代考虑终身大事,要讲究实际,不要东挑西挑花了眼。第二条,历史的经验证明了,出身不好,害人不浅。比如爸爸妈妈就吃够了苦头。对我们这种家庭出身的子女来说,为了自身的归宿,为了对后代的命运负责,应走一条安全之路。第三条,鉴于倪家的实际情况,上有政治上受歧视、年老体弱的父母,下有尚不懂事的小妹,弟弟妹妹又出门在外,最好选个能干体力活、能上门来当女婿的男子。第四条,世上没有两个人的爱好、气质、情绪和趣味是绝对相同的,要求大同存小异,不要苛求,不要把爱情当作梦幻。

金源华的父亲是救护车驾驶员,工资虽低,却是地地道道的工人、劳动人民。他本人身强力壮,能干粗粗细细各种家务活。就像他自己夸耀的:除了热水瓶胆破了他无法修,其他什么东西坏了他都会修。金源华家兄弟姐妹多,要结婚只有住到女方去。他的一切,都符合爸爸的"参考意见"。

爸爸的参考意见,意味着什么,梦颖心头当然是清清楚楚的。她自小听爸爸的话,在这件事上,她也就"求大同存小异"了。

相识一年半之后,她和金源华结婚了。

那时候,她只觉得难以和源华交流见解是个遗憾,其他的一切,都尚还满意。

哪晓得,当年的一点点遗憾,发展到婚后多年的今天,竟会是精神上的一个包袱和负担,一个无法排除的痛苦啊!

梦颖每天由学校回到家中,一看到他的身影,听到他的声音,就会产生说不上来的苦恼。哦,她曾努力克服自己的这种情绪,竭力地去寻思他的种种优点,回忆他们相爱那一年半中的感情,怀着报恩的思想对待他。无论是在学校和相熟的同事交谈,或是阅读反映伦理道德的书籍,梦颖总是试图从中找到夫妇和睦幸福、相亲相爱、白头偕老的诀窍。可惜得很,她的一切努力都归于失败。对于自己的丈夫金源华,她激不起感情来。与其说他们是一对夫妇,毋宁说他俩是一个大家庭中两个互不相干的成员。真的,纯从感情出发,梦颖真想尽快地离开他,终止她同金源华之间已经丧失了爱情的婚姻。

可是,梦颖终究是在爸爸妈妈的言传身教下长大的,她不但没有勇气这么做,就连明显地表现出来,让父母亲有所察觉,她都觉得不忍。她懂得一个妻子该怎么忍耐,懂得爱惜倪院长、倪博士家的声誉,懂得维护女儿的心灵和未来。就为了这一切,她愿意至少在表面上做一个贤妻良母,做一个典型的中国式的妇女。然而,夜深人静、独自冥思时,她又多少次在内心深处嘶喊着:为了道德和家庭的声誉,为了一种责任和义务,和金源华这样格格不入的人凑合地度过一辈子,难道就是合理的吗? 天哪,梦颖的心在受着煎熬。

梦颖不知不觉地走得很远了,但她还在人行道上徜徉,还在苦苦地忖度和反省。微风里,传来声声圆润清亮的歌声:

……
多少平安我们坐失,
多少痛苦冤枉受,
都是因为未将万事,
来在耶稣座前忧。

耶稣堂的尖顶在阳光下闪烁着,歌声就是从那儿传来的。噢,今天是星期天,教堂里在做礼拜。不是说,好多骚动的心和不得平静的灵魂,都能在教堂里求得安宁吗。梦颖听说过,现在做礼拜的时候,不是信徒也允许进去听的。她的双脚不由自主地朝着传出歌声的教堂走去。

她当然没有注意到,一向忽视她的情绪和心灵的金源华,恰恰今天,感到她的神色不对,始终忠实地跟在她身后,并不避嫌地注意着她的举止和行动。只是,她一次也没转过身去瞅一下,一次也没有。

下午的气温比上午高多了,坐在家里,连件外衣都穿不住。无精打采坐在椅子上的倪院长,不但觉得热,还感到敞着窗户的客堂间里沉闷窒息,有股喘不过气来的感觉。

于蓓莉哭诉了梦岩的不是以后,倪院长明确向她表示,绝不放梦岩到美国去。他一定要去,也不给他提供费用。公派私费的留学生,没有钱,还谈啥出国?加上老伴周静梅不住地在一边柔声劝慰着,总算把儿媳劝上楼去了。

外厢房睡着的眉眉醒来了,照老规矩,她总是先喊妈妈,妈妈喊不应声,就喊外婆。外婆答应着,去替她穿衣裳叠被子。

倪院长单独在客堂间里坐着,心口堵得慌,什么事儿都不想干,什么事儿也想不起来要干。以往,上班动手术累了,他喜欢独自静坐一会儿,既讨得清静,又消除疲劳。这一刻,房间里没人来打扰,他的心却静不下来。仿佛有一把毛刷子,在撩着他的心尖似的烦恼。

楼梯上有脚步声。一会儿,脚步声响到客堂门口来了。倪院长怕是自己的客人,赶紧在椅子上坐端正,缓和一下绷紧的脸色。站在门口的,是二女婿吴善清。

"爸爸。"吴善清一步跨进门来,声调有点异样地唤着。

倪院长摆手示意他坐下,又朝门口望望,诧异地问:

"梦湖呢?"

吴善清苦涩地冷笑了一下,脸色显得恼怒而尴尬:"不瞒你说,爸爸,我今天来,就是来同你讲这件事的……"

"梦湖的事?"倪院长佯作精神地问。

"是的,爸爸。自从那次家里闹过一场,我把梦湖接回去之后,我一直记着你的教诲,对梦湖体贴关怀,事事依着她的心思。回到家之后,只要插得上手,我总是力争做点家务事,好让她腾出时间来,搞她喜爱的服装设计。她晚上加班、星期天加班或是开会,我从不干涉她,净让她去。作为丈夫,我算是尽力所能及,做到仁至义尽了吧。但梦湖始终对我不冷不热,回去之后,没有给过我一个笑脸,你想我怎么忍受得了?但我还是忍受下来了。我只盼望梦湖能念在夫妻情分上,原谅我的一切过失,我们还照样过和和睦睦的小家庭生活。哪晓得,哪晓得……爸爸,今天我不得不来找你了,梦湖、梦湖在外头和一个男的吃饭、逛马路!"

吴善清的脸色都青了,眼角上沁出点点泪光,悲愤得直抽鼻子。

倪院长的双手紧紧地抓着椅把,内心里震颤得浑身没一点儿力气了,他极力抑制着自己的情绪问:

"这是什么时候的事?"

"今天,就是今天!现在,梦湖还在同那个男的在一起。"

"你怎么晓得?"

"我刚刚亲眼看见他们的。"

"你怎会碰到他们?"

"前几天夜里,我听说她要到区工人文化宫开会,估计她快散会时,我怕她路上碰到小流氓,就赶去接她。到了区工人文化宫,门房说会议早散了。那么,梦湖为啥还不回家呢?她到哪儿去了呢?我生了疑心。今天休息,她又说要开会,还讲吃饭不要等她,我就决心要弄清事实,悄悄跟在她后面去了。这一跟,一切都看清爽了。爸爸,我没有闯到她面前去,我也没有对梦湖说任何一句重话,甚至声色都没露。我是牢记着你的教诲和嘱咐。可我……我的心里难过啊,爸爸,我只有来向你讨教,我该怎么办?怎么对待梦湖?她是我妻子,她也是你的爱女啊,爸爸……"

哦一声,倪院长重重地一巴掌击在桌面上,随即手指着吴善清的脸,怒斥道:

"笨蛋!一个老婆你都管不好,你还有啥出息!出了事情,跑到我这儿来讨主意,我能给你出什么主意?你说!我还能跑去帮你给梦湖两个巴掌吗?你是怎么做一个丈夫的啊?怪不得你头一个老婆要同你离婚,原来你如此无能啊!"

吴善清悻悻地站了起来,脸色由青泛白,声调却陡觉轻松了:

"好、好嘛!爸爸,只要你有这个态度,我就好办、好办了。我走了。"

他一个转身,脚步错乱匆促地走出了客堂间,像跌落下去一般,踏得楼梯咚咚响,片刻工夫下了楼。

倪院长的头颅往后一仰,倚在靠背椅上,两眼睁得大大的,失了神似的呆痴痴盯着天花板,喉咙里一声长一声短地喘着气,胸脯随着他的气喘剧烈地起伏着。

吴善清的脚步声刚一消失,老伴周静梅就急促地扑了过来,这在他们生活中几乎是从未有过的事。周静梅凑近倪院长低声说:

"哎呀呀,老头子啊,你今天是给气昏头了,梦湖出了这种事,吴善清一肚皮全是火,他是碍于阿拉面子,不便向梦湖发作。你怎能在他的火头上加油呢?你一加油,梦湖不是要吃亏吗?你忘了,上次他已经动过手了呀!"

还是旁观者清啊。

汗珠,一颗接一颗豆大的汗珠,在倪院长皱纹纵横的额头上沁出,他的眼神里透出了两股悔之莫及的青光。

周静梅给吓坏了,急忙掏出手绢,轻轻拭去倪院长额头上的汗,安慰地说:

"算啦,事已至此,也就随它去吧,女儿女婿也都老大不小了,犯不上替他们去操心。要紧的是你,是你的身体!中午饭没好好吃一口,到了下午,又是一桩接一桩气人的事,你这把老骨头,怎么受得了!放宽心,放宽心,我替你去绞一把温水毛巾,再煨一点白木耳。吃过之后,再吃一碗饭,压压惊,压压肝火,压压肚内的虚。都怪梦琳,我今天费老大工夫烧的怀胎鲜鱼,肚皮里塞着纯精云腿呢,可惜你一口也没尝。"

拭净了倪院长额头上的汗,她一会儿递上一把扇子,一会儿温水毛巾送来了,不到二十分钟,厨房间里响起白木耳炖沸了的扑扑声,飘来鲜鱼汤的浓香味。

从老伴手里接过她递来的一小碗白木耳时,倪院长情不自禁凝望了她一眼。

是啊,几十年来,只有她自始至终地对自己是忠心耿耿的,到了痴情、到了迷信的程度。遇到一切事情,她不问其他,只看他的眼色行事,只以他的意志为转移,只以维护他的利益为宗旨。这样好的老伴,到哪里去找啊!可她还经常对几个子女说,她对不起倪院长,她牵连过他,她没有更大的学问,帮倪院长总结一辈子积累下的临床经验。其实,她已为他奉献了能够献出的一切。倪院长往常只感到这是理所应当,是规矩,是他倪家幸福安宁的象征,却很少从她的角度去想一想。她牵连过他,在已逝去的多少年里,他不也常常这样想吗?其实她牵连他什么呀,只因为她出身于浒墅关贺家的地主家庭,只因为她的父母为巴结权贵,在她幼年时把她过继给家乡的恶霸周家,只因为土改时周家有个兄弟为避风头逃来上海,在倪院长家住过一夜,最终还是被抓了回去。从此,她的历史上就算有了污点,倪院长也为此几十年入不了党,直到一九七九年,才由汪书记介绍入了党。这件事,正像汪书记谈及时说起的,怪不到周静梅头上,事情本身也一清二爽。但她总觉得对不起倪院长。倪院长自己呢,似乎也从此更有了居一家之主的权威。他从未设身处地替她想一想啊。她经常做怀胎鲜鱼这道菜,他也非常爱吃由她烹调的这道菜。然而,吃的次数多了,倒把她为啥老要做这道费事的菜的缘由忘了。难道她不是因为怀念着他们共同的青春吗!难道她不是以此在暗示他不该忘了他们的初恋吗!

上海女中毕业的周静梅小姐和青年博士倪维宇头一次见面,被介绍人安排在知味观杭菜馆。

介绍人霍铸成见两人都有交谈的兴致,借口要到五金街上谈一笔生意,匆匆告辞了。

倪维宇和周小姐不由得都感到有些拘谨。他们坐定后,跑堂的送上龙井茶,倪维宇一气点了六道杭州名菜:芙蓉鱼片、虾爆鳝、响铃儿、馄饨神仙鸭、清汤鱼圆、怀胎鲜鱼。那年头,倪维宇刚从霍普金斯医学院学成归来,好几家上海滩上有名的医院向他下了聘书,他挑了福仁医院,只因这家医院给的酬金最高,且外科还有霍普金斯医学院的老校友。收入颇丰,没啥牵挂,又是头一次见漂亮的周小姐,年轻得志的倪博士,出手当然很大方啰。

点菜时,倪维宇本想点知味观头一道名菜东坡肉的,谁知一征询周小姐的意见,周静梅只说不爱吃肥肉。要晓得,为防止第一次见面找不到话讲,倪博士事先特地翻了江浙名菜谱,查阅了东坡肉的来历。周小姐不吃,他的准备也就此泡汤。幸好在点菜时倪维宇见到菜谱上有怀胎鲜鱼。在美国求学时,想念家乡,几个霍普金斯大学的中国留学生,只好用回忆各自老家的美味佳肴来"画饼充饥"。一位浙江籍的学生,津津有味地讲起过传统名菜怀胎鲜鱼的来历,倪维宇听过后印象深刻,虽已讲不出故事的出处,大致情节还是记得住,所以他像捞到救命稻草一样不露声色地点了这道菜。

周静梅在上海女中求学时,用的是浒墅关家里的钱。家里虽是拥有三四百亩田的地主,对在花花世界上海滩求学的几个子女,克扣得还是紧的。她的父母在上海一家亲戚那儿放了笔铜钿,以备几个读书的子女急用。但对子女们只是说,你们要用钱,可以到这亲戚家去借。十五六岁、十八九岁的姑娘,不到万不得已,哪个好意思开口向亲戚借铜钿呢。不论是大姐贺佳,还是周静梅及她俩的弟妹,学生时代的生活,还是节俭的。见倪维宇点菜如此大方、如此熟悉,点出的菜名又有点怪,周静梅果然好奇了:

"啥叫响铃儿啊?"

这其实是道廉价的名菜,倪维宇不由得笑了:"就是用豆腐衣包住了肉馅,油炸、炸酥了,吃起来松脆脆有声音,就叫响铃儿。"

周静梅被他逗笑了:"名字真好听,这么便当,我也会做。那么鲜鱼怀胎又是什么?"

"怀胎鲜鱼。"倪维宇纠正周静梅的话道,"这道菜,就有一点来历了。相传唐朝开元年间,诗人王昌龄在浙江坐船去马当山。一路上顺风顺水,两岸景色秀丽,令人陶醉。摇船的艄公对他说:马当山上有座神庙,凡是过那儿的人,都要面对神庙祭祀一番。王昌龄早就听到过这种传闻,上船前已备下了酒肉祭品,还特地带了双桂花草履送给大王夫人。过神庙前的江面时,王昌龄取出备好的祭品,一起投进江中。船过了马当山,王昌龄才想起来,上船之前还买过一把金锉刀,当时顺手插入草履之中,祭祀时一道丢进江里去了。想想甚为懊恼,闷闷不乐地坐在船上。就在这时,一条三尺多长的大鱼忽地跃出江面跳入船中。王昌龄平时是喜欢吃鱼的'老猫',一见鱼便哈哈大笑,忙唤厨手:'快、快!自己送上来的美味,快趁鲜活烹食!'厨手捉住鱼,剖开鱼腹,发现先前投进江中的祭品,连同那把小巧玲珑的金锉刀,都在鱼肚皮内。不禁大惊大喜,议论再三。这故事是有点离奇古怪,一听就晓得是编来捧文人墨客的。不过,杭州厨师们由这故事受启发,把云腿、鲜肉、香菇、冬笋等等好吃的东西放在鱼腹内烹烧,味道极佳。于是乎,一道名菜就此诞生,流传千古。我们也得以享受。"

倪维宇娓娓道来,讲得活灵活现,眉飞色舞,周静梅已听得入了迷,听完之后,感慨地说:

"真没想到,你这个医学博士,对食谱也有这么多知识。"

倪维宇从这句话中受到了鼓舞,看到了爱情的希望。这顿饭吃得有滋有味。

结婚以后,周静梅为了让倪维宇吃好吃满意,便买来活鱼,自己学着烹煮怀胎鲜鱼。她是个心灵手巧的人,什么事情一学就会,这道菜也是越做味道越好⋯⋯

"吃吧,我又把怀胎鲜鱼热了二道,肉都要炖烂了,你尝尝看,阿好?"

倪院长沉浸在往事的回味之中,不料老伴端上了一碗饭,送来了筷子,还把装怀胎鲜鱼的锅也放在他面前的桌上了。

是为往事而激动,还是确实饿了,倪院长觉得上口的怀胎鲜鱼味道美极了,无论是鱼肉、鱼腹内的香菇、火腿片,还是鱼汤,都直吊他的食欲。

他正扒饭,大女婿的身影在客堂间门口一掠而过,向厢房走去。

倪院长想起了板箱店老板的话,不由得搁下筷子,招手喊着:

"源华,你来一下。"

金源华答应了一声,转过身走进来。

倪院长一见他那垂头丧气、眉头紧皱的样子,暗自惊愕。这个大女婿,哪怕是在厂里连做两班,回到家里也总是精神头十足,很少听到过他喊累,更没见他生过病。今天是怎么了?

倪院长问:"你同梦颖一道出去买东西的吗?"

"嗯。"金源华有气无力地哼了一声。脸上像布了一层霜。

"梦颖也回来了?"

"没有。"

"她到哪里去了?"

"她⋯⋯她让我先回家来休息。"

"她还在买东西?"

"不,爸爸,她、她⋯⋯"金源华眼睛里噙满了委屈的泪水,忽然嚷了起来,"我看她神色有点不对,就悄悄跟在她后面,看到她⋯⋯她到国际礼拜堂里去了⋯⋯"

"啊!"倪院长大吃一惊,手里捧着的半碗饭,哐啷一声掉在地上,脸色也在刹那间变得苍白苍白。

"爸爸,爸爸……"金源华吓得慌了手脚,连连呼喊。

周静梅朝女婿摆摆手,说:"你、你走,你先离开一下。"回过头来,她把手搭到倪院长肩头,扶着他照原先那样靠在椅背上,然后端详了一下他的眼神,伤心地问,"你、你不要紧吧?"

倪院长默默地摆了摆手,表示他还清醒。

周静梅放心了一点,又关切地问:"我给你再拿只碗来,吃点饭吧?"

"不吃了。"随着吐出这三个字,倪院长重重地吁了口气。

"汤呢?"

"你、你都收走吧。"倪院长心烦意乱地把手一挥。

周静梅把鱼锅、筷子、打碎的饭碗一起收进托盘,脚步慌忙地离了客堂间。房屋里又只剩下倪院长一个人了。他仰面朝上望着窗户,定定地看窗外的蓝天,望着蓝天上几朵凝然不动的白云,那像棉絮般的白云。倪院长陡地感到,那些白云翻腾起来了,蓝天似要倾倒过来,他赶紧闭上了眼睛。

啊,这是不是老天的报应哪!他的唯一的儿子梦岩,借口出国要逃避良心上的负担;他钟爱的小女儿梦琳,被关进了亭子间受家庭的囚禁;他的二女儿梦湖婚后在同另一个男人逛马路;他的大女儿,他认为最具德行、最会体贴人的大女儿,竟要到教堂里去寻求她的精神寄托和安宁……

倪院长觉得什么东西在他的心灵中崩溃了、碎裂了。是什么呢?是他对家庭的信念,是他那被众人视为楷模的、和睦幸福家庭的形象。哦,他头一次意识到,他的神圣的家庭失去了作用。

两行泪水,从他微颤微颤的眼睑下溢出来,顺着脸颊急遽地淌下。

小外孙女儿眉眉悄悄地、悄悄地踅进了客堂间,找到上午丢在外公房里的那本彩色连环画,打开来,先是轻轻地、轻轻地生怕惊动外公似的念着,念了几页,她见外公没反应,就放大了声音,甜脆脆清亮亮的嗓音,顿时在客堂间里响了起来:

爸爸又去找高墙,

高墙说:"老鼠会打洞,

老鼠来了我害怕。"

太阳怕乌云,

乌云怕大风,

大风怕高墙,

高墙怕老鼠,

老鼠怕谁呀?

爸爸乐得笑哈哈:

"原来老猫最神气,

女儿应当嫁给他。"

嘿嘿啦,嘿嘿啦,

敲锣鼓,吹喇叭,

老鼠女儿坐花轿,

一抬抬到老猫家。

老鼠爸爸,老鼠妈妈,

第二天跑去看女儿,

咦,女儿不见啦!

女儿在哪,女儿在哪?

老猫说:"我怕人家欺负她,

啊呜一口就吞下。"

倪院长起先并不想干涉眉眉的朗读,听了几句,他忽然觉得,这些诗句似乎是另有所指的;转而一想,他记起来了,眉眉说过,这本书是小阿姨买的,小阿姨让她念给外公听。这一来,倪院长陡地明白了梦琳买这本小书的意图,一股火直冲而起,怎么也压制不住。

"在瞎念些啥?"倪院长暴跳如雷地大喊一声,"还不给我出去!"

摇头晃脑正念得喜洋洋乐滋滋的眉眉,本想讨得外公的欢喜,却不料,招来的是外公狮吼样的怒斥,吓得她脸色发白,一屁股坐倒在地,哇一声大哭起来。

八

鼓足勇气,于蓓莉还是把那句话说出口了。

"啥?流产?"

妇产科女医生戴一只消毒大口罩,看不清相貌。从她额头上细细密密的皱纹,看得出至少五十来岁了。她的腰挺得笔直,惊讶地瞪大了一对温顺的眼睛,凝然瞅着蓓莉。

于蓓莉觉察到自己的话引起了她的疑惑,顾不得会产生什么后果了,只是固执地点头。

"是未婚先孕?"

"不,不!"

"那么,是遭辱而孕?"

"也不是。"

"那是婚外孕啰?"

哎呀,这个医生真啰唆!于蓓莉的眼睛里简直急出火来了,不是听说,现在堕胎、流产都不询问嘛。但女医生的眼睛一眨不眨地望着她,她还不得不回答呢!

"不!"她使劲摇头。

"那你何必流产呢?"

于蓓莉极力镇定着自己,使话讲得自信坦然:"阿拉不想要这个小囡。"

"你们?"女医生听得格外专注,"你们不想要?"

"我们,"于蓓莉注意到了女医生的眼波一闪,故意在"我们"两字上加重了语气,"我们不想要。"

那就是说,她同丈夫都不想要。这件事她是瞒着梦岩的,但她并不觉得此刻对医生说这话是自作主张、是说谎,她认为梦岩的所作所为已证实了他根本不关心她怀上的孩子。她有权利说这话。

女医生从桌子上拿起孕期检查记录卡,眯起眼睛端详了几行,叹了一口气道：

"有点可惜呢，于蓓莉同志，你看看，各项检查都证明你一切正常。足月后正常分娩，你们会有个可爱的小宝宝。况且，你这是头胎。头胎就流产，会影响以后怀孕。我是怕……"

于蓓莉的心乱了，泪水直往眼眶外涌。她何尝不爱这即将来到人间的小宝宝？她是没法呀！她泪汪汪地朝记录卡上扫了一眼，只看到一个个黑色的仿宋体铅字跳出来似的扑进她的眼帘：

甲状腺　　心脏　　肺　　牙齿　　扁桃体　　　乳房
乳头　　四肢体重　　血压　　红细胞

刹那间，这些字交相叠起来，在她的泪光中闪成一片。

医生在自己的位子上坐下来，冷静地探究般地望着她。

于蓓莉知道自己已经失态了。但她晓得，若不说几句假话，只怕今天这一幕还收不了场。

"是这样的，医生，"她使劲镇定着自己，"我男人要去美国留学，一去几年。我一个人，把孩子生下来，怕照顾不好。再说、再说他一去美国，谁知、谁知未来怎么样呢！"

"哦，那又另当别论了，是吗？"医生的困惑不解从她眼睛里消失了，换上的是一副同情的目光，"这样吧，过三四天你再来检查一次，若身体没啥不适，我们可以满足你的要求。"

于蓓莉没料到事情竟会这样急转直下，她心上的石头落下来了，嘴里不住地道着谢：

"谢谢，谢谢！我可以走了吗？"

"可以走了。"

于蓓莉说声再见，走出了孕妇检查室。她没注意，女医生同她道再见的时候，盯着她的眼光有点异样；她当然不晓得，等她一出门，女医生的目光又回到她那张记录卡上了。只是，这一回，医生是盯住了"家庭住址"那一栏。

走出区妇产医院大门的时候,于蓓莉不出声地蠕动着嘴唇,喃喃自语地在替自己辩解:

"这怪不得我。在当今社会上,年轻漂亮的少妇,哪个受得了这种事啊!……"

那天夜里,梦岩是半夜一点多钟回来的。他小心翼翼地走上三层阁楼,他轻手轻脚,连楼梯灯都没开。显然是不想让家里人晓得他回来得那么晚。

于蓓莉醒着,把一切都听得清清楚楚。她早习惯了,梦岩不回家来,不在床上躺下,她睡不着。明知他上了床也只是缩在双人床的一侧沉沉入梦,明知他对她爱得不强烈、不温存,她还是牵挂着他。她听着他在厨房里刷牙、洗脸、洗脚、喝水,听着他小便,趿着拖鞋一步一步上楼。她敛声屏息地侧耳倾听着,盼着他走近她的床头来俯脸瞅一眼,期待着他的手伸进被窝来抚摩她一下。而他是不会这么做的,即便这样,于蓓莉也要等他上床躺下以后,心才会逐渐平静,冥冥中进入梦乡。照理她是有权利问他的,为啥迟至半夜才回,什么事如此重要,是不是又出了心有所属的事?但她抑制了自己的欲望,没出声,没发问,甚至不想让梦岩察觉她还醒着。自从他醉酒那夜朝她呵斥,朝她威胁地吼出"我就只有走绝路"这句话之后,她开始学着克制自己,学着把事儿埋在心里。她仿佛明白了,哪怕她逼问得再紧,他也是不会将事实真相告诉她的。那种事儿,男人是不会讲真话的。他上床之后,她有意识地嗅了嗅,没闻出丁点儿酒味,这说明他没喝酒;没喝酒他在哪儿混呢?她把问题藏在心里。

第二天醒来,仍旧是无精打采的,她勉强起了床,头一件事情就是叠被子,动作不快一点,婆婆上楼来,又要抢着叠了。婆婆是个大慈大悲的好婆婆。婚前很多人提醒过她,出嫁后要注意同婆婆处好关系,说得那么郑重其事、至关紧要,弄得她神经很紧张。进了倪家以后,她发现,她可以同这样的婆婆处得十分融洽和睦。

她腆着肚皮把被子翻过来,明晃晃的秋阳从朝南的老虎天窗里射进来,照得三层阁楼上亮灿灿的,随着她掀动被窝,浮起的微尘在阳光里闪烁跃动。

叠梦岩睡的被子时,蓓莉从白白的被里上看见了一丝长长的乌发。她不禁警觉地把那一丝乌发举了起来,迎着耀眼的阳光,对着窗户端详起来。

这不是梦岩的头发,他的头发绝没有这样长;他的头发黑而发亮,摸上去却又粗粗的,恰像他的性子。这也不是她蓓莉的蓬发;她的发丝自然卷曲,平时怎么梳也梳不直,且她的发丝要细得多。更主要的,昨晚上她并没到他被窝里去过。临睡前,她把灯开得亮亮的,自小养成的习惯,睡觉以前她要把被子和床单掸得干干净净的。看来,这丝乌发无疑是梦岩带回来的了。女人在这种事上都有直觉,况且这类直觉常常掺和着生理、心理复杂而深切的体验,故而总是有一定的准确性。于蓓莉认定了这是另一个女人的乌发。

在同梦岩结婚初期,蓓莉就感觉到这个女人的存在了。尽管只是猜测,只是痛苦的感觉,但她相信这个女人的存在,甚至相信这个女人已经看见过自己。但那毕竟只是一种下意识,一种困惑而已。当看见这一丝乌发时,蓓莉终于惊骇得眼神都变了样。

这以后蓓莉还有两次想起来就痛心的感受。

一次是梦岩醉成了一摊泥被他过去农场里的三个同事用出租车送了回来。他醉得脸色发青,眼光发青,连身上皮肤都发青。问那几个同事怎么回事,他们只是瞅瞅于蓓莉,简短地说在农场同事的婚礼上赛喝酒,梦岩喝多了。蓓莉心头不解,为啥你们都没醉,唯独他醉成这副狼狈相呢?

另一次就是他醉酒后的第二天清晨,弄堂口传呼电话来喊他快去接电话。他几乎是从昏睡中跳起来冲下楼去的。蓓莉怕他酒还未全醒,要代他去接,他不干。

一只传呼电话,打了足有半个多钟头。蓓莉不放心,挺着微腆的肚皮下楼走到弄堂口,哪里有梦岩的影子!问守电话的阿姨,阿姨说他讲了两三句话就搁下电话走了。

蓓莉闷闷不乐回到家里,梦岩已木呆呆地坐在厨房里了。问他是谁打来的电话,他所答非所问。要看付了电话费的传呼单子,他又说随手扔了。

于蓓莉对婚姻的憧憬,对小家庭充满温馨气息的向往,全让梦岩的戒备和冷漠撞得粉碎。她比对父亲和兄长还信赖地对待梦岩,可梦岩对她一点儿也不信任;她真心诚意地爱着英俊的丈夫,可丈夫对她的爱是敷衍的,是心不在焉的。

还有什么比这样的婚姻更痛苦的呢?

即将来到人世间的小宝宝,生活在这样的父母亲中间,会是幸福的吗?况且护理抚养一个小宝宝,要花费多少心血啊!

当确认自己怀孕以后,蓓莉在倪院长的书橱里翻出了好几本中外育儿书籍,那些书上写得明明白白,一个娃娃到了人世上,可能生多少病啊:黄疸、窒息、头颅血肿、破伤风、硬肿症、败血症、脐炎、脐疝、斜颈、先天性髋脱位、先天性心脏病、麻疹……光是新生儿,就有可能患这么多病中的任何一种。而照书上说的,不管患上哪一种,在于蓓莉看来都是可怕的、吓人的,到时候她恐怕只会掉眼泪、束手无策,她不能想象没有丈夫的爱,没有梦岩在旁无微不至的嘘寒问暖,自己能挺过来。瞧梦岩现在这副样子,是可以想象他未来的态度的。既然如此,她又为啥偏偏要这个小宝宝来到世界上受罪呢?

走在马路旁的人流中,一阵一阵汽车喇叭声不绝于耳地惊扰着她,她好几次下意识地去捂住自己隆起的肚皮。书上说,孕期中的娃娃也是有感觉的,她怕这未分娩的孩子受了惊。但她却没觉得自己堕胎的决定有什么不妥。

"还有什么意见吗,同志们?"

在福仁医院,各科各部门的领导都晓得,这是倪维宇院长主持会议的必然程序。听完各科各部门的汇报,倪院长做了总结性发言,发表了指导性意见之后,他总要这么问一声。这是他的一个良好的习惯,体现着他的学者兼领导的风度,体现着他的谦虚和民主。

照例地,没有人提问,更没有人发表不同意见。深知内情和熟谙倪院长脾气的人都晓得,他温文尔雅问出的这一句话,实际上只是宣告会议结束的前奏。会议室里静悄悄的,与会者的脸色和眼神似乎都在表示,没啥可讲的了。等到倪院长自信而矜持的目光向众人掠过一遍,他便会果断地说出两个字:散会。历来如此,没有人提出异议,没有人发问。真有人提问,事实上就会被视为不恭。

倪院长像在每一次他主持的会议上那样,双手扶住桌沿,耐心地以征询的眼色望着他的部属,他觉得很满意,心头也挺舒畅。在这样一个主要是议业务的会上,照卫生局的意思,汪书记已把即将任命吴善清为副院长的风给中层干部们吹了一下,既有打招呼先通个气的性质,也带着点征求意见的意思。倪院长觉得无论是卫生局还是汪书记,考虑问题周全极了。在众多的议题中,这个话题仅仅是个小插曲。而到了结束会议的时候,他只消笼而统之地问一声还有什么不同意见,若众人无异议,这个话题也便随着其他所有的议题一起圆满解决了。

汪书记刚才被人喊出去听电话了,倪院长觉得今天有必要多等那么一两分钟,让大家都确认没异议了,再宣布散会。

"我有个想法。"妇产科主任讲话了。所有人的目光从不同的角度向她扫去,有的惊诧,有的不安,有的显露出亢奋之色。会议室里的气氛不知不觉地严峻起来。

这无疑是个意外。倪院长谦和地微微一笑:"讲讲,讲来听听。"

妇产科主任在椅子上坐得笔直,显得十分庄重,一副上海人形容的"豁出去了"的神情。她的嗓音动人,不知有多少妇女在她轻柔悦耳的语言抚慰下驱走了对病体的恐惧。她说道:

"对倪院长讲的所有议题,我都没有意见。唯独汪书记开头提到吴善清,我有点想法。也许这只是些小事,无关紧要,无足轻重,可要憋在心里不讲出来,我又如鲠在喉,觉得很难受。"

妇产科主任揭开杯盖,端起茶杯来喝茶。杯盖在杯沿上磕碰的响声清晰地传遍了会议室。

倪院长神态自若地坐着,脸上带着自自然然的微笑,诚恳地望着妇产科主任。她不仅是福仁医院的一员大将,在全上海的妇产科医生里,扳起指头也是数得上的。她对吴善清的意见,当然不是无足轻重啰!会前有意识地做了安排,外科来的是另一位副主任,不是吴善清。

"福利医院的人都晓得,吴善清前几年离婚了。倪院长,请不要介意。"妇产科主任说话语调平和,无丝毫恶意,"我是知内情的,他们离婚的主要原因,是女方婚后几年不孕。本来这无可厚非。但是办理了离婚手续之后,福仁医院里逐渐传开了一种说法,说是他们离婚,原因在女方有作风问题,我都听到过这样的传闻。"

岂止她曾听到这类传闻,倪院长不也是这么听说而信以为真的嘛。倪院长的眼角掠向众人,不少人在默默颔首点头。

"说实话,起先我没在乎这些风言风语。直到吴善清的前妻来找我诉苦,我才觉得这是一件事情。苦于不孕,他的前妻曾多次来妇产科看病,求教,我们相识相知,我对她也很同情。离婚后她来找我,说关于她有作风问题的流言,已传到了她的单位,弄得她名声很臭,领导、群众都换了一副面孔看她。更可怕的是,这么一来,她很难再找对象了,她一口咬定说,这是吴善清放的风。起先我不信,劝慰她别疑神疑鬼。事后一了解,医院里好几个人说,亲耳听吴善清讲过这些话,说她前妻作风不好。刚才我就讲了,也许这是小事,可我又觉得,有时候从一件小事上,蛮能看出一个人真正的品质呢!"

"提得很好嘛!"由于听话时高度集中,倪院长没觉察汪书记是什么时候回到会议室里来的。他总像及时雨,在倪院长有难处时自然妥帖地将问题揽过去,维护倪院长的威信,不使他难堪和下不来台,"同志们还有什么想法和意见,都可以坦率地提出来。"

倪院长吁了一口气。要不是汪书记出场,他真难以驾驭会上的局面了。尽管表面上他仍是彬彬有礼、坦然镇静,可脑子里已是一片嗡响,极难有条不紊地进行冷静的思维了。他听到又有人说话了,说这类生活小事儿,无关紧要;又有人不这样看,同意妇产科主任的看法。好像还争论了几句,但最终没有争起来。

散会后回到院长室,倪院长在沙发椅上默然出神。很显然,妇产科主任是出于公心,多少年来,在福仁医院,她同倪院长都是和睦相处、相互尊重过来的。即便在"文化大革命"中,倪院长遭到厄运,受冲击极大的时候,相对来说,受冲击较小的妇产科主任亦从未有过对倪院长不利的言论,相反,她还常常出面说公道话。连她这样的人都对吴善清有看法,可见吴善清不是没毛病的了。

尽管人家说的仅限于吴善清同前妻的关系,但字字句句,讲的毕竟又是他倪院长今天的女婿啊!他脑子里浮现的,哪里仅是吴善清昨天的所作所为呢?他同梦湖结婚以后,家庭里也是风波迭起,很不太平啊。倪院长眼前闪过梦湖哭丧着的懊悔不及的脸,以及看穿了吴善清的冷冰冰的眼神。

他在扪心自问,难道他真的看错了人?不至于呀,多少年了,吴善清哪天不在自己身边转?他的技术超群,他有才气,盖过别人一头,这都是有目共睹的嘛。否则,考察副院长的人选时,怎会偏偏挑中他呢?

有人叩门,倪院长双手抓住沙发椅把,挺直腰坐端正了:

"请进!"

进来的是汪书记。这位书记的善解人意在福仁医院是出名的,他必定是来安慰倪院长的。虽然尽力掩饰自己的情绪,倪院长晓得,他的举止瞒得过别人,瞒不过这位吃了多少年政工饭的汪书记。

汪书记没有像往常一样,咪咪含笑。他那瘦高瘦高的个头,走起路来弱不禁风般微微晃着,一脑袋花白头发,总是最先引起人的注意。倪院长头一次觉得,自己这位老伙伴老了。他伸出手指着沙发示意汪书记坐。

汪书记没在靠墙的沙发上落座,直接走到倪院长办公桌对面的椅子上坐下,定睛端详着倪院长。

这是有重要事情相告的预兆。

倪院长把脸仰起来,陡地觉察到,慈眉善目的汪书记这番神情,是有话难以启齿哪。

汪书记笑了一下,倪院长看得出,他笑得勉强。皱纹满布的老头儿,勉强笑的时候那神色真令人不舒服。

"维宇,我们老搭档了,一直处得不错,是吗?"

倪院长吃了一惊。从认识到现在,汪书记从来都是对他以"倪院长"相称,今天陡地改变称呼,是什么缘故呢?他连忙点了一下头:

"你是有话要讲?"

"是啊。不是公事,也不谈今天会议上的一点小插曲。纯粹是私事。"

"私事?"党委书记要同院长拉家常,且如此郑重其事,也是从未有过的,倪院长越发有点摸不着头脑了,"你是说……"

"蓓莉和梦岩,近来没有闹矛盾吧?"

"矛盾是没闹过。"倪院长心头有点数了,大概是儿媳妇将梦岩过去在农场里有过女朋友的事讲到娘家去了,娘家那一头不便出面,通过当年的介绍人汪书记出面探询了。人家这是很客气很周到的做法,得谨慎待之:"只是……于蓓莉曾在我面前数落过梦岩一次。"

"这么说,你是有所察觉的。"

"是的。"倪院长皱紧了眉头,"但近来,耳朵里没听到小两口有啥争吵和嘀咕啊。"

"严重性就在这里。"

"你听到些什么了?"倪院长很自然地把球拍了过去。

汪书记好像也正在等待他的这句问话,他的身子往椅背上一靠,放低了嗓门说:

"开会时我出去接了一个电话。电话是区妇产医院一位相熟的女医生打来的,幸好她晓得你这位大名鼎鼎的'一把刀'住在同祥里的门牌号头,多了一个心眼,把电话打到福仁医院里来了。否则,连我这个该吃红蛋和十八只蹄膀①的月老,也不知怎么向老战友交代了……"

听汪书记说到蓓莉竟然要去堕胎,倪院长两只眼睛都瞪直了!他的眼前掠过一幕雪景,那是在干校里,滴水成冰的寒冬,一只冻得飞不动的小麻雀,在芦苇滩旁的雪野里绝望地啁啾着、蹦跳着。雪野是那么白,白得刺人的眼,而小麻雀是那么狼狈,狼狈得无处藏身。它的每一下蹦跳,都落入了扛着铁锹归来的人们的眼里。那时,倪院长戴着护耳帽,缩着脑袋,也在那支收工的队伍里。劳累、疲乏、凄凉的环境,使他觉得那只可怜的拼命挣扎、蹦跳的小麻雀,就像是自己。这已是一幅早已埋葬在记忆深处的画面了,没想到,此时此刻,听汪书记说到蓓莉私下去堕胎的事,他又一次感到自己在汪书记面前窘迫得有如那只无处藏身的小麻雀了。不,不!与其说他是只小麻雀,不如说蓓莉更像那只可怜的小麻雀呀!勉勉强强抬起头来迎着汪书记的目光,倪院长忽然觉得,汪书记也正用有些哀怜的双眼定定地凝视着他,不,简直是烧灼着他。

这是耻辱。倪家的耻辱啊。

汪书记的眼睛睿智、明亮,给人一种和蔼可亲的感觉。可当他严肃起来,一双眼睛定定地望着你的时候,那目光,就有着无形的力量了。

倪院长是深知道这一点的。汪书记离去之后,他仍能感到汪书记的目光在凝视着自己,像两只电灯泡无时无刻不悬在脑门顶上。

混天糊涂②的梦岩出了这种事,简直是朝他的脸上抹黑啊。不管一下,不采取措施,是不行了。

---

① 上海风俗,媒人要吃红蛋和十八只蹄膀,谓媒人有功之意。生儿子时吃红蛋常是真的;"蹄膀"常常是一份厚礼的代名词。

② 混天糊涂,即糊涂到了极点。

当倪院长确信大女儿梦颖因对婚姻失望、精神得不到寄托而步入教堂,当他晓得梦湖回去之后同吴善清的关系仍无改善,而小女儿梦琳又偏要嫁给"拖油瓶"李阵,唯一的儿子梦岩婚后还在同农场那个女人藕断丝连的时候,确曾使他震惊,使他肝火上升。在周静梅的悉心照顾、好声好气地不断规劝之下,他也觉得老伴似乎言之有理,这类事儿,光靠父亲的威望,发一通火,拍几下桌子,是不能解决问题的,那只会气坏了自己的身体,看来得从长计议,慢慢地来。冷静下来,坦然待之,他反倒觉得自己原先操之过急了。是嘛,子女们出的一些事,毛病都在思想上,在脑子里,关键还是劝导,还得以言传身教为主。

对事物有了进一步的认识,倪院长又逐渐恢复了自信和尊严,静候那适当的机会来临。

今天于蓓莉私自去堕胎这件事,一下子把他心灵上刚刚重新获得的平衡掀翻了。儿媳妇平白无故地瞒着家人去堕胎,那是要把家庭矛盾闹到社会上去啊。幸好电话是打给汪书记的,要是换个人接了这个电话,一两天之内,倪院长的儿媳妇要堕胎一说,就将传遍整个福仁医院。

想到这儿,倪院长脊梁骨里冷飕飕的。怪谁呢?怪儿媳妇于蓓莉做出这种坍台事?天地良心,于蓓莉是个好媳妇,脾气好得像大阿福①,话不多,不像有些人家,娶进一个媳妇来,闲话多得像饭泡粥②,她是处处都懂得进出③的。要怪,只有怪梦岩,怪这个吭轻头④的儿子。

天在黑下来。

一辆电车开到站头上,三扇门一开,站头上候车的就簇拥到车门口去,车上下来五六个人,蜂拥而上的,足有十五六个,男男女女、老老少少拼命地在往车上挤。而车厢里,早已人挨人、人贴人地挤满了。

售票员嘭嘭嘭地敲着车厢铁板,不客气地嚷嚷着:"不要挤了,不要挤了,后头车子来了!"

---

① 大阿福,无锡惠泉山泥人,体态肥硕,乐呵呵的。
② 饭泡粥,饭是饭,粥是粥。以饭泡粥,既非饭亦非粥,指言多而无用。
③ 进出,这里专指懂得该说的说,不该说的不说。
④ 吭轻头,不知轻重。

后面是来了一辆车,却不是21路,是15路。站着的人流,又呼隆隆朝后面涌过去,后面这辆15路一样地挤。马路上是车的河流,人行道上是行人的河流,前方的六岔路口,是车的河流、人的河流和自行车的河流的交汇点,喧闹嘈杂,像一口滚沸了的巨锅。

梦岩木呆呆地站在公共汽车站头边,焦急万分地等待妻子归来。

他每天都是骑自行车来回的,虽然晓得上海的公共汽车客流量大,挤得像沙丁鱼罐头,但实际的体验极少。骑在自行车上,只要把稳龙头,自由度是极大的。宽阔的马路上堵道了,龙头一歪,可以改走小马路。小马路上行人如梭,难以前行了,还可以穿弄堂。龙头掌握在自己手里,时间也掌握在自己的手里。

现在仅是站一边从旁观察,他都觉得挤车可怕。怪不得上海不少工人说,挤公共汽车比上班还吃力。看着身前跑来蹿去急于上车的乘客,梦岩忽然想起陪同一位外籍教师逛南京路的对话了。

在川流不息的人群中缓慢地行走时,梦岩曾问外籍教师有何观感。

"哦,"那位满脸络腮胡子的外籍教师仰起头来朝前后左右潮水样的人群瞅了瞅,道,"人口多得像一个大蚂蚁窝。可以设想,到了夜间,他们将住在多么拥挤的房子里。我真怀疑,狭窄的街道两旁那些简陋的楼房,能不能容纳下如此多的人。"

此刻,这些话又在梦岩耳畔响了起来。睁大双眼,望着迎面而来的如潮的人流,神色匆匆,步履急急,梦岩头一次意识到,他的妻子,纤柔美丽的蓓莉,也是这巨大潮流中的一分子。她怀着孕,每天也要像成千上万的普通人一样,在公共汽车门里挤上挤下,在推推搡搡、你挤我挨的人流里蹒跚而行,她累吗?她受得了吗?

他为什么不早一点想到这些,结婚那么久了,她怀孕都好些日子了,他为什么才头一次来接她。就是这头一次,还是爸爸提醒他的。

噢,梦岩从未见过爸爸如此恼怒地对待他,客堂间的窗户紧紧地关上了,窗帘都拉上了。他一进客堂,爸爸就对妈妈说,不许任何人进屋,连眉眉也不许。说完,就把房门落了锁。

梦岩吓坏了。在他的记忆里,唯独小时候,他在学校里打了架,把墨水泼在新崭崭的本子上,爸爸才会对他凶,把他锁进二楼左侧的浴间里,关上个把小时。

尽管如此,机灵的梦岩还是看得出,爸爸是爱他的。正如梦颖和梦湖常常背着爸爸妈妈对他讲的那样,爸爸妈妈偏爱他,因为他是独养儿子。可这会儿,从爸爸的眼神和脸色中,他一点儿都看不出爸爸有偏爱的成分。相反,他的心怦怦直跳,慌得站也不是,坐也不是。要晓得,随着他的年龄增长,随着他近年来的境遇一天比一天好,爸爸对他板面孔的事情都是极少的呀。眼前这副模样,准定是爸爸不知从哪条渠道听到了关于他做下的见不得人的事。

心虚胆怯,梦岩的两眼一刻都不敢离开爸爸的脸。

"你坐下。"爸爸倒没有朝他发火。

他诚惶诚恐地坐了下来。

"说说,你同于蓓莉,哪些地方合不来?"

"没、没啥合不来呀。"他眨巴着眼睛,有点不知所以地回答。

"她对你好吗?"

"好。"

"你呢,对她好吗?"

"还可以。"

"真的?"

"嗯。"这一声"嗯",轻得像走调的尾音。

"假话,你对她不好,至少是不真诚,"爸爸斥责着他,嗓音虽低,却颇有压力,"你以为她小是不是?以为她好哄好骗是不是?告诉你,蜡烛①,在这种事情上,当妻子的是最敏感的!稍有点虚假敷衍,妻子都能感觉出来。不要以为我不晓得,结婚之后,还想着农场里那姑娘。真是没出息,连这点儿小事都不会处理,这点儿情感都丢不下,你还能成什么大器!"

爸爸说话间,不由自主地伸手比画起来,说到激动处,食指直向他点来。

真厉害啊,爸爸一开口,就一针见血地点到了他的心事。梦岩紧张地盯着爸爸。不知道爸爸了解到多少情况。

"闭着嘴干啥?你倒是说话啊,我的大好佬②!"爸爸的肩头全皱起来了,"你

---

① 蜡烛,上海方言,不知好恶、不识抬举的人。这里是专指不争气的儿子。
② 大好佬,出类拔萃之人,有时亦含讥讽之意。"大",念"杜"。

做了啥对不起蓓莉的事,你说啊!"

梦岩看得出,爸爸为他感到痛心。但是,这种事难道能说吗?即便是爸爸,是最亲近的人,这种事也是说不出口的呀!

可越是对亲人都说不出口的事,越是记得牢。就如同当时的一切被拍摄下来、在荧屏上过了一道似的,所有的细节、声音,哪怕是提心吊胆的喘息、凝神屏息的呼吸,梦岩都记得清清爽爽。

她的声音从电话里传来,微弱而又可怜,仿佛是从非常遥远的大沙漠里传来的声音一样。

"你能来吗?我……我病了,回不了家。住在水果店上头的阁楼里,一个人。你能……能来看我一下吗?"

话筒抓在他的手里,一手的汗。他什么话也没有说,连一声"嗯"也没答,就把电话挂断了。但他心里已决定了,要去。一听清是她的声音,他的魂灵便不在自己身上了。

他记得她说过要结婚了,不知结了没有,丈夫是个什么角色,稍有闲暇,他自然然地会想到她身上去。他很想知道她的近况,几次都想去找她,可一旦真要动身,妻子于蓓莉郁怨的脸色又从眼前晃了出来。她的肚皮里怀了他的孩子……而他,却还要去找另一个女人,他忍受不了这种自疚心理,只好打消出门的主意。她打电话来,说是病了,情况就不同了,他是去探望生病的同事。

他蛮可以在白天挤时间去的,白天水果店在营业,他去得正大光明。但他不晓得出于一种什么心理,是晚上去的。也许她在电话里邀他时,他就决定了,晚上去看她。

他买了两斤苹果,装在塑料袋里,算啥意思他讲不明白。也许是为安慰她,是为了更像探望病人。提着苹果走了一截路,他忽然想起探望病人是不能买苹果的。在上海话里,"苹果"和"病故"是同一种音,是犯忌的。于是他又去买了两听罐头,一罐牛肉,一罐凤尾鱼,还买了一瓶现今时髦的雀巢咖啡。为她花钱,他不觉得心痛。买咖啡的时候,那袋苹果随手放在柜台上,走的时候他没有拿。

他晓得水果店后面那条狭窄的、幽深的小弄堂。他熟悉小弄堂里好几家后门,那里住着他小学里的同学,男生女生都有,只因为她在那家水果店工作,他好久好久没去了。

小弄堂还是那条小弄堂,弄堂口有一盏蒙满了灰尘的路灯,灯光灰蒙暗淡。水果店的后门,沿弄堂走过去,第四个门就是。

进了后门迎面就是一架封闭型的楼梯,楼梯下大概是水果店的货堆。楼梯很陡,黑洞洞的,乍一进去,啥也看不清楚。上楼梯的时候,脚步踩得楼梯咚咚直响,手中提的罐头不时碰撞着楼梯板。他依稀记得她说过,二楼是水果门市部头头的办公室,三层阁楼才是她同另外两位单身姑娘的宿舍。

脚步声惊动了人,三层阁楼上有了响动。这类老式弄堂房子就是这样,一动,楼上楼下都有感觉,够颓败的了。

啪嗒一声响,有人开了楼梯灯。梦岩脚步自如得多了,他轻捷地上了二楼,转过弯来,想向三层阁楼上为他开灯的人道个谢。抬头望去,灯影里,她一手拢着长发,两眼乌光闪闪地居高临下瞅着他。

他愣怔了一下,她不是病了吗?

"上来呀,木呆了?"她低声催着。

他一步一步踏上楼梯。她侧过身去,为他让路,而后一齐走进三层阁楼,楼梯灯被她随手关了,楼阁低矮的小门也重重的砰一声撞上了。

他站在三层阁楼中央,环视着小小的阁楼。像好多老式弄堂里的三层阁楼一样,地板面积宽大,但由于屋顶的倾斜,阁楼显得又低又矮。将就阁楼上最低矮处,分别放着三张单人床,一张床上空空如也,放着脸盆、木箱、肥皂盒一类,另两张床上铺着被褥。

"听你说过,这儿原来住三个人。"梦岩讷讷地说。

"一个出嫁了,"她指着那张撤空了放杂物的床说,"现在只住两个人。"

"那个人呢?"

"你是来看她的吗?"她不悦地嘟囔了一句,"她到山东的烟台、青岛出差去了。"

这么说,她一个人住在这里。梦岩神态自若多了,放下了手中的罐头和咖啡,在床沿上坐下。

"你买这些东西干吗?"

"你不是病了吗?"

"不说病,你会来吗?"

他仰起了脸。她站在他面前,脸上缕缕积郁全显现出来,一双眼睛火辣辣地闪着光。

他垂下了头,双手的十指交叉在一起。见不着她的时候,他想她。两人见了面,又一刻不停地拌嘴,讲抱怨的话。

她也在床沿上坐下了,紧挨着他,轻声问:

"是吗? 我不说病,你会来吗?"

"我……"他申辩似的转过脸来,"我也想你,"话说得有气无力。

"假的。"

真的。他想朝她喊,大声喊,真的! 但他没有喊,只沉着脸,乜斜了她一眼,不吭气了。

马路上有汽车、电车驶过的隆隆声,自行车铃声,还有路人一句两句响亮的说话声。听着这些声音,他更感到这狭窄低矮、破旧简陋的三层阁楼上的安静。

她的双手抓住了他的两肩,把他使劲地扳向她;面对着她,梦岩浑身上下都感到惶惑了。这是她的脸,姣好的、端庄的脸,脸上有一对圆圆、大大的眼睛,眼睛里透着怨意,透着恨和爱,透着无限的惆怅。

他闻到了她身上的气息,他熟悉的气息,忍不住搂抱了她。

她偎依着梦岩,柔软的胸脯贴紧着他,呢喃着:"别生气了,时间太宝贵,没工夫拌嘴了。我、我几天后就要从这儿搬走……"

梦岩觉得心房里涌满了柔情:"为啥?"

"我要结婚了。"

他搂紧她的双臂放松了,身上在冷下去。

她马上感觉到了:"可我不爱他,一点也不了解他,我觉得像是去同一个机器人结婚一样。我只爱你,只爱你一个,只要你……"她急促地说着,透不过气来一般,"结了婚,就再没今天这种机会,再没这个环境了! 我急着要你来,就是,就是……"

她在呜咽,生怕他不懂似的扭着身子。梦岩全听懂了,连她没说出的意思都听懂了。他两眼不望她,俯下脸去,亲着她微启的嘴唇。

她的身子骤然动了一下,像要压倒他似的紧偎着他,有力地回吻着他。

倾斜的屋顶仿佛竖了起来。梦岩脑子里混沌一片,人也变得恍恍惚惚,不能自已了。

她的手在摸摸索索,摸着了什么东西,她把嘴凑近他耳畔,说:

"店堂里有人在值班,是两个老阿姨,怕她们上楼来拉我下去打牌。我得把灯熄了。"

电灯的床头开关在她手里轻响一声,三层阁楼上的灯熄了。屋里顿时一片黑暗,无边无涯的黑暗。梦岩呆了下,他感觉到她的手又放到他肩胛上来了,轻抚了两下,她的手移到他的胸前,无声地解着他衣裳的纽扣。梦岩的两条腿在战栗,身上却像被烧灼着似的不安。他的灵魂像在沸水中翻滚。刚走进这间小小的三层阁楼时,梦岩就预感到要出什么事了,不,甚至在接到她电话时,他就预感到了,他们之间要发生什么事了。但是他装作不知道,装作没有任何预感,心甘情愿地来了,如同心甘情愿地跃向深渊那样。

哦,小小的三层阁楼太陈旧,太老了。马路上驶过巨龙型公共汽车和笨重的卡车时,随着车轮的滚动,三层阁楼也被摇撼似的微晃起来,像婴儿躺的摇篮,像波平如镜的湖面上的小船。

这种事,难道能同爸爸讲吗?

不,讲不出口,也绝不能讲。他不说,她不说,不会有任何人知道。爸爸的信息再多,也不会晓得的。那一夜他们在一起的几个小时里,没有任何人来打扰过。那是绝望的幸福到达巅顶时的快活,那是背负着沉重包袱时的轻松。他只能感受,只能在心灵深处意会,不能对任何人讲的。

"不想讲吗?想不起来吗?"爸爸的询问将梦岩从恍惚的梦幻中唤了回来,"那好,我先告诉你,正因为你的不真诚,你的……心猿意马,蓓莉已经看透了你!她做出了决定,去堕胎!一个女人,不是伤透了心,是不会贸然这么做的。蓓莉是个有思想的女人,不是爱情的结晶,她不要。你想想,婚后,你是怎么尽丈夫的责任的?你给过自己的妻子多少感情?你、你不觉得自己残酷吗?嗯?"

梦岩的心粉碎般痛裂着。他惊骇地瞪大了双眼,一阵石头、冰雹砸在他头顶上,也没有他此刻这样愕然恐惧。

爸爸的话音不高,却像打雷似的震着他的耳膜:"妻子怀了孕,身心上要起好多微妙的变化,增加无数额外的负担。她比往常更需要安慰和体贴,更需要支持和照顾,可你……你都干了些什么?你、你不像是我的儿子,你倒像是个精神刽子手!"

梦岩的双手抱着脑袋,手指紧紧地揪着自己的发根。

他还没有这么坏,他绝没有一丝一毫想要伤害蓓莉的念头。他曾怀着多少憧憬想象过自己孩子的相貌,想象怀抱着亲生儿子时的乐趣啊!他甚至还想过,当孩子出生以后,他也许会对蓓莉产生真正的爱了。他万万没有料到,蓓莉这个洋囡囡般的妻子,情感是如此炽热。她也有自尊,也有血性。他早该想到的呀,真是该死,该死。

近年来新建的高耸的建筑物和几十年前就有的凝重敦实的大楼上喷射着五颜六色的光芒,进入二十世纪八十年代后重新装修得富丽堂皇的商店门面和橱窗雪亮得耀人的眼,多姿多彩的霓虹灯广告腾跃着、旋转着、变幻着,各式各样轿车、货车、面包车、公共汽车的尾灯眨眼似的闪烁着……刚刚入夜,大上海的马路上就成了一片灯火的河流。

下班的高峰期还没过去,公共汽车站上,仍然是一片喧哗、一片嘈乱。

梦岩急得要发狂了,怎么还不见蓓莉的人影呢?

她会不会就在今天到医院里去堕胎了呢?

头一次,他为自己的妻子担起心来。歉疚和忏悔的心理把他包围了。梦岩不时地踮起脚跟,朝着熙攘来往的人群张望。

又一辆公共汽车靠站了。车门哐当一开,梦岩就朝前赶了两步,踮起了脚跟,前门只下来了两三个人,再没下的了,上车的人群顷刻间把门堵得死死的。中门还在下,一连串下来了七八个,梦岩转过脸去,一眼就看到了蓓莉,她正在下车,身影一闪,隐在人堆中了。

"蓓莉!"梦岩激动地喊了一声,兴冲冲地迎了上去。

于蓓莉的身子从人群里闪出来了,肚皮微微腆起,脸色有点苍白,一双眼睛又大又亮又忧郁。她一眼看到了迎上来的梦岩,脸上倏地放出光来,那双眼睛里也涌起了喜色。但仅仅只停留了一刹那,欣喜和欢悦的表情就在她的脸上消失得无影无踪。她垂下了眼睑,缩了缩肩膀,低下头默默地沿着人行道走去,脚步显得急促而又沉重。

梦岩的心提到半空中,追随般跟在她的身旁走着。他从侧面偷觑着自己的妻子,只见她的脚步有点乱,她那因怀孕而隆起得格外高的胸脯在一起一伏。她不说话,他也不知说什么,只是慌张地跟在她身旁往家走去。

　　……
　　官人你好比天上月,
　　我为妻可比月边星;
　　那月若亮来星也明,
　　月若暗来我星也昏;
　　你官人若有千斤担,
　　我为妻分挑五百斤;
　　……

心烦意乱,家教不力,天黑透了晚饭还没开出来。倪院长正合目抱臂,坐在客堂间的沙发里听越剧调头消愁散心。《盘夫索夫》中严兰贞的这几句唱词,是倪院长百听不厌、最为欣赏的段落之一。像戏里面这样好的女子,上海滩姑娘难得找啰。看嘛,于蓓莉那么个善良姑娘,不顺心了就往医院里跑,一气之下就想出堕胎这种主意来,真是天晓得、天晓得啊!

房门被轻轻、轻轻地推开了。老伴周静梅掩饰不住兴奋地边往倪院长走来边说:

"来了来了,接回来了!"

倪院长伸手过去,啪嗒一声按下录音机键盘,转脸问:"什么来了?"

"梦岩这个冤家,总算把蓓莉接回来了。我看仔细了,蓓莉肚皮鼓鼓的,小囡还在肚皮里。你、你也可以放下心来了,去吃饭吧。"

倪院长沉吟着点点头:"夫妻俩在哪儿?"

"上三层阁楼去了。"

"等梦岩不在家的时候,你这个当阿婆的,要好好劝劝蓓莉。"

"是啊是啊,我想到了。先吃饭吧,你一定饿了。"

"不。"倪院长摆摆手,"让他们在楼上歇息一会儿,喊来一道吃。"

"是的。"

"梦颖、梦琳都回来了吗？"

"源华上中班，梦颖先让眉眉吃过饭了。这会儿该是在教眉眉数数吧。"周静梅述说着，犹豫地瞅了倪院长两眼，道，"梦琳嘛，打过一只传呼电话回来，说是不回来吃饭了。"

"嗯，她又野到哪里去了？"

"传呼单上没写。"周静梅说着，叹了一口气，不由自主地在倪院长坐的沙发面前，走过来走过去，徘徊了好几个来回。

倪院长定睛望着她，他熟悉老伴每一个举动的意义："你、你是想说啥事情？"

"唉，怕你恼火，夜里睡不着，不敢说。"周静梅额头上细细的皱纹，全皱拢了，"想想呢，不说又不安……"

"说嘛！"

"梦琳……梦琳这小囡在单位里打证明，要同……同那个拖……就是李阵结婚……"

倪院长的两道眉毛倏地蹙紧了："证明打出来了？"

"还没有。灯具厂里议论纷纷，当成一大新闻呢！听梦琳讲，说啥的都有。"

倪院长胸口堵上了一股闷气。他的脸沉下来了，嘴里却在说：

"我晓得了。你去摆饭桌吧，哦，晚饭后，你约上梦颖，同蓓莉谈谈，劝她一定不要拿自己身体开玩笑。"

周静梅走到门边，听着倪院长的吩咐，又停下来，连声答应着，轻手轻脚打开门走了出去。

倪院长出声地吐出了一口气，双手扶膝，木然坐着，再没心思继续听越剧了。

九

点花罩壁灯悠悠地闪着不强的光芒，喷射般映亮了三层阁上一整套崭新的新婚家具。

气氛沉闷极了。梦岩开了半扇老虎天窗,仍有一种透不过气来的感觉。

蓓莉不讲一句话,不吃一口饭,不喝一点水,只是笔直地坐在椅子上,像一尊冷冰冰的雕塑。大橱的镜子里,依稀看得出,她那眨动的睫毛上,挂着晶亮的泪珠。

梦岩的心在颤抖,他从来不曾经受过这种场面。他的方寸乱了,他变得六神无主。浮起笑脸献殷勤,嘘寒问暖地装出体贴入微的神态,佯作笑颜讲逗趣的话,讨好地征询蓓莉哪里不适……能想出来的办法和伎俩,他都耍过了,一概不起作用。相反,蓓莉眼角射出的却是一副轻蔑的目光。

看来,不触及实质问题,不抓破他心灵的创痕,她是不会原谅他的了。

只是,这类事儿,叫他如何启齿,如何讲呢?真讲起来,他讲得清楚吗?讲他爱她甚于爱蓓莉,讲他绝无伤害蓓莉的本意,讲他也在盼着未来的小宝宝,讲……只怕越讲反而愈加惹起她的愤怒和绝望哩!

梦岩的心在骤跳,头脑热烘烘的,多朝蓓莉瞥一眼,心头就多添一分忏悔意识。他不知道自己该怎样向她表达内心难以描述的懊恼和悔恨,他不晓得自己该怎么办,只觉得心上的负担越来越重,越来越重。几次,他的眼前掠过一道剑影,恨不得剖出自己的心来,捧到她跟前,让她明了他的苦恼和悲愁……

他实在找不出法子了。但他又必须向妻子赔罪,必须得到她的宽恕。

他站了起来,朝她走过去、走过去。她还是凝然不动地坐着,不过她显然感觉到他在走近自己,她的眼角瞥向了他,警觉地、戒备地乜斜着他。

扑通一声,他朝着蓓莉跪了下去。事前,连他自己都没想到,在就要挨近她身子的那一瞬间,他陡地感到,说什么都是废话,做什么都是多余的。唯一能表达他此时此刻情感的,只有下跪,跪在她面前。

她肯定是更没思想准备了,被他这一举动吓得弹跳起来,惶悚地躲到了床头边的角落里,惊慌失措地盯着他。

从窒息人的电车里护着身孕挤出来,陡然听到一声热辣辣的呼喊,她竟一时没听出这是丈夫的嗓门。直到声音即将消失的那会儿,她才陡然醒悟过来,这是梦岩在喊她,他到车站上来接她了。

刚明白这一点的时候,她真感动得想哭,想扑到他的怀里去。但这只是一闪即逝的意识。当一眼认清了他正向她走来时,她的脸沉下来了,眼睑也合上了。

她立刻想到了她下午去过医院,想到了促使她走这一步路的原因,一想到了他以往待她的冷漠。

她正在敞开的心扉又匆匆地合上了。她冷冷地不理不睬地朝同祥里走着,任凭他傻愣愣地一步大、一步小地随着她跟来。

她的失望,她多少日子里积累起来的委屈,她平时对他的又爱又恼又无可奈何的情绪,全在这一刻涌了上来。她本来就是在条件优裕的家庭里长大的,她也有性子,她自小得到父母的宠爱娇惯。只因为嫁了人,只因为换了一个生活环境,她得忍耐,得把苦闷和烦恼藏在心里。压抑她的日子太久了,她要发泄,今天要好好地发泄一通。

但当梦岩谦卑地跪在她面前时,经历过一刹那本能的慌乱,她的心又软下来了。他毕竟是她的丈夫呀!她不知所措地瞪着他,像瞪着一个拦路行乞的叫花子。

"蓓莉,"梦岩的双手朝着她举起来,嘶声低喊着,"原谅我,蓓莉,我……我求你了。我不去美国了,我向你保证,我……我决不再同那个人来往了,决不了,蓓莉。"

壁灯的光芒从墙那边射过来,蓓莉看得很真切,梦岩的眼里噙满了泪。

她的心震颤了,她被他真诚的悔恨的神情打动了,她一步一步回到椅子旁坐下,未说话先啜泣起来。

"那……那好,你、你起,我问你。"

"饶恕我,蓓莉!"

"嗯,你起来。"她又催着。

梦岩颤巍巍地支起身子,摸索一般退回到床边,在床沿上坐下。

"告诉我,那晚上喝醉酒,你、你是在哪里?"

"在……在她的婚礼上。"

"她是谁?"

"农场里的……"

"你们在农场相恋过?"

"是的。"

"回上海后分手了?"

"你都晓得了？"

"是猜出来的。你经常很晚回家,没人同我讲话;就是回家了,你也很少和我谈心;即使谈起来,你都是无精打采地敷衍我,讲话好像很费力、很累。我有什么办法,我只有想,只有猜,想啊,猜啊,揣摸着你为啥是这个样子。"

"蓓莉,我对不起你。"

"看到她嫁人,你受不了啦,狂喝乱饮,醉在人家婚礼上……"

"当时除了怀恋,更多的是一种解脱感。我想、想……她嫁人了,不会再来缠我了,我的精神上可以轻松一些了。我端起酒杯大口大口地喝……说真的,我心里痛苦。"

两行晶莹的泪水,顺着蓓莉的脸颊淌下来,她哽咽着说：

"你想解脱,可又解脱不了,是吗？"

"呃……"梦岩的目光移到妻子脸上,看清了她在垂泪,他的心头又是一阵痉挛,茫然地盯着蓓莉。

"第二天一早,那只电话也是她打来的。"

"是她……"

"头天刚结婚,为啥第二天就来电话？"

"讲不清楚。"

"她说了些什么？"

"只说、只说想我。"梦岩垂下脑袋,低低地抽泣起来,"想见我……"

蓓莉的呼吸局促,紧张地问："你怎么讲？"

"我……我把电话挂断了。"梦岩深深地埋下头去,不敢望蓓莉一眼,也不敢说真话。

他对妻子撒了谎。

三层阁楼上很静很静,半开的老虎天窗外,传来退休职工穿弄过巷摇着手铃大声吆喝的嗓音："门窗关好,防偷防盗。随手关灯,节约用电！"

铃声远去了之后,同祥里又是一片静谧。

那天清早,睡意蒙眬的梦岩一听有传呼电话,就猜到了又是她。他不顾蓓莉让他多睡会儿的劝导,直冲弄堂口的传呼电话亭。

她的声音透过话筒兴奋地直冲他的耳膜："梦岩吗？快来,你快来！"

他左右环顾了一下拎着菜篮子在弄堂口进进出出的人们,小心翼翼地问:

"你在哪儿啊?"

"就在药房旁边的纸烟店,离开同祥里五分钟的路,你快来呀!"她的声音里,有股按捺不住的兴奋。

搁下话筒,付了电话费,他双手插在裤兜里,往药房那儿走去。

她果然在没开门的药房橱窗前徘徊,不时地抬头朝马路上张望,手里拎着一只尼龙包。见了梦岩,兴冲冲地迎上来:

"昨晚上,你呕吐了吗?"

"没有。"

"哎呀,你那副样子,把我吓坏了。一晚上都睡不安宁。"

"你怎么一清早就出来了?"

"我说要到单位去发喜糖。"她笑了,举举鼓鼓囊囊的尼龙包,"说要赶在上班之前发完,就出来了。一下公共汽车就忙给你打电语。昨天晚上,躺在床上,我一直在想你,不知道你醉成什么样子了。梦岩,只有看到你,我的心才稍稍安宁一些。"

梦岩找不出话讲。瞅着她的脸,他意外地发现,她的脸上有着少见的绯红,两只眼睛也由于重逢而喜悦得闪闪放光。这儿离同祥里太近,买菜、买点心、上班的邻居们,随时都能看到他大清早在同一个女人聊天。金源华上班、妈妈从菜场回来,都要走这条路。他心神不定地环顾周围。

"我们换个时间再见吧,这里忒惹眼了。"

"梦岩,我急不可待地赶来见你,是想跟你说,虽然办了婚礼,但到现在为止,我还是你的人!"

这个女人真是疯了!她说这干什么呢!

梦岩的漠然被她看出来了。她低低地迫不及待地表白着:

"是真的,梦岩。昨天晚上,我没让他碰过我一下……"

远远的,有个熟悉的身影在朝他们走来。梦岩一眼就认出,那是第5支弄8号里的一个中年妇女,他不等她讲完,便急急地打断她:

"有人来了,快走,快!"

不等她有啥表示,他就自顾自走进了药房旁边一条狭窄的小弄堂里。

蓓莉问到那天清早的事,梦岩只有对她撒谎。

静默了好长时间,蓓莉才又说话,声调如同一个溺水后刚被拖上岸来的幸存者:

"后来,你们又见过面吗?"

"没有。"

蓓莉掏出一方手绢,拭着脸上的泪痕,望了一眼木呆呆坐在床沿上的丈夫。他在哭,双肩都在抽动。就蓓莉来说,仅仅问这么几句话,心里自然是不满足的。她的眼前总是横着从床上发现的那丝乌发,她真想暴跳如雷地跺着脚问他那是怎么回事,但她抑制住了自己的情绪。她虽然单纯,却也懂得,这种事是问不得的,问了他也不会讲实情;即便他讲了实情,那又怎么样呢?不是无端地找些烦恼嘛。要紧的是他总算向她认了错,有了悔改之意。他还算是有良心的。

"好吧,"她息事宁人地道,"我理解你们以往的一切。现在,她也结婚了,有了自己的丈夫,有了归宿,该太平了。我更看重的,是今后,是未来……"

梦岩跳起来,踉跄着向妻子扑来:"蓓莉,你……你不恨我吗?"

"不恨,这都是命。"于蓓莉把手伸进扑倒在她大腿上的梦岩的乌发里,轻轻抚摩着,心酸地说,"谁叫我头一次和你见面,就爱上你了呢?"

"蓓莉,那……我以后好好做人。"梦岩仰起脸来,真诚地道,"你、你不去堕胎了吧?"

于蓓莉一把将梦岩搂在怀里,俯下脸,泪如雨下地哭泣着:

"不了,不去了,不去了……"

三层阁楼紧闭的门外,梦颖扯了扯妈妈的衣襟,示意她下楼。

母女俩搀扶着,摸着黑,轻手轻脚顺着楼梯走下来。

进了厨房,妈妈连忙轻声问梦颖:"嘀嘀咕咕的,像笑又像哭,梦岩和蓓莉到底怎么啦?"

"大概不消我们劝了。"梦颖安慰母亲,"我听见他们好像和好了。"

"不会出啥事情吧?"周静梅还是不放心地问,"你爸爸还在生闷气哩!唉,以前常听他讲,生闷气时心跳加快,肝胆不和,肺腔膨胀,冲扰神经,夜里会睡不着,吃饭不觉香。现在他就是这个样子啊！梦岩这个小冤家,三十来岁的人了,哪能这样不懂事呀?"

梦颖完全理解妈妈的心思,与其说她在替儿子操心,不如说她是在为爸爸担心哩。她对妈妈道:

"不会出事情了,妈妈,你也放宽心,不要弄得气满填胃,出啥毛病。"

"我倒无所谓,要紧的是你爸爸。"

"爸爸也得靠你照顾呀!"

"我算啥? 你爸爸才叫作辛苦。一辈子守着手术台,一刀一刀划开病人的身体。唉,到老来,照理该享享子孙满堂的天伦之乐,哪晓得……"

妈妈说着,脸上的皱纹牵动起来,眼圈都红了。

"听说,"梦颖见妈妈伤心起来,连忙岔开话题,"梦琳要结婚了?"

"是啊,她说了,整修房子,还想请源华去帮忙哩!"

"爸爸晓得了吗?"

"晓得了。听说后一句话没讲,我在猜,他心里肯定不舒服。要我讲啊,劝也劝了,闹也闹了,梦琳就是喜欢那个……那个……"

"李阵。"

"对,梦琳就是喜欢李阵,就随她去算了! 反正将来吃苦享福都是她自己的事。我们能管她一阵子,还能管她一辈子?"

"我也这样想,姆妈。"灯光下,梦颖头一次发现,圆圆脸庞的妈妈显露了老态,她劝慰道,"梦琳的路,就让梦琳自己去走吧! 你们年龄大了,保重身体要紧。不早了,下去睡吧。"

妈妈答应着,关闭了厨房灯,和梦颖一道走下楼梯。

看着妈妈悄无声息地推开客堂间的门,又轻轻地合上,梦颖这才一步一步走进厢房间去。

花布窗帘拉上了,眉眉的一只小手伸得直直的,半侧身子睡在床上。厢房里静幽幽的,屋里的家具、陈设仿佛也在沉思。梦颖木然地站在屋子中央,不由得把从教堂里听来的一句祷告吐出来:"主啊,我昼夜在你面前呼吁。愿我的祷告达到你面前,求你侧耳听我的呼唤。让梦岩和蓓莉和睦安宁吧,让任性的小妹梦琳得到她追求的幸福吧!"

十多天的秋雨期早已过去,上海进入了秋高气爽的"新秋"时节,凉爽起来,白天上班时候,不冷不热,正好办事。错落有致的高矮楼群,在秋阳的照耀下,一扫那氤氲之气弥漫的混浊面貌,也显出一种勃勃生气。

深得养身之道的倪院长,自然喜爱陶渊明所吟咏的"四时俱可喜,最好新秋时"的这一段时节。神清目明,天高云淡,若不是家里出现一系列令人烦恼的事,倪院长早就一头栽到各个公园举办的菊展赏花去了。

今年他却提不起这种雅兴。比起老伴来,他自然更懂体内久滞闷气,将引起心跳过速、腰膝无力等症状。但他又不能不气,一桩桩不舒心的事接踵而来,不但影响他的饮食睡眠,而且上班时坐在办公桌前,也是心神不宁的。

丁零零——电话响了,他习惯地抓过话筒:"你好!"

"倪院长吗?"不等对方报出姓名,倪院长就听出来了,这是光辉灯具厂齐厂长。说来也巧,他等的就是齐厂长的电话。坐在办公室里一个多小时了,总觉烦乱不安,原因就在梦琳申请结婚这件事上。昨晚听老伴讲到梦琳不顾一切劝阻硬要同李阵办手续,他没吭气,就是想到,光辉灯具厂接到他们俩的结婚申请,齐厂长是会打电话来征询他的意见的。当初他们光是"轧朋友",齐厂长就来通风报信了,现在是结婚,齐厂长会不通气吗。现在电话总算来了,倪院长不由得吁了一口气,只要他有个态度,想必齐厂长是会给他面子的。

"近来忙哦?身体好吗?疑难手术多吗?"齐厂长在电话里像读山海经一样客套起来,倪院长只好沉住气,一一简短地答复他这类寒暄性的问候。见他天南海北越扯越远,倪院长不得不呵呵一笑,截住了他的话头:"齐厂长,你打电话来,不单是同我闲聊吧?有什么事,尽管讲啊!"

"是啊是啊,是有一件事情,一件事情。"齐厂长有些吞吞吐吐,拐弯抹角,"当然,是私事,是家务事。倪院长,不晓得你听说了吗?你那个宝贝女儿梦琳,又给我出难题啰!"

"啥难题啊?"倪院长明知故问。

"她同李阵把结婚报告打上来了。办公室的同志晓得我同你的关系,来问我的意见……"

"你是怎么答复的呀?"

"我嘛,还没答复呢!想来想去,总觉得要同你这个当家长的通通气,是吗?"

"谢谢你。你们厂里是个啥意见呢?"

"嘿嘿,倪院长,就是要同你商量啰!办公室的同志说,梦琳同李阵提出结婚申请,合理合法,天经地义,我们没有理由不同意。考虑到你的关系,现在采取阳奉阴违的拖拉战术,恐怕也只能拖个三五天,十天八天,不能拖长。你那宝贝女儿的脾气,你是晓得的。上次我把那消息捅给你,她就骂我是'克格勃'了!这一次如若再得罪她,只怕她要骂我'内奸''工贼'了!哈哈!"

听得出,齐厂长笑得不那么自然。倪院长隐隐地感到有点不妙了。他瞥了办公室的门一眼,门紧闭着,换了一个姿势,他淡淡地道:

"齐厂长,你不能讲我们家长不同意吗?"

"讲了讲了啊!倪院长,办公室的同志在他俩头一次来催问时就讲了,《婚姻法》上虽然没有规定,但是结婚是件大喜事,总希望家长也欢喜,皆大欢喜嘛。梦琳当场面孔一板说:你们不要同我爸爸串通起来干涉婚姻自由。我们的申请正大光明,李阵是同我结婚,不是和我爸爸结婚,为啥非要我爸爸同意?她还发警告了,如果我们卡着不批,她就去法院告我们干涉婚姻自由。"

倪院长握着话筒的手颤抖起来:"她……她竟敢如此放肆?"

"敢啊敢啊!倪院长,你那女儿什么都敢干。不过嘛,恕我直言,倪院长,现在的小囡大了,管不住了,还是顺乎他们的意思,称他们的心为好。"齐厂长竟劝起倪院长来了,"要不然,他们连亲娘老子也不认啊!"

话筒里传来的声音直冲倪院长的耳膜,倪院长不由得把话筒挪开一点:

"呃……"

"还有一个情况,也想告诉你。"齐厂长显然是有准备并斟酌良久才打这个电话的,他那头反正看不见倪院长的面部表情,只顾往下讲,"有个金光灯具厂,近几年来同我们光辉厂竞争激烈。据我知道,他们正在拼命地挖李阵,还诱以工程师的头衔,弄得我们措手不及,开紧急会议突击提拔李阵当工程师。如果在结婚问题上卡着他,我是怕提了工程师,他还是要走啊!倪院长,棘手得很,到了那个地步,我们光辉厂就鸭矢臭①啦!你看……"

"你们该怎么办就怎么办吧。"倪院长皱紧眉头,缓缓地道,"我是医院院长,没有权利干涉厂方的事。至于一点家事影响了你们,我已经很不安了。"

"那就这么定了,我们再给李阵和梦琳做做工作?"齐厂长还是很尊重倪院长,用的是征询的语调。

倪院长,嗯了一声,搁下了话筒,颓然跌坐在沙发椅上。满以为稳操胜券的事,临到头来,却是这么一个局面,他好像还是初次感觉到,社会新潮扑击之下的人际关系和家教,声名赫赫的他有点驾驭不了啦。

濒黄浦而毗邻市区的龙华,以它巍峨庄严的古塔、宽敞辉煌的佛殿,幽静宜人的园林而成为上海的一处游览胜地。

梦琳却毫无平时那种游览的兴致,她抱怨地对李阵道:"事情多得一大堆,你倒还有情绪来这里玩。真是!"

"真是呀呀糊②,是吗?"李阵逗着她,"告诉你,我是有意识地陪你来玩玩,看看八面玲珑的宝塔,逛逛清静的曲廊水榭,拜拜佛……"

"拜佛?亏你想得出。"

"你看嘛看嘛,看看这释迦牟尼的弟子弥勒菩萨。听说他在兜率天内院修行,一昼夜便是人间四百年,整整修了五十六亿七千万年,才降生人世,在华林园的龙华树下成佛;龙华的寺名就是这样来的。你看呀!"

李阵引梦琳跨进弥勒殿,梦琳抬头望去,只见后座上的佛龛里,高坐着一尊金光闪闪的弥勒佛,胖乎乎的身子袒胸露腿,圆滚滚的脸上笑逐颜开。那一副模样儿,逗得梦琳憋不住乐了。

两人走出弥勒殿,穿庭院往天王殿走去。李阵指着天王殿匾额上的字道:

"这是书法家沙孟海题的……"

梦琳的情绪还是不高,打断了他的话道:"非要在今天来,一边玩一边心头还挂着事。要玩,结婚之后不是可以爽爽快快玩嘛!"

---

① 鸭矢臭:即因不光彩、不名誉之事而丢脸。矢,粪。
② 呀呀糊:非常糊涂。

"哦不，"李阵摇了摇头，"结婚之后，只怕想玩都没时间啰！"

"会那么忙乱？"梦琳眨着诧异的眼睛。

"会、会的，你要有这个思想准备。"李阵朝她故意眨眨眼道，"不过，我倒不为结婚后具体事多而心烦。我是在担心，到了结婚那天，你爸爸不出场。"

"你是担心为个？"

"是呵，好不容易过了最凶险的那一关，他不再出面反对我们的婚事了。可……"李阵愁眉苦脸地说，"举行婚礼他不到，也是令人扫兴的呀！"

梦琳乐呵呵地笑了："哈哈，要是你为此烦恼，那我劝你只管放心。"

"你有啥办法让爸爸出场？"

"我自有妙计。"

"快告诉我。"

"偏不讲。"

两人嘻嘻哈哈，手挽着手，朝神像众多的天王殿里走去。

梦琳结婚那天，倪院长起得比往常还要早，顾不上洗漱，他就在客堂间里摸摸索索地开抽屉，装信封。听到响动从厨房里跑下来的老伴轻声问他：

"休息天，你一大早起来干啥？不多睡一会儿？"

倪院长回眸瞅了老伴一眼，向她招招手，周静梅见他神色庄重，知道有话讲，回身把门关上，朝倪院长走过来："有啥事？"

倪院长将一只鼓鼓的信封递给周静梅："这是五百元钱，你给梦琳。"

"说是你给的？"

"不，讲是你给的。"

"我已经给过她一千了。"

"给过就不能再给了？只怕她还指望多给几次呢。"

"那你……"周静梅迟疑地瞅着倪院长，"还是不去吃喜酒？"

"不去。"倪院长简短地答着，客气地摆摆手。老伴退出去了，走到门边她又回头道："我去替你倒洗脸水。"

倪院长迟钝地点了一下头，等他再抬起头来，老伴的身影已不见了，只见客堂间的门虚掩着。倪院长叹了一口气，在床边的沙发上坐了下来。

这是他最小的一个女儿出嫁,以往的三个子女结婚,他是婚礼上仅次于新郎新娘的引人注目的人物。而今天,梦琳成亲,他不屑于到那个热闹场面上去。他一去,不等于说赞同了梦琳和李阵的婚姻了嘛。原先他是那么激烈地反对这桩事,对梦琳施尽了种种压力,现在他不能输这口气。

门嘭咚咚咚被敲响了,外孙女眉眉脆脆的嗓门随着叩击声传进来:

"外公,外公,外婆喊你揩面了!"

倪院长答应了一声,抬起头来,虚掩着的房门被眉眉推开了。但小家伙却不走进来,只是站在门口,大睁着一对乌溜溜发亮的眼睛,带点怯意地瞅着倪院长,还严肃地招招手。自从外公粗暴地吼过她一次之后,眉眉对倪院长总是持一种敬而远之的态度。她唤过外公之后,似乎已完成任务,倏地一转身,咚咚咚跑上楼去了。

倪院长深感需要花点时间来改善同外孙女的关系了。

洗漱过后,走进厨房,老伴揭开锅盖道:"吃早饭吧,虾肉小笼包,还热烘烘的。我给你倒好了镇江醋。"

这是倪院长爱吃的一道点心。肉汁里有股虾鲜味,倪院长不一会儿便吃去了三四只。周静梅凑近桌边,压低嗓子,神秘地道:

"还有味吧?"

"唔,不错。上海滩不少特色点心,现在都恢复了声誉。"

"这是梦琳一大早出去排队买的。"

"嗯?"倪院长不觉一怔,下意识地想搁筷子,继而马上醒悟到自己已吃了好几只,便觉得无此必要。只是,他咀嚼得慢多了。

老伴正大睁着双眼,留神注视着他的表情。

他装作不曾觉察,心里却明白了。这是梦琳故意讨他好的表示。说不定,还是母女俩串通好的呢。

正吃着早点,大女婿金源华走进来了:"爸爸,梦琳结婚,梦颖叫我帮李阵去联系好的饭店打招呼,给厨房间老师傅、服务员、开电梯的发烟、发糖,你说要去吗?"

倪院长抬起头来,只见女婿穿了一身银灰色板司呢西装,系一条挺括的领带,显得神采奕奕的。这个女婿是听话的,只要倪院长说声不要去,他立刻就会去换衣裳。不过,他明明已经打扮好了呀!

"去吧。"周静梅在一旁直起腰说,"小妹结婚,姐夫帮忙,是理所应当的。"

金源华还是两眼直瞪着岳父,等待他的态度。

倪院长点了一下头,金源华这才兴致勃勃地道:"那我就去啦!"说完就转身。

倪院长朝他招招手,语调平和地道:"源华,近来常同梦颖聊聊吗?"

"聊,自从你叮嘱过我之后,一有空,我就找话同她讲,讲厂里听来的种种新闻,讲社会上的怪事,讲马路上贩卖外烟人的衣着,讲火车站、轮船码头的票贩子、暗娼……有什么讲什么。"

"她呢,和你谈谈吗?"

"谈得少。"金源华的脸色阴沉下来,"我讲的时候,她一副无所谓的样子,很少接嘴。"

"好的。有空,读读报,看看书。"倪院长推开面前的碟子,搁了筷子,接过周静梅递来的温水毛巾,拭拭嘴角说,"夫妻之间,是该常常交流,增进互相之间的了解。"

"爸爸,我会照你讲的办。"金源华毕恭毕敬地道。

倪院长颔首表示满意,金源华退出厨房去了。

周静梅走近桌子,收拾着桌上的碗碟筷子,声音低低地道:

"你关照得好。梦颖同源华之间,好像是两个陌生人,睡在一张床上,话都说尽了。"

倪院长默默地点点头,脸呈沉郁之色。自从得知梦颖步入教堂以来,他开始意识到大女儿并非仅是对婚姻有所不满足,而是在悄无声息地忍受着某种精神上的痛苦。看得出她苦闷、烦恼,她在寻求着心灵的寄托,在凑合着没有色彩的小家庭生活。幸好她同父母住在一起;要是她也像梦湖那样分出去住,很难设想她同源华感情上出现的裂痕将会导致什么结果。为了防备梦颖出现终止婚姻的念头,倪院长早在有意识地做着弥补的工作。

虾肉小笼包的味道极佳,倪院长吃完后却无平时常有的那种满意。相反感到似有啥油腻堵塞在胸口。他离座走出厨房,正准备下楼,厨房门口一个人影闪过,他定睛望去,是二女儿梦湖来了。梦湖也看到了父亲,朗声招呼着:

"爸爸!"

倪院长微笑着一点头:"一早就来啦!"

"嗯。"梦湖也朝父亲笑着,举起手里捧着的纸盒,"我给梦琳送婚宴服装来了。"

"善清也来了?"

"没有。他说自己会到婚宴上去的。"

说完,梦湖走进厢房间去了。倪院长怅然地站在厨房门口,他看得很清楚,梦湖的脸上在笑,眼睛里却毫无笑意,相反,眉宇之间,似积郁着啥不舒心的事儿。

回到客堂间里,挨近四喇叭收录机坐下,他听到隔壁厢房里眉眉在拍着巴掌欢叫:

"小阿姨变新娘子啰!小阿姨变新娘子啰!新娘子,真好看,真好看,新娘子,穿新衣。"

一边欢叫一边咯咯地笑。

"哎呀,梦湖这件秋季婚服裁得好极了。"是梦颖在赞叹,"看了这件衣裳,我真想再结一次婚!"

"二姐,等我生下小囡,你也替我做一套!"于蓓莉羡慕的声音扬得高高的,"让我也到单位上去出出风头。"

"梦湖好当裁剪服装的高级老师傅啦!"梦岩也在那里凑热闹。

连老伴都不知什么时候进了厢房,啧啧连声地对梦琳道:

"快谢谢你二姐,为替你裁剪这套中西合璧的婚宴服,不晓得又熬多少夜哩!"

"鞠躬,二姐,再鞠躬!"梦琳快活得抿不住嘴的模样儿似在倪院长眼前栩栩如生地映现,"奖赏你吃四包喜糖!"

"我倒不想多吃你的喜糖,只想和你商量件事。"梦湖的声调一本正经,"行吗?"

梦琳拍着巴掌喊:"一百件也行,二姐,只要我能为你办的。"

隔壁厢房里老少三代人的笑声,一阵一阵地传到客堂间里来。倪院长坐在沙发上,陡然感到了一种被冷落的孤寂。他置身于家庭的欢乐气氛之外,心头不由得升起一股凄凉和不悦。他的家人们沉浸在梦琳婚事带来的快活之中,似乎把他这个一家之主遗忘了。

为了驱除这种落寞的感觉,他习惯地想听几段越剧来解闷。看到收录机里现成地放着一盘磁带,他伸出手去,用力按下了键盘,微翕着眼睑,等待那熟悉的越剧调头传来。

缓慢沉重的柔板徐徐地奏出阴森森的序曲,一股冷酷不祥的气氛顿时弥漫在整个客堂间里。

这哪里是圆美柔婉的越剧,明明是交响乐的序奏嘛。凭着仅有的一点乐理知识,倪院长分辨得出,这苦闷阴沉的序奏是由大管和低音提琴缓缓奏出的。

简短徐缓的序奏在一刹那间转变为焦灼不安的冲动,剧烈的动荡之中又掺杂着深深的叹息。随即,乐曲又以扣人心弦的气势迅疾展开,序奏里的冷酷森严再次在激动不宁之中重现……

倪院长明白了,这肯定是他不在的时候,梦岩听的磁带。他就喜欢这种洋玩意儿。要在平时,倪院长会赶紧换上一盘自己爱听的越剧。可这会儿,他觉得这浑厚凝重的交响乐深深地叩击着他的心弦,撼动了他的灵魂。同他目前的心境十分贴切。

他情不自禁地仰靠在沙发上,随手拿过了收录机旁边的磁带盒,想瞅一瞅这支曲子。

《悲怆》。

一旦看清了交响乐的名称,倪院长不由得倒抽了一口凉气,心也随之悠悠地往深渊里沉去、沉去。

乐曲在迸发出气氛激烈的强有力的音调之后,又奏出了美妙绝伦的富有歌唱性的曲调,仿佛是从心底深处自然涌出的美好的回忆,优雅无比,清朗深沉……

客堂间的门忽然被推开了,腆着大肚子的儿媳妇探进头来,喜气洋洋地朝倪院长喊着:

"爸爸,汪书记来了!"

倪院长不由得惊愕起来。梦琳结婚,他在汪书记面前滴水未透啊!他是怎么得到信息的?顾不得细加思忖,他按停了收录机,站了起来。

没待他迈步,汪书记一头闯了进来,乐呵呵地道:"走走走,倪院长,跟着我走。"

"去哪儿?"

"福仁医院的公务员们,常同我吵吵嚷嚷,说他们住房条件差,三代同堂,七十二家房客。趁今日星期天,天气又好,我们去跑几户人家,了解了解,摸一点实情,争取给他们做些适当改善。"汪书记放开嗓门,道明了来意。

倪院长吁了一口气。这么说,汪书记不是为梦琳的婚事来的。正好,他不想去参加梦琳的婚礼,待在家里又无所事事,出去转转,也就摆脱了这尴尬的局面。他把手一扬,爽朗地回答:

"汪书记,你这主意好,好!走啊,我随你走。"

两位老人不约而同地放声笑了起来。

上午察访了两位公务员的家,中午被汪书记拖到他的家里,同他家人吃了一顿便饭。起初倪院长还想客气,汪书记不由分说地道,家访的主意是由他出的,当然应该由他管饭。倪院长顺风张帆,也就不再推诿了。

饭后,秋阳明丽媚人,倪院长还在汪书记家的客厅长沙发上睡了一觉。午睡醒来,品着汪书记泡的毛尖茶,倪院长询问:

"下午,去谁家转啊?"

"下午只转一家,去后你就知道了。"

想必汪书记心中有谱,倪院长也就不再寻根问底。

上海牌轿车遵照汪书记的指点,停在一条破陋的弄堂门口,顿时招来了一帮十几岁的孩子,围着轿车东张西望,窃窃私语。

一眼望进去,七凹八凸的深深的弄堂里,挂满了万国旗一样的衣裳、裤子、尿布、竹篮、贴着两边墙壁,随处放着痰盂、铅桶、拖把、栽着葱的破脸盆。本来就不大的弄堂口,有只硕大的散发出污秽气息的开口垃圾箱,迎接着每一个走进弄堂去的人。

下车后,仅往弄堂里瞅一眼,倪院长就道:"噢,这一家比上午去的两家条件更差。"

"是啊。说实话,进上海几十年了,我还是头一回走进这样的弄堂。"汪书记颇有些感慨,"说来惭愧啊!打下这座远东第一大城市至今,三十多年了,类似这样的弄堂,上海还比比皆是哪。走吧,进去好好看一下。"

两位风度不凡的老人走进弄堂几十步路,就引起了弄堂里来往行人的注意,暗暗的门洞旁边,公用水龙头周围,传来嘀嘀咕咕的低语:

"又是来察看外景的吧?"

"拍旧社会的景,这条弄堂不消加工。"

"大概是上头下来检查卫生的。"

"看样子,这两个老头子像工程师,可能是专门为拆迁来的。不是听说,市里面有规划,三五年内要把我们这一片住宅区翻盖成高层居民楼嘛!"

"你不要白天做美梦啦,等到猴年马月去吧!"

……

自己的行踪引来居民们的阵阵议论,倪院长和汪书记都略显不安了,两人不约而同地加快了脚步。

眼看快走到弄堂尽头了,汪书记东张西望,还没找到公务员的家呢。倪院长晓得他也是第一次来,体谅地站到一旁,等汪书记向路人打听。终于,汪书记转过脸来,朝倪院长招招手:

"清楚了,来吧!哎呀,不打听真是难找啊!"

倪院长随着汪书记,低头走进了一条辨不清光亮的过道,提心吊胆地走了一二十步,汪书记回过头说:

"这里有一级石坎,迈上一步,转个弯,小心,要上楼了!"

楼梯仅比人的身躯宽不了多少,脚踏上去,不但声音空响,还摇摇晃晃。倪院长顾不得弄脏手了,两只手左右伸出去,胡乱抓住扶手,才保持了身体的平衡。

好在上十来级楼梯,转个弯就到了。走在前头的汪书记搀了倪院长一把,两位老人并肩站在一扇门前。

倪院长朝亭子间里望去,嗬,用木屑板一隔为二的双亭子间里,由于光线差,开着明晃晃刺人眼睛的日光灯,光影里,挤满了穿着花花哨哨的红男绿女。小伙子和姑娘们喧闹的嬉笑声一阵一阵爆响着。有趣的是,这间典型小市民窝里的亭子间,还贴着花式典雅的墙布,布置得焕然一新哪。怪,迎面墙头上,还贴着一个鲜红鲜红的大"喜"字。怎么那么不巧,难得一次家访,正撞上人家办喜事？

倪院长正在困惑,亭子间里一大帮年轻人中间,响起一个熟悉的粗犷而洪亮的嗓门:

"爸爸,你也来了呀!"

雪亮的大日光灯影里,倪院长定睛望去,这不是大女婿金源华吗!

他的食指朝金源华一指:"你、你怎会在这里?"

话刚出口,他便醒悟到了什么,转脸瞅了一下汪书记。汪书记笑眯眯地说:

"梦琳专程给我送了请柬,还给我布置了任务,我能不替她完成吗?倪院长,走,进屋去,既来之,则安之。源华,你给岳父大人介绍介绍呀,这些都是什么客人。"

倪院长给闹了个措手不及,众目睽睽之下,抽身离去已不可能。况且,楼梯下黑漆漆的,他还不敢贸然跨步哩。金源华指着屋内的青年男女们道:

"这都是梦琳和李阵厂里的同事。"

小青年们早从汪书记的一番话里知道了倪院长是谁,嘈杂喧哗之声顿时低弱下去,一双双既明亮又敬畏的目光齐向倪院长脸上扫来。

"坐、坐呀!"倪院长脸上浮起笑容,对青年们扬着手。招呼后又转脸问金源华,"那……李阵呢?"

"他排队租车去了!租到车,直接去同祥里接梦琳到东亚饭店。"金源华利索地告诉丈人,"新房这一摊摊,全交给我代他们招呼着。"

汪书记环顾了一下亭子间,对倪院长道:"我看新房布置得还不错哩!是吗,倪院长?"

"是、是的。"倪院长哑巴吃黄连,只好机械地点头应着。

过了四点半,从李阵家弄堂里走出来,重新坐上轿车,汪书记不等倪院长开口,便以赞赏的口吻道:

"梦琳这姑娘,敢于蔑视习惯势力,从你这么好的家庭里走出去,嫁给李阵,这点勇气就令我佩服,就了不起!"

倪院长苦笑了一下,没吭声。

"我晓得你脑子里还有个弯子没有转过来。"随着轿车往前驶去,汪书记侃侃而谈,"今天在我家吃午饭,我那大儿子和儿媳妇,就是我特意介绍你认识的那一对儿,你还有印象吗?"

汪书记有几对成了家的子女,午饭时都给倪院长一一介绍了。人多,他记不大清楚了。从客气出发,他点头应了一声:

"嗯,还有点印象。"

"我那大儿子,从空军复员回来,在单位上当了个总支副书记,人也是挺不错的。三十多岁,没对象,总觉得是个遗憾,是急需解决的一个问题。恰巧,在场面上遇见了一位离休的老战友,当年战场上,我负了伤,就是这位老战友给背下来的。"汪书记谈锋甚健,讲起儿子的故事来了,倪院长微翕眼睑,随着轿车的颠行,头颅亦微微地一点一点,似在专注地倾听。其实,仅是有一句没一句地听着。汪书记只顾自己往下讲:"久别重逢,啥都聊。闲谈中,知道他有个女儿,三十岁了还没男朋友。我们俩不约而同地为自己的子女撮合起来。想法很简单,两个年轻人相貌都不差,生理没啥缺陷,门当户对,战友加亲家,多好多般配的婚姻呀!两个孩子都很尊重我们老人,结婚了,生孩子了,小家庭里啥都添置齐了,唯独缺乏的,就是一样东西。"

汪书记的话题转到婚姻上,倪院长就睁开了眼睛,仔细听起来,见汪书记停下来,他忍不住问:

"缺啥东西?"

"感情。还是我老伴先看出来的。这一对儿在沙发上并肩坐一下午,没一句话。即便说什么,都是客客气气的,淡漠到了极点。唉,原先我总以为这是难得的意外,是我同老战友好心办了错事。我们俩分头给自己的子女做工作,要他们正确对待婚姻和小家庭,考虑我们两家老人的感情。他们都接受了。我还照样热心地替像梦岩和于蓓莉般的小青年当月老。前些天知道于蓓莉瞒着你们去堕胎,我才受到了触动,才在思想深处反省……"

小轿车陡地停在一个热闹嚣杂的十字路口,司机小徐握着操纵杆,不由得朝后转了一下脸。

倪院长明了,小徐听了汪书记的话,肯定吃惊了。好在这小伙子嘴严,不会乱说乱传。

他没接汪书记的话,只是,眼前不断地掠过梦颖和金源华、梦湖和吴善清、梦岩和于蓓莉的形象。汪书记所说的大儿子的婚姻,同他的三个子女有多相像啊!

"是有了这么点认识，"汪书记伸过手来，轻轻拍着倪院长的大腿，不无感慨地说，"我才接受梦琳交下的任务的。你不至于怪我唐突吧？"

倪院长觉察到汪书记的目光固执地盯着自己，缓慢地摇了摇头。

上海牌轿车在人流如潮、车辆不断的小马路上爬行般转了好几个弯，才在一大排靠路旁的车辆中找到了缝隙，停了下来。

倪院长朝车窗外望了望，车外的行人穿梭般擦着车身而过。他诧异道：

"这是去哪儿？"

"东亚饭店，赴梦琳的婚宴。小徐，走啊，请动倪院长，今天你也立了一大功。"

倪院长无声地苦笑一下，无可奈何地盯了汪书记一眼，打开了车门。

几乎是被推搡着在川流不息的人群里缓慢地走到时装公司长廊过道里，一个热情洋溢的嗓门直冲倪院长的耳朵：

"倪院长，倪院长你好！"

倪院长转过身去，只见胖乎乎的齐厂长使劲地往他跟前挤过来，隔着三五个人就向他伸出了一只大手。倪院长迎前一步，握住了齐厂长的手道：

"欢迎啊，齐厂长。"

"你看你看，李阵怕你不到。我说你是知书达理之人，是会到的，果然到了吧！哈哈哈，走，走，你先走！"两人一站下说话，穿廊过道里顷刻间堵塞了，只有紧挨橱窗，才能勉强迎着人流往前走了。

好不容易挤出水泄不通的人流，终于拐进东亚饭店楼下的过厅。

一阵哄然大笑爆发出来，有几个年轻小伙子笑得前仰后合，不能自已。倪院长一眼望去，只见穿一套秋季西装礼服的梦琳，雍容华贵地站在那里抿嘴而笑。她的身旁，站着一位俊秀的男子，西装饰孔上插着一朵红花，想必这便是那位李阵了。想起来也真荒唐，都举行婚礼了，倪院长还头一回见到他哩。

梦琳一抬头的瞬间，发现了人群后的爸爸，她的脸上顿时泛出光辉，一拉李阵的手，朝倪院长冲过来：

"爸爸，爸爸！你到底来了。"

一面激动地喊着，一面连连用胳膊肘儿捅身旁的李阵。李阵的脸涨得通红通红，两眼不敢正视倪院长，半垂着头，支支吾吾地喊着：

"伯……呃,爸爸!"

他那副不知所措的窘态,再次引得围观的亲朋好友们发出阵阵哄笑。

倪院长的耳背都被这此起彼伏的大笑声引得发热了。

为点家务事,为梦琳的婚事,惊动了汪书记,害他白白赔去一整天时间,倪院长实感过意不去。婚宴结束,倪院长执意要司机小徐先送汪书记。

兜了一个圈子回到同祥里,筵席散后没再品茗喝茶的老伴已先一步坐出租车回到家里。倪院长走进客堂间,周静梅正在铺床,她关切地说:

"你先坐下歇会儿,跑来赶去一整天,太累了!梦岩和蓓莉在厨房烧水,一歇歇就热。"

倪院长坐在沙发上,喘过一口气,不经意地问道:"上楼时,我看到亭子间里的灯怎么还亮着?"

亭子间以往是小女儿梦琳的世界,今天她出嫁了,还开灯干啥呢?

周静梅先是一怔,继而不无忧虑地望着倪院长,欲言又止地木然站在床边。

倪院长疑惑地盯着老伴。周静梅轻声低语地道:"梦琳把钥匙交给梦湖了。"

"梦湖?她要这间房?"倪院长更感莫名其妙,吴善清当上外科主任以后,分到的住房夫妇俩住是绰绰有余的!难道……他的脑际又闪过了不祥的预兆。

"好像是呢!"周静梅的脸上掠过一道阴影,"她说了,要在家住一阵。"

"为啥?"

"她没多讲。只说同吴善清过不下去。"周静梅愁眉苦脸地道,"你……空闲下来你问她吧。我去看看水热了没有。"说完,老伴不等倪院长有所表示,就逃遁般退出了客堂间。

倪院长真想搋桌大吼一声,可嘴张了张,却没吼出声来。一股深重的困乏袭遍了他的全身。他的躯体不听使唤地靠在沙发上动也不动。

唯有脑子还是清醒的,他忍不住地忖度着:这是怎么回事呢?一个今天结婚,一个却又节外生枝地闹起来了。梦湖同吴善清之间,近来又起了啥矛盾呢?

十

梦湖的困惑是逐渐变成一种隐忧的。

起先,纯粹是种不解。

区公司的服装设计科,在一幢大理石地基上盖起的大楼里,平列着三间朝南的屋子。梦湖刚从里弄生产级调上来的时候,屋子里办公桌济济一堂,分给她的小写字台,紧挨着孟慈的桌子。两人相对而坐,报上读到啥消息,翻到什么服装图选、外国的服饰画册、资料,互相之间经常就近交换些看法;梦湖对服装设计有了啥新的设想,画出了草图,总是先同孟慈谈谈,征询他的意见。同事之间处得是很不错的。

不知从什么时候起,梦湖感觉到孟慈对她淡漠了。以往早晨上班,先到的孟慈总要问候她一声,免不了还要开几句玩笑。但是现在见了梦湖,他像不认识她似的,只顾埋头翻报纸或是资料。往常梦湖向他打听什么,他都客气地微微带笑回答。而今他板着一张脸,以"不知道""不清楚"搪塞……

梦湖心头很纳闷,是不是自己在说话行动上有啥不尊重对方之处呢?细细想来不曾有过,她一向是很钦佩很敬重孟慈老师的。那么,是不是孟慈的身体不适,影响他的情绪呢?看去也不像,他既不吃药,精神也无萎靡不振之态。

那么,为啥他要疏远她呢?

是有人在背后叽叽咕咕传播流言蜚语?

设计科里并没这种迹象啊。况且,他们的办公室里,放着大小十来张办公桌,互相挨得很近,谁讲点啥,众人都听得见。梦湖和孟慈讲话时,从来都不避着人,话题大多是关于服装设计和工作,没啥可遭人议论之处啊!

事态还在发展着。

一点儿预感都没有,孟慈调到另一间办公室里去了。那间办公室更挤,孟慈勉强在角落里安排了一个位置。这以后,梦湖愈加明显地看出孟慈在回避她了。这使她大为困惑。

梦琳要结婚了,特意请梦湖替她设计制作一套婚宴礼服。梦湖为把小妹打扮得更漂亮些,翻了很多资料和中外服装式样。这天打开抽屉,她从底部抽出了一本《当代外国春秋服装图选》的精美画册,瞅着封面上穿着新颖秋服的外国女郎,梦湖陡然记起来了,这本画册是孟慈借给她的。当时他还指着色彩绚丽的画面上一个修长苗条的模特儿说她很像梦湖。看过后梦湖塞在抽屉里,被其他图纸、书籍压住,忘了还给孟慈。

这无意中给了她一个机会。

她决定借还画册的时候,好好问一下孟慈,他为啥不理她了。

真要寻找个单独讲话的机会,在服装设计科里还真不容易呢。眼看梦琳的婚服已做好,婚期临近了,梦湖还不曾同孟慈单独相遇过。到他家去,那反而不妥。陡地,梦湖想起了,孟慈是个单身汉,平时上班总比大家早到十来分钟,她何不也起个早,赶来问他一下呢?

这方法果然灵,梦琳结婚前一天早晨,梦湖比平时早十分钟赶到单位,她上楼去时,正遇见孟慈拎着几只空热水瓶,下楼去打开水。

"孟慈老师,"梦湖匆匆打个招呼,站在他面前,直瞪瞪盯着他,"我想问你句话。"

孟慈轻轻一点头,正想绕过她下楼,不防梦湖挡住了他的去路。他疑惑地一抬头,冷漠地望着梦湖,那神情似在说:"你缠啥呀!"

梦湖有点不悦,时间紧迫,不容她说气话,她只得开门见山:

"这一段时间,你为啥总是故意避开我?"

"你心里清楚。"

"我……我一无所知呀!"

孟慈抬起头来瞅了她一眼,仿佛是被她诚挚的态度所动,他低下头去,叹息一声,又要走。

"不!"梦湖拿身子堵住了楼道,"你该说清楚,孟慈老师。"

"我也不怎么清楚。"孟慈悻悻地说,"只晓得,你的丈夫,我那老同学,找到公司领导,说了我们俩一些什么。"

梦湖吃惊地喊了起来:"说了些什么?"

"哼!"孟慈不屑地一笑,"我想,总是妒忌、猜疑、诋毁之类吧,还能去表扬我?"

梦湖顾不得他语调里的讥诮口吻了。她万万想不到的是,孟慈的疏远、淡漠、回避和反常举止,都是吴善清惹出来的。她愤懑至极、难过至极。吴善清为了自己,竟然可以不顾妻子的名誉,这人自私到了何种地步啊!

"如果他伤害了你什么,那真对不起。"梦湖像被人打垮了似的说,"不过,你一个堂堂男子汉,也太经不住流言的袭击了。"

孟慈苦涩地一笑:"我仅仅只为自己吗?"

梦湖朝他跟前走了一步,冲动而又真诚地道:"别为小人的卑鄙所累。孟慈,我需要你的帮助。"

说完,她一头冲进自己的办公室里去了。

孟慈在楼道里,傻痴痴地站着。

如果说上次是看在爸爸面上,充满怨艾地随吴善清回家,勉强凑合着过日子的话,这一回,梦湖觉得这日子无论如何都凑合不下去了。她怎么还能同吴善清在一个门里进出,在一口锅里吃饭呢?吴善清什么时候平等地对待过她,把她当作真正的终身伴侣来尊重呢?

了解到吴善清背着她耍弄的小动作,梦湖一整天都在生闷气。回到家里以后,憋了一肚皮的火。里外两间屋内,冷冷清清的,那些漂亮、讲究、足以体现二十世纪八十年代新潮流的家具,井然有序地各归其位,也好似冷冰冰地板着面孔。

梦湖机械地准备着晚饭。情绪不佳,根本没啥心思整什么菜。蒸了一点香肠,炒了一碗蛋,正在做海米汤,吴善清回家来了。他还是老样子,进屋后往沙发上一靠,拿起一张《文摘报》浏览。

梦湖捻小了煤气灶上的火,任凭海米汤滚沸着,急急地走出厨房,跨进屋内,冲着吴善清道:

"你怎能随随便便、自说自话跑到我单位上去,恶意地诋毁孟慈,置老同学的面子于不顾,置我的声誉于不顾呢?你说呀!"

梦湖一开口,吴善清就倏地昂起头来,双眼愤愤地瞪着她,脸色泛了青,一副蓄怒于胸的模样。梦湖讲完了,他却出乎意料地把双手在沙发上摩挲了两下,声调徐缓地道:

"我以为是啥事呢,原来是这件事啊。嘀嘀,事儿不是已经过去了吗?"

"过去了也不能放过你!"

"你别三吓头①。我不来责备你、埋怨你,算得客气了。你倒反而责问起我来了。"

"当然要问你。"

"问我啥?你的领导不是处理得很好嘛,把孟慈调开了,他最近识趣多了。你呢,也清静了,可以安安心心工作了。我也放心了,不至于在开刀时心神不定贻害病人了。"

梦湖顿时联想到,他完全有可能就是用类似的话去威胁恫吓服装公司领导的,迫使领导找孟慈谈了话,将他调到另一个办公室去。想到这里,梦湖使劲地一甩手,嚷着:

"你……你真无耻!"

"我无耻?"吴善清的食指点住了自己鼻尖,冷冷一笑道,"梦湖,话要说个明白,到底是我无耻还是你无耻。你嫁给了我,成了我的妻子,却同别的男人一道去逛马路,去吃饭,去聚在一块儿嘻嘻哈哈、谈笑风生……"

"你这是诬蔑,无事生非!"

"我亲眼看见的。"

"什么时候看见的?在什么地方?"

吴善清狡诈地一笑:"那就不用告诉你了。"

"那你就是捕风捉影,胡说八道,没有根据地乱造谣。"

"造谣?嘿嘿,你们领导还能相信?实话跟你讲,我岂止有时间地点,还能说出具体细节。难道你没同孟慈并肩在马路走过?没在一起吃过饭?"

"你、你盯梢?"

"露馅了吧?哈哈!"

"呸!那是正大光明地参加展销会,前后左右都是相识的同事、同行。"

"问题就在这里啰!"吴善清的眉梢展了展,轻飘飘地吐出一句话来,"同去参加展销会的女同志那么多,你为啥自始至终和孟慈待在一块儿?眉来眼去地

---

① 三吓头,上海话,喻虚张声势、色厉内荏之人。

不停地讲话？"

"跟你这种卑鄙小人说不清。"梦湖一跺脚道，"你、你必须去我们公司里澄清事实，赔礼道歉！"

"休想！"吴善清也怒不可遏地跳了起来，手指善梦湖道，"我对你已是一让再让了。跟你讲清楚，不是我怕你，也不是我制服不了你，仅仅只是看在你父亲是我恩师面上，我不想把事情闹大，这才忍气吞声悄悄地通过正常途径，息事宁人地解决问题。如若你一定要闹得哭哭啼啼，又吵又骂，大打出手，那也请便。"

对待这样的人，梦湖还有啥可说的呢？她抽身就往厨房里走。

就在那抽身便走的一瞬间，她做出了离他而去的决定，分居的决定。

倪院长走进办公室后的第一件事，是给女婿吴善清拨了一个电话。

早晨起床后，他在阳台上边打太极拳边等睡在亭子间里的梦湖出来。左等她不露面，右等她不见踪影，直到端起杯子喝牛奶时，问起老伴，才知梦湖天蒙蒙亮就离家走了。倪院长明知女儿是故意躲着自己，也不点破，只是给老伴留了话，昨天是梦琳的新婚喜日，梦湖回家来睡一夜可以，今天就不行了，必须回自己家去。与其说他这是给梦湖一个台阶下，不如说他更多的是在为女婿着想。这一对夫妇也真是不知轻重，提升副院长的关键时刻，已有人在对吴善清的个人品质提出异议，偏偏还要闹别扭。两个宝货，一对糊涂虫。怕梦湖今晚仍回娘家来，怕老伴向女儿让步，下楼上班时，他特意用那把曾锁过梦琳的"永固"铁锁，把亭子间房门锁上了。

心头牵挂着这件事，到了医院，趁还没人进院长室来找他，他忙给吴善清打电话。

电话铃声连续响了好几遍，才有人接。接话的正是吴善清，倪院长头一句话道：

"你那儿有外人吗？"

"没有，爸爸。"吴善清马上听出了岳父大人的口音。

"很好，有人来你就提醒我。"倪院长嘱咐过后，劈头就问："你又打梦湖了吗？"

"你叮嘱过我，我怎么还敢犯啊！没有这种事，爸爸。"

"那她昨晚为何住在同祥里？"

"我们是争过几句……"

"仅仅争几句?"

"千真万确,而且还是她挑起的。"

"到底是为了什么事?"

"就为了她同另一个男人逛马路吃饭的事,记得我对你讲过,你要我自己处理。我吸取了头一次闹矛盾的教训,把事情反映给了那个男方的领导,算是圆满解决了。相安无事地过了一个夏天。前几天梦湖不晓得从哪里听了些什么,在家里同我闹。没闹出个结果,她便一走了事。"

"一走了事?"

"哦,临走她给我留了个条子。"

"什么条子?"

"我给你念念。"倪院长抿紧嘴等着。电话上停顿了一阵,吴善清的声音又传了过来:"爸爸,她是这么写的:我走了。不想成为你的附庸,也不想做你的陪衬,更不能一辈子服侍你这么个贵人……"

"就这些?"

"就这么几句。"

"莫名其妙。"倪院长在心头愤愤地自语着,梦湖真是越活越笨,马上就要当副院长夫人,她却胡闹一气。家庭里的事,什么时候不能关起门来商量、处理呢?他克制着心头的不悦和怒气,凑近话筒道:"善清啊,你晓得目前是啥时候,好自为之。单位家庭,一举一动,说话行事,都要三思而后行。小不忍则乱大谋矣。"

门外有人在轻叩。吴善清那一头,传来的也是一迭连声嗯嗯,倪院长料定他那儿屋内有人了,便将话筒放下,在沙发椅上坐端正了,放声道:

"请进!"语气里充满了自信和威严。

这天下班回家,倪院长刚一脚踏上楼梯,就听见女婿金源华的大嗓门在厨房间响着:

"……今天厂里有卡车去昆山,要装卸点大东西,班组里的小青年见是重活,一个个缩头乌龟样都不愿去。我讲,别人不去我去。活是重一点,不过回来得比平常早两个钟头,我钻进浴间爽爽快快洗了个澡,头头还开了两天出差费。"

最主要的,是把大闸蟹买回来了。一斤蟹比市里便宜两角。你们看啊,九雄十雌,现在是九月里,我挑的这一串半数以上是雌蟹。哈哈!"

"好了,你不要吹了,算你有本事,立了大功,好哦?"大女儿梦颖又在泼女婿的冷水,"回来一会儿,听你讲两遍了。"

"是梦岩、梦湖,还有于蓓莉问我,我才说的嘛!"金源华在申辩。

老伴在维护女婿:"亏得源华买来了,让你们都能尝个鲜。有了钱,还得有人干活啊!要不,光吃不做,钱再多也没用。这些大闸蟹,一只只爬起来好快,我是捉也捉不住。全是源华一人用刷子洗干净的。"

"可惜,梦琳出嫁了。"是梦湖的声音,"要不,她今天也能得个口福。"

"梦琳嫁给了李阵,只怕一辈子难得吃上这么好的大闸蟹啰!"金源华粗声道。

梦颖气恼地责问:"你这话是什么意思?"

客堂间的门虚掩着,倪院长推门进屋,坐在沙发上,故意不关门,倾听着厨房间里子女们信口开河地泛泛议论。

"啥意思,明摆着的嘛。"金源华的嗓门高高的,"小夫妻俩工资不高,还要拖个不大不小的儿子,吃得起二三十块一斤的大闸蟹?梦琳,是头脑发热、感情用事,结婚之后就晓得日子难过了。"

"源华讲得有道理。看过李阵家住的那条弄堂,我就替梦琳担着心事。"梦岩道,"不要讲煤气、卫生设备了,连自来水龙头,都要几十户人家合用两只,要烧饭煮菜了,几十家一齐来淘米洗菜,水龙头旁边要排长队了。"

于蓓莉马上接着梦岩的话道:"天天这样子过,想想真可怕。上海滩男人多得莫佬佬①,梦琳挑精拣肥,怎会找上这么个男人呢?比哥哥姐姐年龄还大。"

倪院长在客堂间里缓缓颔首。这些天来,梦岩和于蓓莉的感情似乎好起来了。刚才两人你一言我一语,颇有夫唱妇随的味儿哩。

"蓓莉,恐怕只是看起来人多,好男人不易寻啊!"梦颖对弟媳道,"我们单位里,好不容易有情投意合的一对,谈了六七年恋爱,两人年龄加起来都超过七十岁了……"

---

① 莫佬佬,喻数目极大,数量极多。

于蓓莉大为惊讶:"为啥不结婚呢?"

"没住房。"

"是啊是啊,要么是有房子,要么是有票子,有了这两子,就笃定泰山了。"金源华抢着道,"不是有人讲嘛,有了房子等于娶到半个娘子。"

"有了房子闹离婚的还不少呢!"梦颖又在抢白丈夫了。

"姐姐讲得有理。源华,应该这么说,有时候没有房子,却能寻到称心如意的对象。于是便在近郊、市区偏远地带租个高价小屋,求得一锥之地,聊以栖身。有时候家中倒是有房间,结了婚的却还要闹纠纷。最理想的,当然是既有住房,又情深意长啰。"梦岩像在做总结似的。

源华不以为然:"讲讲是一回事啊!其实像梦琳那样,为了感情,住到那种弄堂里去,十个人有九位不肯干的。"

"是啊,大道理归大道理,"于蓓莉也道,"生活归生活嘛!"

"我倒很钦佩梦琳的勇气。"久未讲话的梦湖声音沉沉地说,"她不但敢作敢为,她还有远大的目光。你们没听说嘛,李阵家住的那一带,是最先要考虑拆迁重建的,住房条件差,是容易改善的,而感情差,就糟了。哪本书上说过,幸福家庭有多少多少要素,其中最关键的,是对对方关心和男女之间互相理解、谅解的诚意。在那些要素中间,恰恰没有住房面积的大小,没有收入的高低和物质条件方面的要素。"

"这你就不懂啦,梦湖,"源华的嗓门出奇地大,"你那是书本上写的啊。书嘛,都是写给书呆子看的,和生活是两回事!"

倪院长不由得蹙了一下眉头,这个女婿,开起无轨电车来,说话就失分寸啦。他就不晓得,梦颖正为此看他不顺眼嘛。果然,梦颖又在斥责他了:

"又在瞎三话四,胡言乱语了。"

"好啦好啦,不要喳啦喳啦讲不停了!"老伴在阻止子女们大谈山海经,"我看到客堂门开着,好像是爸爸回来了。"

只一会儿工夫,金源华端一只脸盆,咚咚咚下了楼梯,走进客堂间,乐呵呵地招呼:

"爸爸,你洗脸、洗脸。"

"好、好的。"看到金源华殷勤恭顺的样子,刚才的那一丝儿不悦顿时消散了。倪院长站起身来洗脸时,周静梅进来了。寒暄过后,倪院长问:"同梦湖打过招呼了吗?"

"说啦,一回来就对她说了你的意思。"

"她怎么表示?"

"好像还别扭着。"

"怎么连这点事儿都不懂呢?真是不明事理。"倪院长把洗过的毛巾往盆里一扔,金源华连忙过来端脸盆,转身离去,倪院长一扬手:"源华,倒水时,你喊梦湖来一趟。"

"不要喊了,爸爸,我正要来看你。"梦湖在客堂间门口几乎同金源华碰个满怀,她让开了源华端的脸盆,待他走出门,一步跨进屋来,满脸的忧郁之色。

"好好讲,好好讲,有话好好讲。"周静梅连连对女儿嘱咐,又转向倪院长,"我上去看看蒸的大闸蟹,火候到了没有。那是你最爱吃的。"

出门时,周静梅顺手将客堂间的门轻轻合上了。

"爸爸,事情是这样的……"

梦湖正要把此次矛盾的来龙去脉对父亲讲清楚,倪院长把手指向一张沙发道:

"你坐。"

梦湖走近沙发,还没坐下去,倪院长便道:"事情我都听说了。你可能有千种理、万条理,可能受了委屈,但那毕竟是家务事嘛!咳,家务事什么时候不能讲?哪怕你俩跑到我这儿来,各人申说一通,我来评断都可以。眼前,你又不是不晓得,福仁医院里正在提副院长,吴善清是上下都认定的最佳人选,你们这一闹,不是自己拆自己的台吗?"

"爸爸,我不明白为什么非要牺牲我的利益和人格,去维护他的面子。我更不明白像他这种品格的人怎能当副院长。他的一些缺点你不是不晓得啊,爸爸!我尤其不明白的是,你身为我的父亲,为啥非要我忍气吞声地同他凑合下去?"梦湖说到激愤处,声音都在颤抖,"再要我忍气屈辱同他过日子,我实在办不到。"

倪院长惨然凝坐在沙发上。梦湖的语言,她那愤愤然的表情和伴随着话语的手势,同梦琳多相像啊!恍惚之间,他真以为又是梦琳在同自己吵吵嚷嚷、不屈不服地争辩哩。梦琳最终是照着自己的意愿嫁了人。难道这个梦湖,最后也要走她自己的路?

梦湖的两眼一眨不眨地盯着倪院长,似在期待着他的答复。是啊,为啥他非要女儿委曲求全地去依顺吴善清呢?为啥他那么器重这个当年的高才生、如今的女婿呢?

倪院长两眼睁得很大很大,凝然望着墙上一幅国画。但只要仔细瞅瞅他的瞳孔,便能看清楚,他的目光并非在端详国画的构图,而像是眺望着很远很远的地方。

很突然地,汪书记在福仁医院难得召开一次的职工大会上,表扬了倪院长,号召全体职工向他那种公而忘私、不计报酬的高贵品质学习。尤其在社会上刮起一股"一切向钱看"的不正之风时,更要提倡倪院长的这种精神。

挨着汪书记坐的倪院长,感到莫名其妙。当众人的目光纷纷朝他扫来时,他尤觉得如坐针毡,汪书记的话从何说起呢?

倪院长既不便打断汪书记的讲话,更不能作声明更正。只好等大会结束之后,拐进汪书记办公室,微笑着道:

"你当书记的,怎能当众表扬我这个院长呢?"

"你还想瞒我啊,好就是好嘛!"

"我瞒你什么?"

"看你,"汪书记举起食指,点点倪院长,"带病坚持上班,应病人家属的要求,抱病上手术台,连续做大手术好几个小时,险些昏倒在手术室里,这是大家看到的嘛!你就是瞒着我这个当书记的。"

这又从何说起呢?给演员动手术那天,他并没有病,而是被家里的事搅得有点心烦倒是真的。严格地说,那次手术是他倪维宇的耻辱。对汪书记自然也不便解释,倪院长只好讷讷地问:

"你、你是从哪儿了解的?"

汪书记笑了,笑得自信而又坦率:"不要忘了,倪院长,吴善清是你女婿和下级,也是我的下级。他一一都给我讲了。病人家属如何信不过中青年医生,你如何不便推诿,而手术那天偏偏又有病,怕在半途支撑不住,特地喊上了他这个助手。事先,你都给他关照过,如若他接过手术,该如何办。这些事,那天参加手术的医生、护士全都晓得嘛。你又何必谦虚呢?"

倪院长脸上带笑,摆摆手,说不出是谦逊还是惭愧。总而言之,他的心头热烘烘、暖融融的。吴善清这么做,当然是在维护他这位院长的威望。是的,他可能对梦湖的态度有不当之处,但他对自己是相当忠心和顺从的。话说回来,也正因为他们是翁婿关系,吴善清才这样费尽心机为他打圆场。换了一个人,只要私心重些,品质稍差些,正好趁此机会替自己扬名:瞧!声名赫赫的倪维宇做不下来的手术,由他一举做成功了。那是极有可能的事呵。

通过这次交谈,倪院长一直吊在心上的一块石头才落地了:怪不得,尽管那次他手术中途退了场,福仁医院里不利于他的舆论一点也没有听到哩。

这都得感谢吴善清啊!自家人终归是自家人呀!也正因为如此,使得倪院长下了决心,要力促吴善清顺利地当上接班的副院长。把班交到这样的人手里,倪院长是放心的。这些隐匿在心灵深处的微妙而复杂的思绪,怎能全都讲给梦湖听呢?

倪院长的巴掌在沙发上轻轻拍了两下,以不容置疑的口吻,对梦湖道:

"你要是我的女儿,你就从今天起回去住。有啥疙瘩解不开的,有什么想不通的,你都得容忍。忍过这段时期再说。"

"爸爸。"梦湖的眼泪夺眶而出,双肩搐动着说,"我是你的女儿,你让我走,我当然只有离去……"

"晚饭有大闸蟹,"见她哭了,倪院长心头又有所不忍,补了一句,"你可以吃过再走。"

"我不吃了,吃也吃不下,我现在就走,走……"

"那也好。"倪院长把目光从女儿身上移开了,"星期天,欢迎你们一道来这里玩。"

这一回梦湖没有答复,她掏出手绢,拭拭两边眼角的泪,拼命抑制着抽泣声,转身疾速地出了客堂间。

倪院长把脸移向窗外对面的阳台,阳台上,一个比眉眉大些的小姑娘正在踢毽子。他稍微感觉轻松地吁出一口气。

高楼大厦上的霓虹灯广告珍珠河似的跳跃闪烁着,在泪眼里,远远近近的灯都仿佛是呈放射状的。街上的一切也就跟着变得模糊起来,虚幻起来。车流、人群、自行车铃声离得既近又远,既远又近。

梦湖迈着沉重呆滞的脚步出了同祥里,茫无目的地在马路上走着。

回到吴善清身旁去吗？她仿佛看到吴善清讥诮蔑视的目光正透过彩雾般的灯影盯着自己,心里顿时产生了厌恶感。怎么办呢？娘家不能住,丈夫那里又不愿去,难道一直在马路上随处游荡,游到夜深人静,荡到日出天明？这显然是不可能的。但是,她还有什么地方可投靠呢？梦颖、梦岩都栖身在爸爸身旁,他们是不敢也不可能接待她的。除了他俩,她只有梦琳这个妹妹可以投奔了。当然她有同学,有同事,有亲戚朋友,上海有妈妈方面的好几家亲属呢。但此时此刻,走进这些亲戚家,总要说个一二三四吧,与其贻笑于平时客客气气的至爱亲朋,不如去梦琳那儿。梦琳新婚,只有李阵同他儿子,家庭成员不复杂,她把事情说清楚,妹妹想必是能谅解的。不好意思的只是她昨天刚成婚,自己今天就愁眉苦脸地闯去,会不会冲了她的喜气？再有,三口之家的小家庭,日常饭菜是不会有多的,去了会给妹妹陡增麻烦,要去,也得吃了晚饭再去。

熙来攘往的人流旁边,一小排霓虹灯眨眼似的明明灭灭,呈现一种醒目的效果。梦湖定睛望去,闪烁之中的红、橙、蓝三色灯管推出来,是四个美术字:排骨年糕。

梦湖的手揣进衣袋,定了定神,走进了供应排骨年糕的饮食店。

这是婚假的第一天。

吃过晚饭,李阵手脚利索地收拾起桌上的两副碗筷,下楼洗碗去了。

木屑板一分为二的亭子间里,陡然变得静下来。楼道里熏人的煤气随着门窗一开,就无孔不入地渗透进来。前楼那家的电视机开了,声音并不很响,梦琳听来却像是就在自己脑后似的。喧闹了一整天的弄堂里刚刚安静下来,猛地,又起一阵骚动,像是两家人在吵架。

讲实话,梦琳有点情绪低落,她不适应这条市民气相当浓郁的弄堂里的一切。

大约李阵早就料到了吧,他像服侍皇后似的照料着她:早晨倒痰盂,他抢着去;洗碗,他一马当先;洗脸水也由他端去倒。里外所有琐碎的家务,他一揽子全包下了。他能包一天两天、三天五天、十天八天,能包一辈子吗?

梦琳苦涩地笑了一下。她又想起了昨天夜里,新婚的第一夜。

……贺喜的客人们终于陆陆续续告辞离去,李阵的儿子小兔子却仍然因一天的热闹而亢奋得不想睡,穿了一双崭新的鞋子,在床上跳来蹦去。

李阵抱歉地朝梦琳笑了一下,梦琳明白他笑的含义。小兔子平时住在幼儿园,按李阵的意思,举行婚礼那天,不要接他,到星期六下午再去接。梦琳不同意,坚持说应该让小兔子知道家里发生了什么变化,应该让他参加婚礼。李阵拗不过梦琳,把小兔子接回来了;此刻孩子在场,显得有点碍眼了。

"小兔子,该睡了。"李阵开了壁灯,把雪亮刺眼的日光灯关了,"你明天还要上幼儿园呢。"

小兔子往焕然一新的床上仰面躺下,说:"爸爸陪我。"

李阵搔了搔小兔子的脚弯弯:"今天你睡小床……"

"不!"小兔子大叫大嚷起来,"我要睡这张大床,我要同爸爸睡在一起!"

李阵严肃地道:"小兔子……"

梦琳及时地截住了李阵的话头:"让小兔子在大床上睡吧。李阵你陪着他。"

说完,她拿过扫帚,轻轻扫着满地的花生、瓜子壳儿和糖纸。

小兔子先是让李阵给他讲一段孙悟空,还得是没听过的;接着又让讲武松打老虎,一遍一遍地要爸爸重复武松喝酒时对酒保的吆喝……

梦琳扫了地,又把脏茶杯一一放进脸盆,收拾净桌面上残存的瓜子、花生、加应子和奶糖,把里外两间小屋整理得差不多了,小兔子才睡着。

李阵离床以后,端起脸盆去弄堂里洗茶杯,然后又给梦琳提来漱口洗脸水,忙活了一阵,亭子间里总算安静下来。

"你爸爸还是来了,婚礼总算举行了,我们终于生活在一块儿了。"李阵兴奋地一把搂过梦琳,亲吻着她的眼角,爱抚地说,"不过,对我们栖身在这间小亭子间里的两口子来讲,爱情,这还仅仅只是开始,你说是吗?"

……

"这还仅仅只是开始。"对李阵在新婚之夜讲的这句话,梦琳似乎已开始嚼出了一点儿滋味。

楼上好像住着一个沪剧迷,一有空闲就把收录机开得极响,尤其是这当儿,《碧落黄泉》里那段出名的唱词"志超读信",正情味浓浓地传过来:

> ……
> 我愿将一切来交与你,
> 只要侬对我有情意。
> 曾经侬对我安慰过,
> 说侬爱我一定爱到底,
> 海枯石烂情不厌,
> 比翼鸟成对同伴飞。
> 从此恋卿卿恋我,
> 花晨月夕不分离。
> ……

梦琳正试图将沪剧潇洒飘逸、传情真切的唱腔同越剧曲调来做一番比较时,楼梯上响起了李阵招呼人的声音:

"当心,黑洞洞的,一步一步慢慢跟上来,一共是十二级楼梯。梦琳,快拿只电筒来,梦湖来了!"

"哎呀!"梦琳喜出望外地跳起来,拉开五斗橱抽屉,抓起一只电筒,边装电池边跑向门口,"二姐,你等一等,我替你照亮,等一等。"

说着,一道电筒光倏地射向狭窄的发出咯吱咯吱响声的楼梯。雪亮炫目的电筒光,正巧射在昂起头来朝上望的梦湖脸上。梦琳急忙移开了电筒。但就在那一瞬间,她已看到二姐的脸色惨白,面容凄婉忧悒,一副心事重重的模样。

一定是又出了什么事。

头一夜,在梦琳家度过了。

梦琳还让她去,梦湖却不能再去了。那会太煞这一对新婚夫妇的风景了。

她该去哪儿呢？把上海的亲戚朋友家，一家一家地借住过来吗？这对于梦湖来说，是不可想象的。整夜地踯躅街头，显然也不现实。

随便进入一家饮食店，对付了一顿晚饭，梦湖又在马路上不知所以地走着……

她走到什么地方来了？两边高楼林立，马路幽雅宁静，哦，同吴善清相识恋爱时，他们曾在这条路上走过。那时候，梦湖觉得橙红色的路灯充满了诗意。每回同吴善清出来，他都对她百依百顺，哪怕是看什么电影、听啥音乐会这类小事，他都对她言听计从。曾几何时，他们之间的位置完全翻了个儿。直到走进吴善清的家，恋爱时期朦朦胧胧意识到一点什么，才逐渐地明朗。随着共同生活的时间越来越长，梦湖终于明白了，吴善清向往的完全是一种可以称之为依赖型的家庭结构。他要她在心理上、生活上、行为举止上完全依赖他，相当于他的一名助手；不论是在家里、在社会上都得以他的利益为准绳，不能有妻子自己的利益和实际的权利。而在梦湖的憧憬里，爱情虽不是一首首小夜曲，虽不像某些电影、戏剧中那样充满欢乐和喜悦，但爱情应该是协作型的。在勤劳的互相敬重的基础上追求精神生活的充实，以各自的情趣和个性取长补短，而不应是谁服从谁，谁依赖谁。活着要看人的脸色行事，那就如同戴着锁链跳舞取悦于人一样叫人受不了。

拐过弯来，是一条小马路。小马路上没有商品琳琅满目的大商店，没有密集的人群和车流，更不见很有排场的舞厅和音乐茶座。但这里的老虎灶茶室、灯光雪亮的纸烟店、书报摊、小巧的水果行，只有十来个座位的个体户开设的银座、咖啡馆，也让人有目不暇接之感。

梦湖站在街口的路牌边上，微显骇然地望着这条街面，她怎么会走到这条马路上来的？是偶然的还是有意的？她在这条街上走过，走过不止一回，初夏时候举办服装展销会回家，同行的孟慈指着一条装着铁门的弄堂口对她讲过，他的家就住在弄内33号前楼上。

要不要往前走呢？用不了五分钟，她就能找到孟慈家，敲开他家的门。但此时此刻闯去，他会怎么看待她？又会怎样对待她？吴善清已在这件事上栽诬于他，她这一去，不是更授人以柄了吗？况且，她对他并非真正透彻地了解呀。他们之间仅是原先的师生关系，后来的同事关系。他没有结婚她知道，但他有没有女朋友,对象在哪儿工作,她还一无所知!她去合适吗?

"小阿姐,音乐茶座去吗?我请客!"

一个年轻小伙,双手插在裤袋里,慢悠悠地走到梦湖身旁,肩胛往路牌上一靠,殷勤地问。

梦湖情不自禁后退了一步,茫然瞪着这个显然比自己小好几岁的男人,转身就走。背后,传来小伙子懊恼的嘀咕:

"噢,原来是有户头的。"

是一惊一骇的缘故吗?梦湖竟朝着孟慈住的那条弄堂,脚步坚定地走了过去。

看来,一切的犹豫和费神的猜测都属多余,33号的后门很好找,顺着透出些微光的楼梯走上去,一直可以走到前楼门口。而前楼的门一览无余地敞开着,前楼地板上,铺满了牛皮纸衣片,《服装手册》《裁剪新编》和随处扔着的黏合衬。孟慈趴在地板上,手里拿一把剪刀,正在比着牛皮纸样,剪着一张白纸。梦湖的脚步声并没引起他的注意。

"喂,你找谁呀?"冷不防,往上去的楼梯上,一个老太太的嗓门在梦湖头顶响起。

梦湖急忙转身:"哦,我、我找孟慈。"

"他在呀,灯亮着,门开着,你进去吧!"

"谢谢,谢谢!"梦湖惶惑地答着,硬着头皮,朝门里走进去。

刚才趴在地板上的孟慈,这会儿早已笔直地站在那些纸片、衣片和胡乱摊放的书中间,大睁着一对眼睛,盯着走进屋来的梦湖。

梦湖的心怦怦地狂跳着,也不敢正眼看他,微垂着头,一步一步地往里走、往里走。

十一

昨天夜里南风转东风,天没亮透,淅淅沥沥的秋雨就落下来了。

星期天逢雨,总是令人扫兴的。

午睡起来,老伴周静梅端来一杯柠檬红茶,清香醒神。喝了两口,倪院长顺手挑出一盘越剧《孔雀东南飞》的磁带欣赏着。范瑞娟扮演的焦仲卿,发音宽厚,咬字坚实,拖腔丰富,颇有男性轩昂的气质。倪院长边听边随着唱腔轻轻打着拍子:"人去楼空空寂寂,旧日恩情情切切。忆往昔,往昔夫妻甜如蜜。忆往昔,往昔夫妻如胶漆。谁知晴空起霹雳,谁知无端生嫌隙……"

"爸爸!"半开的客堂间门被女婿金源华一推,门板撞在墙壁上,发出嘭一声响,倪院长愕然抬起头来。源华双手捧着一个绸面日记簿,递给老岳父:"你看看,你看看嘛,梦颖在这本子上写了些什么!"

倪院长不觉一怔,他关了收录机,指指两扇开着的前窗。金源华立刻领会了他的意思,走过去将前窗关了。倪院长又指指敞开的门,金源华连忙退到门外,将门轻轻地虚掩上。

倪院长端起茶杯,又喝了一口柠檬红茶,不及细品那清甜中带微酸的滋味,就俯首看起源华打开的绸面日记簿来。

……走进教堂,纯粹是一个偶然的机会。与其说那里面有什么壮观的场面吸引着我,与其说是出于一种好奇心,不如说是唱诗班的歌声引我不知不觉地跨进这扇神圣的大门的。时至今日,牧师的讲道也没给我留下多深的印象,但是只要唱诗班的歌声一起,那充满平安和喜悦的旋律,总能在我的心头掀起一股微澜,激起我由衷的向往之情,留下不可磨灭的印象。

这类情绪是怎么偷偷地像魂灵附体般拥塞在我心头的呢?我实在讲不清楚。

我从小就生活在一个环境很好的家庭里,要不是"文化大革命",恐怕我永远也不会懂得什么是痛苦和忧愁。即便是在那场浩劫中,我也没愁过吃穿,没像梦湖、梦岩那样下乡遭过罪。和他们比起来,我算是幸运的。

但是,幸运的我为什么得不到心灵上真正的欢悦和满足呢?

是惰性型的日复一日的家庭生活使然?是没有情致、缺乏生气和变化的爱情使然?一定是这样,一定是这样的。对我来说,从恋爱到结婚犹如做梦。婚后几乎是迅疾地陷入乏味的泥坑。我同源华似乎是和睦的;夫妻俩不会有多大风波,自然更不会有多大的兴奋。

说穿了那是再可悲也没有的了。在我的生活中没有爱情。那多姿多彩的连勃朗宁夫人这样一个瘫痪的人都能尝到的爱情,我却连想也不敢想。我真恨不得终止这苍白的没有感情的婚姻,真希望立刻离开他。可我不会这么做。我得考虑眉眉,得想到爸爸妈妈。我懂得为人之道,爸爸一贯教育的为人之道。我还得这样生活下去。今天和昨天一样,明天和今天一样。一天一天,一年一年,未来的漫长岁月,对我来说显得太沉重,太难以打发了。

近来我常常想到很小很小的时候,啥都不懂,我问妈妈,人死了到哪里去?妈妈总对我讲:人死了和睡着了一样,只是永远不会醒了。哦,妈妈不是诗人,可她把死亡讲得太美了、太美了。

……

雨下大了。铅皮的漏水管子里,笃落落作响。雨一大,屋内的光线愈加晦暗。一口气读了梦颖两页纸的心里话,倪院长觉得眼酸头晕,更觉得震惊。

他仰起脸来,木讷地坐着。

外孙女儿眉眉在厢房里朗朗有声地读着动物故事,嗓音又脆又亮:

"……孔雀听了,立刻对仙人说:'我的尾巴又短又小,的确不太好看。要是有补救的办法,那我多开心哪!'猴子、马、大象都不愿承认自己的短处。唯有孔雀最诚实,仙人就叫孔雀飞下来,替它拔掉短尾巴,换上一大簇又长又漂亮的羽毛。孔雀飞到地上,张开绚丽多彩的尾巴,把所有动物的眼睛都看花了。猴子、大象和马懊悔也来不及了。"

倪院长听着眉眉朗诵般的读书声,恍惚之间,错把那脆亮的嗓门,当成是幼时的梦颖在读书了。小时候,梦颖不也同现在的眉眉一样天真烂漫、活泼可爱吗?而如今,她的心灵世界,怎会是本子上写的那样?

倪院长似想寻找答案般,随手把日记簿往回翻了几页,本子上的字迹又吸引了他:

……谁都希望幸福,谁都愿意欢乐。但是,我是不是真正幸福与欢乐呢?

生活中不是遇见过许多愁眉苦脸的人吗？和人交谈,不也有人经常倾吐内心的忧郁吗？就是我自己,不也常常地觉得孤寂乏味吗？是啊,布道的牧师讲得有点道理,家庭、衣食、金钱是需要的,但我们的快乐不是建立在这些之上的。我的生活经历,就是一个最好的证明,欢乐和幸福是心灵的一种状态,感觉欢乐幸福的人有满怀的热望和平稳的心境。

　　要想获得平稳的心境与充满希冀的热望,如神所示,必须认识我们内心深处的障碍。拦阻着我们得到欢乐和幸福的,就是……

"外公,你看妈妈写的字啊?"刚才在隔壁厢房里读动物故事的眉眉,不知什么时候,悄没声息地推开门,来到了倪院长身旁。她一边往宽大的沙发扶手上爬,一边探头探脑往绸面日记簿上望。

"噢,你怎么晓得是妈妈写的?"倪院长只好停止了翻阅,随口答着。

"我当然晓得啰!"眉眉大睁着眼睛,对外公道,"我看爸爸撬开妈妈的抽屉,把本子拿出来的。爸爸开抽屉的时候,还叫我在门外瞅着楼梯口,要是妈妈回来,就大声喊妈妈!"

轰一声,眉眉充满稚气的语调可爱极了,但倪院长的耳朵里,却是一片嗡嗡声,啥也听不清楚了。

很明显,梦颖这本日记,是瞒着女婿写下的。金源华是趁着梦颖下午外出,撬开抽屉得到这本日记的!而自己,净顾着捕捉梦颖的真实思想,忘记了尊重女儿的隐私权。他在不知不觉之中,也同女婿一样,成了一个不光彩的窥视者。倪院长浑身都感到不安了,他有点急促地抓起眉眉的小手:

"眉眉,去,去喊你爸爸来。"

"好的。"眉眉一骨碌爬下沙发,朝客堂外跑去。

金源华马上来了:"爸爸,你看了吧?你说梦颖……"

"慢慢再说吧!"倪院长有气无力地拿起合上的日记簿,递给源华,"你先去把日记簿放好,放好,快去。"

"呃……"金源华大惑不解地接过日记簿,想说什么,看看倪院长表情复杂的脸色,又不敢啰唆,转过身走出去了。

这一回他忘了回身替岳父关上房门。

有一股雨天的风从阳台上刮进来,客堂里顿时添了几分凉意。

倪院长连起身去关一下门的情绪都没有,只是颓然凝坐在沙发上。额头上的老年纹皱得很深很深。

冥冥中,好像是梦岩上楼的脚步声。厨房门口,媳妇于蓓莉尖声问着丈夫:

"梦岩,怎么买点泡菜一去老长时间?我都等急了。"

"马路上吵翻天了,在打架。"

"打架你也要看啊!"于蓓莉不满地咕噜着,语气里带着明显的不信任,"你什么时候起,也沾染上这点小市民习气了?"

"嗯……那是、是男人打女人,追着打,打得鼻青眼肿,血流满地。好多人都围着看呢,把酱油店门口堵住了,我买了酱泡菜,出不来。"

连倪院长都听出来,儿子的答话有点不自然。他不由得坐直身子,侧耳倾听着。

"挨打的是什么人?"于蓓莉又在问了。

"我……我怎么知道?听……听人讲,是丈夫打妻子。"

脚步声在楼梯上消失了。倪院长听了刚才梦岩夫妇这一段话,也能揣度出来,离分娩越来越近的于蓓莉对梦岩还是不那么放心的。

雨似乎小些了。可下午的气温却比上午明显地降低了。倪院长伸手去端那杯柠檬红茶,杯子已是冰凉冰凉的,没点儿温度了。

于蓓莉在厨房间里把买回的泡菜装进坛子,同时看着煤气灶上煨的鲫鱼汤,没随梦岩上楼。

梦岩回到三层阁,仰面朝天倒在席梦思床上,双手枕在脑后,两眼睁得老大老大地瞪着涂料刷得雪白雪白的天花板。

顷刻工夫,他的一双明亮放光的眼睛里,像雨后的小池塘般浸满了泪水。

他又一次对妻子撒了谎。自从蓓莉瞒着人要去堕胎,自从忏悔地朝着妻子下跪以后,他曾发誓要斩断同"她"的一切联系,发誓要对妻子忠实,决不再向她撒一次谎。

可他今天又撒谎了。

他不得不撒谎呀,他做梦也不曾想到买泡菜时会撞见她,而且又是在那么一种状况下。

蓓莉嘴里乏味,想吃点酸中带甜的新鲜泡菜,且告诉梦岩,离十字街口不远的那家大酱油店里有卖,她已经问过。

　　梦岩极愿替蓓莉出力,他带上只小烧锅去了。十字街口离同样里不远,天又在下雨,他没骑自行车,是撑着自动伞去的。

　　往十字街口走的时候,他怕同水果店里的她碰面,故意沿对面马路走。过水果店门口时,他还把伞朝水果店偏过来,以免让她看见。

　　进酱油店买了泡菜出来,没走上十多步路,一大群人就迎着他跑来。怕刚买的泡菜被人撞落,他连忙收了伞,避到一家洗染店的屋檐下,用双手护着小烧锅。

　　"臭婊子,你跑,跑到天边老子也要打!"一个粗暴的声音在雨天的马路上轰轰地回响着。梦岩循声望去,啊！竟然是她。她披头散发、血糊满脸地朝着他逃过来。再一定睛看,她的一件秋衫已被撕烂半片,随着她的飞跑而飘起来。

　　梦岩的汗毛在这一刹那间全竖了起来。他真怕她在狂跑逃窜中一眼认出了他,向他身上扑来;他真怕她在马路上给他招灾惹祸。这里,离家实在太近了呀！梦岩侧过了半边脸,几乎就要躲进洗染店里去了。

　　幸好,只顾逃跑的她并没留神到他在场,仅在他的眼前一掠而过,就跑进梦岩刚买泡菜的酱油店里去了。差不多同时,紧跟着追过来的男人也凶神恶煞地疾风般扑进了酱油店。只一会儿工夫,酱油店堂里就响起了她凄绝的嘶喊声及那男人的咒骂声:

　　"骚货,你逃得脱老子的巴掌心吗？走,跟老子回家去!"喧嚷中传来一片捶打撕扯声和她的哭叫声:"救我,救救我啊!"

　　梦岩的一手拿伞,一手拿着烧锅,一点儿帮不上忙。要是他空着双手,他也许会挺身站出去的。而此时此刻,他却只能木桩一样站在洗染店门口,冷冷地瞅着事态的发展。那个追进酱油店去的男人抓着她的头发,把她从酱油店里连拉带扯地拖了出来,拖到门口,她双臂抱住了酱油店门口的门柱,再也不动了。

　　那个肩膀有点歪,撇着嘴露出两只硕大的门牙的家伙,个头瘦小,一张长脸憋得青紫青紫,呼哧呼哧喘过一阵气,对着抱住门柱的她又是一阵拳打脚踢,见她仍不松手,就双手狠狠地扯住她蓬乱的头发,朝着门柱一顿猛撞。

　　店堂门柱被撞得嘭嘭作响。

　　梦岩的四肢在这一瞬间全颤抖起来,他的浑身上下像患了病似的感到阵阵寒意。

"住手！"围观的人群被拨开，酱油店门口出现了四五个穿白大褂的男子，为首的那位已有五十多岁。梦岩认出，他们都是十字街头水果店里的职工。"不许你打骂、侮辱妇女！"

"嚛！"打她的男人拖长声调转过了身，讥诮地反问，"你是什么人啊？"

"我是她单位的门市部主任……"

"可我是她丈夫，老公！"那男人把瘦瘦的胸脯一挺，"你趴一边去吧！"

"是她男人也不能允许你胡作非为！"

"好啊！我也不想打她，你做主吧，让她住回家去！"

"首先该端正态度的是你！"门市部主任严正地说，"你要再在这里辱骂打人，就让他们先把你拖进派出所去。"

主任说着，手指指几位穿白大褂的职工。四位年轻小伙，早已利索地分头站好了位置，抱着臂膀，昂首匕斜着她的丈夫。

这家伙眼睛朝两旁看了看，说话语气顿时软了下来："那你说吧，怎么办？"

"怎么办，你该明白。正因为你天天在家里打她骂她，她不堪忍受你的咒骂和毒打，才住到单位上来的。你要她住回家去，就得先戒掉打骂作风，向她赔礼道歉，取得她的谅解。"主任振振有词地说，"否则，恐怕只有各奔前程。"

"哎呀，主任！"当丈夫的立刻委屈地嚷了起来，"你把我当成了一个无赖、酒鬼、打人凶手了吧……"

"希望你不是那种人。"

"我骂她、打她，都是有原因的呀！你想想，我家有住房，还有煤气，条件不错。讨个老婆，当然希望她贞节，守规矩。哪里晓得，她……她、她……娘的她老早被人玩过啦！是个处理品！"这家伙声泪俱下，歇斯底里地叫起来，"你说我冤枉不冤枉？被人玩过不要紧，总该把实情讲出来，我以后好监督她呀！可不管我怎么问她，她就是不说，不说就是不想改。你说嘛，她该不该打？你们讨到这种老婆打不打？"

这家伙的声调忽高忽低，一阵嚷嚷，把围观的许多人都逗乐了。

站在洗染店门前的梦岩，只觉得所有的话都是冲着他来的。体内的五脏六腑像搅乱了似的。他极想赶紧离去，可两条腿颤抖得厉害，挪动不得。

一片讪笑声中,水果店门市部主任开腔了:"今天就到此为止好不好? 你先回去,你们夫妇之间的工作,我们慢慢地来做……"

"我不要,不要!"被打得鼻青眼肿、血糊满脸的她,众目睽睽之下始终抱住门柱垂着头,这会儿陡地仰起脸来尖厉地喊叫,"我什么都不要。只要离婚,离婚!"

那凄厉而绝望的声音,像被放大了百倍、千倍般,一直在梦岩的耳朵里震响。这些日子来勉强维持的心灵上的平衡,全被它轰垮了。

楼梯上传来脚步声,于蓓莉上楼来了,梦岩掩饰着自己苦涩的负疚心理和神情,愕然瞪着妻子,半晌才听到她在叽叽咕咕地抱怨:

"你们这个家开始不太平了,连从来不吵不闹的大姐和姐夫,也吵起来了。"

"你别瞎讲。"

"我瞎讲? 你听,你听嘛! 吵得那么响,你竟然没听见?"于蓓莉瞪得溜圆的一双眼睛里,满是狐疑之色。

梦岩凝神倾听,当真,楼下厢房间里,吵架的声音还不低呢。一向对姐姐忍气吞声赔笑脸的姐夫,嗓门响得像放炮。

连梦颖本人都感到奇怪,她怎会变得如此之快的? 现在,每到星期天,不上教堂里去,就会觉得心神不宁。原先听着感觉乏味的布道,现在也慢慢地听出些味儿来了。牧师的话,有些是很耐人咀嚼的。听嘛,今天讲的道,就很有些见地:

"……人活在世间,在无聊的事情中浪费神所赐予的时光,如同自行减短寿命。反之,善于用有限的时间做尽量多于人有利的事,就等于增长了寿命。人活着,朋友、兄弟、丈夫、妻女都可能会离弃你,而唯独上帝却永远爱着你。人生由少年、青年、中年到老年这样四个阶段,正如同一年里的四季,每个季节都有着它的特色风光和可贵之处,全凭我们如何去欣赏、体验。抓紧点滴时光,你们要行道,不要单单听道。这不是我的话,这是神的旨意,在罗马书十六章二十六节、雅各书一章二十二节中,都有这样的话。《马太福音》书上说,凡听见我这话就去行的,好比一个聪明人,把房子盖在磐石上。雨淋、水冲、风吹撞那房子,房子总不倒塌,因为根基在磐石上。人生的根基不也是同样的道理嘛……"

是的,梦颖自我感觉近来心绪平静多了,怨尤消失了,对人生,对自己的婚姻家庭,也达观得多。梦颖深切地感到,不能不承认这是神力所致。《爱主更深》的赞美诗唱起来的时候,梦颖岂止垂首合十,深深为誓?她甚至于凝聚起全身心的力量和感情,随着那"索拉索都来米……"的旋律,默诵般在心头跟着唱:

> ……
> 从前贪图名利虚度光阴,
> 幸得皈依我主立命安身,
> 此后别无他求但求深爱我主,
> 爱主更深爱主更深。
> ……

从教堂里出来,心宁神清,满眼里仿佛都是落日红霞,梦颖一点也没觉得天色阴霾,秋雨烦人。如神所示,心有所归,自会旷达豁然,心胸开阔。她感觉安然,也感觉满足。

回到同祥里家中,一切都同往常那样,平静安宁。梦岩、蓓莉在三层阁上;金源华在补磕坏的搪瓷脸盆;爸爸在客堂间里;妈妈在用咖啡壶烧红茶,听见梦颖回来,连忙切下一薄片柠檬,沏了一杯热腾腾的柠檬红茶,给大女儿端了来。

梦颖道谢着接过茶杯,搁在厢房间茶几上,换去雨鞋,跂上一双拖鞋,落座在沙发上,吁了一口气。她要歇息一会,等茶稍凉再喝。

不知从哪儿钻出来的眉眉陡地搂住了她的颈脖,连声在她耳畔喊妈妈,唤得梦颖的心热乎乎的。她凝目端详着愈长愈漂亮的女儿。

眉眉的眼角不时瞥一眼茶几上的柠檬红茶,细声细气地央求:

"妈妈,给我喝一口好吗?"

"外婆没给你喝吗?"

"给了。只给小杯子,一点点。我还要,外婆说,小囡只能喝小杯子,这是外公立下的规矩。"眉眉噘着嘴絮叨,一脸的委屈相。

梦颖朝房门瞅了一眼,放缓了语气道:"外婆的话是对的,小囡从小要懂规矩。不过,你喝妈妈的茶不要紧,妈妈省给你喝。"

"那我喝了!"眉眉高兴地叫起来。

梦颖连忙摆手:"不要急,茶还烫,稍等一会儿。"

"不怕。"眉眉把嘴巴凑到杯子上,小心翼翼地喝了一口,继而双手捧起杯子来,"不烫不烫,妈妈,不烫了。"说着又张嘴喝了一大口,把杯子往梦颖跟前送来,"妈妈,你也喝。"

梦颖张大了嘴,却只抿了一小口:"你喜欢,你喝吧。"

眉眉又喝了两口,嘴咬住了柠檬,有滋有味地咂吧了一会儿,忽然说:

"妈妈,爸爸看了你写的字。"

梦颖感到莫名其妙:"什么字?"

"锁在抽屉里的。"眉眉的手指向上锁的抽屉。

梦颖吃了一惊,她已经猜到是怎么回事了。平时,她总是把倾吐心曲的日记本锁在抽屉里,钥匙随身带着。金源华是从来不关心,也不问她平时写些什么的。可万没料到,他会趁着她不在家里,耍出这一手。她尽力抑制着自己的愤怒,对眉眉道:

"妈妈晓得了。你去替妈妈喊爸爸来,好吗?"

"好。"眉眉把柠檬红茶喝光了,搁下茶杯,走出厢房去了。

一会儿工夫,穿件绒线衫的金源华走进来了:"有什么事?"

"先把门关上。"梦颖的手指指房门。她怕眉眉跟进来。

哐一声,金源华把房门重重地关上了。

"坐吧。"梦颖的眼睛并不望丈夫,只是悻悻地道。

金源华在梦颖对面的一把椅子上坐下,两眼不无悒意地望着妻子。

"你撬了我的抽屉锁,是吗?"梦颖的声音很低,却很严厉。

"是的。"

"偷看了我的日记,对吗?"

"对。"

"你怎么能干出这种事来! 你……源华,你为什么要侵犯我的权利? 为什么要当着眉眉的面做出这种下贱的事? 为什么要窥视我的秘密……"

"为什么为什么,"金源华没好气地打断了梦颖的斥责,扯着大嗓门,"就因为这些'为什么',就因为爸爸老问我'为什么、为什么',我答不出来,我只好撬锁看你的本子。只有这种方式。我找话同你讲,你爱理不理的;我讨好你,你总是轻蔑地瞪我一眼；我看报看书，想得到你的好感，你连眼角也不瞅我一下。我一开口讲话，你常常当着一家人泼我冷水。我都搞不懂为什么！作为一个男人，我没做过一件对不起你的事情，我上班出门，下班回家。在厂里规规矩矩，从来不同女工打打闹闹、嘻嘻哈哈；在社会上我更不搭风流女人，我一心一意顾着这个家，一心一意对待你。可……可你又是怎么对待我的呢？你都写在本子上了。我的好心换来的就是你那些话，你……敢不敢把那些话对着全家讲，对着众人念一遍？"

"我……我这是写给自己看的。"梦颖皱紧了眉头道，"不允许任何人来刺探我的内心世界，也不允许你偷看。"

"我是你男人，是你的老公，是你的丈夫！"金源华腾地离座站起来，有力地晃着一只大巴掌，"有啥不可看的？"

"要看也得经过我同意。"

"我不懂这么多，我只晓得这不是偷！是的，我是工人，是大老粗，没多少文化。可我没坏心。梦颖，我不像你，心里有那么多九曲桥，我只晓得我爱你，我爱你。可你不爱我，你瞧不起我，我早看出来了，你本子上也写了，你不爱我。我不懂，我真不懂你为什么不爱我！"金源华的眼里噙满了泪，摊开两只大手哀怜般朝着梦颖直晃，"就因为我是大老粗，就因为我是工人吗？这不是我的过错，不是我的罪呀！梦颖，国家需要你这种教书的知识分子，需要爸爸这样的大专家、大医生，也需要我这样的工人哪！我是小民百姓，没多大出息。可国家需要栋梁，也需要小民百姓哪。歌里还唱小草呢！我这棵小草哪里不对呀？看到你眼里空空的，神情不对，我跟踪过你，见你进了教堂，我想不通。我这当丈夫的不赞同你去教堂。每次你出门，我真想拦住你！我想责问你，小时候，少先队、团组织，怎么教育我们的，你忘了吗？让我们为共产主义事业而奋斗！好了，你奋斗进教堂去了，我能想通吗？我能赞同吗？可我没拦你，你去是你的自由。我爱你，只要你喜欢去，我不赞同也不拦你。你还要我怎么样呢？嗯，梦颖？你说呀！"

梦颖两眼直勾勾地盯住丈夫，不认识似的盯着他。她本想劈头盖脸地朝他发作一通，却不料反而让他淋漓尽致地披露了一番心里话。这可是破天荒第一次。她惊愕地发现，原来金源华也有脾气，原来丈夫也有他男子汉可爱的一面。

她被他责问得木讷讷地说不出话来。是啊,日记他已经看了,事儿他已经做了,她又能对他怎么样呢?也许,这样子捅破了心灵上的隔阂,真能引出新开端呢。不是嘛,源华在愤愤地说那一番话时,头一次引起了她心头的感应和激动。设身处地替他想想,梦颖心头郁积的火气不由得渐渐消逝了。

金源华像是讲累了,喉咙里发干,他侧过身子,倒了一杯冷开水,咕嘟咕嘟一气往下喝。

厢房门被推开了,倪院长手里拿本书,在门口伫立片刻,又一步迈进屋来,朝女儿女婿摆摆手,道:

"不要争了。梦颖,你不要怪源华。你的日记,我也看了几页,看就看了嘛,你的日记毕竟不是国家的绝密材料。当然了,每个人有自己的隐私权,源华撬抽屉的举动是欠妥的。可他也是情有可原嘛,是吧?"

听说父亲也读了日记,梦颖更为震惊,她日记上写下的话,都是随着心头和情绪的波动起伏,信笔所致,什么都往上写。爸爸读了,会产生些什么想法呢?

"我这里剪下了一篇短文,梦颖你可以读一读,也许不无益处。源华,你的脸盆好像还没补完呢!走,我当你的助手,一起去补。"

爸爸拍着源华的肩膀,翁婿俩一先一后走出去了。梦颖拿起爸爸从书里抽出来递给她的一张纸片,瞅了一眼。

这是一篇不知从什么杂志上剪下来的微型小说,名叫《完美的配偶》。梦颖见文章不长,又是美国作家斯蒂芬·麦克鲁的作品,便读起来。

    我准时来到婚姻介绍所,布列乔先生满脸堆笑地迎上来,与我握手问好,接着便递给我一札卷宗。

"我相信您一定会十分满意的,她是我用寻偶计算机从一千多万名妇女中筛选出来的。我把这些妇女进行了分门别类,根据她的种族、宗教信仰、人种和生活条件。"

我专心致志地听着布列乔先生的介绍。

"现在请注意……"他说着像魔术师似的一下拉开通往隔壁的房门,里面走出一位姑娘。她长得非常漂亮。

"弗兰克林先生,这位是来自蒙大拿州的爱丽斯小姐。爱丽斯小姐,这位是纽约的弗兰克林先生。"

"就叫我弗兰克吧。"我激动地说。人都变得有些神经质了。

为了让我们自由交谈,布列乔先生走到一边去了。

"您好。"

"您好。"她说。

"我……我对挑选的结果非常满意。"话刚脱口,我猛地意识到,把她称为计算机选中的人,她也许会生气。

"我的意思是……我对您非常……我对事情的发展结果感到高兴。"

她嫣然一笑。

"谢谢,我也很高兴。"她显得有些羞怯。

"今年我三十一。"我唐突地说。

"是的,我知道。"她说,"这些情况都记在卷宗上。"

这场谈话看来就要结束了。

"生儿育女的事,您考虑过吗?"她问。

"我想要三个孩子,两男一女。"

"和我的要求一样,"她说,"这一条好像登在'未来计划'那一栏里。"

我这才想起该看看手中的卷宗。我开始翻阅,她也埋头翻阅起来。屋子里一下子变得十分安静,只有一阵翻纸的沙沙声。

卷宗上说,她酷爱古典音乐。

"您喜欢古典音乐?"我问她。

"是的,我最喜欢的就是古典音乐。我有弗兰基·拉尼的全套歌曲唱片。"

"他是位伟大的歌唱家。"我应声说。

屋里又只剩下一阵翻卷宗的沙沙声。她爱读书;爱看足球、喜欢坐在前排看电影;喜欢睡觉的时候关闭着窗户,爱养小狗、小猫;爱吃意大利三明治;还喜欢住在郊区;喜欢参观美术博物馆……

她抬起头。"我们的爱好几乎是一样的。"

"可以说毫无差异。"我答道。

"哦,我真高兴,您既不抽烟,也不喝酒。"她说。

"是的,我不喜欢抽烟。不过,偶尔也喝点啤酒。"

"可这上面没提此事。"

"哦,是吗?也许我忘了写上去。希望您不要介意。"

我们阅完了相互的卷宗。谈话也就结束了。

我同爱丽斯结婚已经九年了。我们有了三个孩子——两男一女。我们住在郊区。九年来我们一遍又一遍地欣赏弗兰基·拉尼的唱片和其他古典音乐。我们在任何事情上意见都一致。她是个典型的贤妻良母,而我,假如可以的话,称得上是位模范丈夫。我们的婚配的确完美无缺。

不过,下个月我们就办离婚手续。这种单调日子我们实在是无法忍受下去了。

梦颖可以说是一口气把小说读完的。奇怪的是,读完以后,她的烦躁和忐忑不安的心境也渐趋平静了。是啊,透过这一篇微型小说,梦颖似乎已经领悟到了爸爸要对她说的话。可以猜想,早在今天读到她的日记以前,爸爸就看出了她内心深处的隐痛和压抑的情感,他早在为此寻找"药方"了。

梦颖正捧着微型小说陷入沉思,耳朵里陡然听到厨房里响起妹夫吴善清的声音,她估计是梦湖和吴善清一同来了。这对夫妇,可是有好长一段时间没一齐来同祥里了。梦颖想着该去同他们打个招呼,便走出厢房,朝厨房走去。刚走到厨房间门口,就听吴善清嗓音骤变地在申辩:

"她……梦湖她那天留条离家之后,就没回来过。"

"啥?"不但蹲在地上帮金源华补搪瓷脸盆的倪院长惊得站起了身子,厨房间里外的周静梅、金源华、梦颖都大吃了一惊。

几天前就在倪院长威逼之下离开同祥里的梦湖,会到哪里去住呢?

霎时间,不祥的预兆笼罩在这个家庭里的老少头上。

十二

雨中的古猗园,游人稀少,更添加了一番幽雅,几分清寂。

逸野堂、幽赏亭、环碧梯、浮筠阁、采香廊,处处都掩映在芭蕉枫叶、茂林修竹之中,别有一番情趣。烟雨轻拂的戏鹅池畔,曲折的石子路上,两顶雨伞悠悠地朝鸢飞鱼跃轩晃来。

梦湖撑的是一把自动折叠花伞,菱形格图案艳丽多彩,在雨中显得分外醒目。同行的孟慈撑着一把黑布伞,伞面上被雨水浸得亮油油的。稍稍留意一下,就能看出孟慈撑着伞,不是在遮雨,而是在遮挡着路人的视线。

瞅他那副诚惶诚恐之态,梦湖憋不住要逗他一下:"怕人看见你同我在一起,你干脆回去算了。"

"那你怎么办?"

"反正不会跳进戏鹅池里去。"说着,梦湖放快脚步朝前走去。

孟慈紧跟着她走来:"梦湖、梦湖,你听我说呀!不是我怕,是万一被人撞见我俩在公园里,那就讲不清楚了。"

梦湖扑哧一声笑了:"那我这几天夜夜睡在你家里,你就讲得清楚了?"

两人互相定神瞅了一眼,谁都不说话了。

稀疏的小雨点落在伞面上,扑笃扑笃轻响着。梦湖仰起脸来,双眼微眯地投向荷花池中。

那一晚她闯入孟慈家中,才知他是孤身一人居住,与他相依为命的老母亲早已过世。而他呢,年近四十却还没一个女朋友。

见她来访,他先是手足无措,不知所以,一会儿忙倒水,一会儿忙关门。倾听了她的叙述,特别是听说她想在家里借住,他更是大为惊愕。他自告奋勇地说要去找老同学吴善清,让他来接梦湖回去;他又出主意说要去拜访倪院长,说服老人让梦湖住回同祥里。他还讲……直到梦湖截住了他有点语无伦次的话头,宣布说如若他再叨唠下去,她马上就走的时候,他才讷讷地不吭气了。

他安排她睡在前楼的小阁楼上,他说母亲在世时他就睡在那上面。上小阁楼要蹬一架木梯,当她顺着木梯上了直不起腰来的小阁楼时,在下头替她扶住木梯的他又顺势用劲将木梯往上一推,让她把木梯拉上小阁楼放好,早晨下阁楼时再放下来。

梦湖当时就明白了他的意思。小阁楼是他家自搭的,搭得很高,没有木梯是上不来的。她能说什么呢?她本来就没想那么多,硬着头皮大胆走进他的家里,她就把一切豁出去了。木梯照样架在那儿,她也不会介意的。哪怕他半夜里当真顺着梯子爬上来,她也不会拒绝的。再说,她相信他不会那样做。

可他,坚持让她把梯子收上去,她当然悉听尊便。她也不愿出那种事,在这种情势下,她没那种情绪。

每天晚上熄灯以后,她听到他睡不着,在前楼的床上翻身、咳嗽、喝水、上卫生间。他家的卫生间是同邻居合用的,非要开门穿过道。她也失眠,躺在小阁楼的地铺上,她满可以放心大胆地睡过去,不会有人来惊扰她。但她还是失眠。她怕他察觉,不敢像他一样翻身叹气,咳嗽吐痰,她只是静静地躺着,想着自己的婚姻恋爱,想着自己竟然落到眼下这一步,偷偷摸摸地栖身在一个男人家里,不伦不类,莫名其妙。这都是吴善清造成的,都是爸爸逼的。她需要人的关切,需要人的安慰,她从未像现在这样感到落魄和孤寂。就是当年插队落户在惠水县山寨的茅屋里,她也不曾有过今天这种难言的苦恼境地。不,这种日子不是人过的,不能长此下去。尽管她每晚都是在外头饮食店里吃过饭才来;尽管她早晨离去时还没撞见过楼里的邻居,但她也不能长住下去,她必须尽快找到了结一切的办法。

雨下大了。

雨点像豆子般洒落在伞面上。再像刚才那样悠闲地散步显然不成了,两人不约而同地加快了脚步,想绕过戏鹅池去梅花厅避一下雨。

"梦湖,我一直想问你句话,不知该不该?"孟慈边同梦湖并排走,边斟酌道。

梦湖将伞朝一侧偏了偏:"有话就讲啊!"

"那天晚上,你闯入我家,"孟慈低着头,两眼看着自己的脚尖,说,"如果我朝你大喝一声,请你出去,你将怎么办呢?"

"当然是有办法的啰!"

"啥办法?"

"天无绝人之路嘛!"

"我要你讲一讲你的办法。"

"太简单了,就像我现在已决定了的一样,回到吴善清那儿去。"

"回到他那儿去?"孟慈把黑布面伞从头顶上移开了,任凭秋雨砸落在他身上、脸上、头上,大感不解地问。

梦湖的目光投向戏鹅池内,雨点遍洒在池水中,清澈的池水化出千个万个逐渐扩大的圆圈,溅起千朵万朵小小的水花。她坚定地说:

"对,回去。"

说完,她不做任何解释,朝着南翔古猗园的北大门,步履轻捷地走去,把这个困惑烦恼的孟慈,远远地甩在后面。

没在老丈人家吃晚饭,吴善清就心烦意乱地回家来了。梦湖留条离家,一晃几天了。满以为有倪院长的袒护,梦湖仍会像上次一样,乖乖地随他回家去。在吴善清看来,这一次争吵,比头一回事情简单得多。夫妇之间只有拌了几句嘴,几乎没吵起来;他也并未粗暴地咒骂她、打她。可万万想不到,在同祥里竟然没见着梦湖。尽管倪家老少说她很可能到亲戚家去了,吴善清还是感觉到一片阴云笼住了自己的脑门心。他不大相信梦湖会去亲戚家借宿,相反却预感到,她是找孟慈去了。

这只是一种猜测、一种直觉,他不便在倪家说出来。但对倪院长和丈母娘一再挽留他吃过晚饭走,他还是婉辞了。他开始意识到事情的严重性。

他需要冷静地分析一下整个事态的发展,以便采取行动。

梦湖的这一举动,显然是决心挣脱和离开他的前奏。他不得不慎重待之。要晓得,他已经离过一次婚,他不能再在这件事上惹麻烦了。特别是在福仁医院副院长人选即将揭晓的这一关键时刻。

有了这些退却一步的思考,所以当走进家门,发现梦湖在家的时候,他的态度变得谦恭而又善良,仿佛他俩之间啥事都没发生过似的。

"回来了。回来就好嘛,这几天,可把我想坏了。"他浮起满脸笑容道,"刚才,我还去同祥里接你呢!"

梦湖淡漠地瞅着他,像诧异地望着一个陌生人。吴善清表面上和蔼可亲,一双眼睛却把啥都看分明了。地上一只旅行袋,塞得满满的,已拉上了拉链。床沿上一只提包敞着口,旁边放着几件替换的内衣。一切都预示着不祥。事态比他预想的还要来得快。

他紧张地在桌边的椅子上坐下,左手巴掌无目的地在桌沿上摩挲着,舌头有点不那么灵活了:

"听爸爸说……说你这几天没住在同祥里,只在同祥里住了一夜,对,只过了一夜,就离开了。这几天,你都住在哪儿啊?"

"打听这个,已经没有必要了。"梦湖显然是早有考虑,利落地道,"吴善清,我们共同生活这么些日子来,不知你发现没有……"

"发现什么?"

"我们两人,不论是对生活,对各自的追求,都格格不入……"

"有那么严重吗?"

"你不要忙着打断我的话。就是有那么严重,即便是对我们珍视的事业,我们的理解也不一样。你需要的,不是我这样的妻子;你呢,恕我直言,也不是我理想中的丈夫。既然我们都已认清了这一点,何必还要凑合着过下去呢?那会使我们两人都很痛苦,在泥坑里愈陷愈深。与其自己蒙哄自己,自己欺骗自己,不如……"

"听你说出这一番话,我简直莫名其妙。"吴善清不待梦湖讲完,就悻然道,"是的,梦湖,我们之间是有矛盾,也争吵过,我甚至……甚至还打过你。但有一点你是清楚的,我很爱你,无论从哪方面讲,都很爱你。即便有些过火不当之处,那也是因为爱你而盲目做出来的。我知道自己有错,但自从你爸爸批评我之后,我也极力在改。难道你看不出来吗,梦湖?"

"我看得很清楚。"梦湖答复得冷冰冰的,"吴善清,我不想说了,不想勾画你的面貌了。这些话,在上次闹矛盾的时候讲,我也许还会相信。可事到如今……"

"你不相信我?你可以看我行动嘛。"

"晚了,吴善清。太晚了。有的缺点,甚至错误,是可以谅解的,你也是一个有学问、有点地位的人,想必懂得,人的有些缺点,不能谅解,无法容忍。我就觉得,我们夫妇之间的裂痕,是没法弥合的。"

吴善清的脸色倏地变得极为难看,他离座站了起来:

"那……那你要怎么办?"

"我们……"梦湖迸出了两个字,停顿了一下,目光随又落在吴善清惶恐的脸上,"离婚吧。"

"不行!我不同意,梦湖,我决不同意。"吴善清扬手嚷了起来,"你这是一时冲动,鬼迷心窍!"

梦湖眉峰一展道："不管你说什么,我也要走。"说着就去提旅行袋。

"你……你要去哪儿?"

"回家。"

"哼,我早看出来了,你是一时糊涂,被人引诱,误入歧途了。你……你终究要后悔的!"气恼颓丧之中,吴善清的脸上不知不觉显出了一股恶意,"我就不信,朝三暮四、见异思迁的人,阴谋能得逞!"

梦湖冷冷地笑了:"这才是你的真实面目。还有什么要说的?我的旅行袋和提包里,放的全是属于我个人的东西,你要看一眼吗?"

吴善清别转了脸,眼角愤愤地乜斜了梦湖一眼,拉长了的脸上,说不清是愤恨还是羞惭,是痛苦还是伤感,他的眼里竟然涌满了泪水,浑身颤抖地举起手臂,咆哮般吼着:"你……想不到你如此无耻!"

梦湖一手拎着旅行袋,一手拿着提包,一步一步走到门口。迈过门槛的时候,她迟疑地伫立了片刻,似要回首,又没转身,只是直挺挺地站了一刹那,继而便在门外消失了。

乳黄色的房门,慢吞吞轻悠悠地合上了。

吴善清发疯似的跳起来,双手抓起桌上的大茶壶,高高地举过头顶,狠命地砸到地板上。瓷壶随着一声震响溅起无数碎片,壶盖子远远地跳到墙角,又反弹了回来。

听说离开同祥里的梦湖并没回家去,倪院长顿觉坐立不安了。吴善清执意要回去,他也就没再极力留下他来吃饭。在吴善清面前,他虽然含糊其词地讲梦湖可能去亲戚家住了,但在内心深处,他也是吃不准的。

吴善清一走,倪院长立即喊出女婿金源华来,去给梦琳打电话询问。

一个传呼电话足足打了近半小时,金源华才回来通报,梦琳说二姐只在她家住过一夜。那么其他几夜,梦湖是借宿在哪儿呢?

一团急火堵在倪院长胸口,烧灼得他心跳脑涨,神经越绷越紧。对小女儿梦琳,可以打个电话去探问一下,其他上海滩的亲戚朋友那里,还不能这么办,电话一打过去,至爱亲朋都会关切地询问出了什么事,甚至直接上门来打听,那是倪院长不情愿的。

用什么办法打听梦湖的去向呢？倪院长犯了难。他有点懊悔自己对待梦湖的断然措施了，要是当时顺着她的性子，同意她在亭子间住下来，他至少每天还能看到她，等到她消气之时，还能及时劝慰她，绝不至于像现在这样，连个人影子都不见了。

怎么办呢？在对待子女的家庭问题上，倪院长头一次感到束手无策。

时近黄昏，下下停停的雨又在随风飘洒起来，窗玻璃上不时溅着稀稀落落的雨点。

"好了好了，不要急了，"老伴周静梅慌慌地跑进了客堂间，"梦湖来了，回家来了！"

倪院长眼皮一抬："在哪里？"

"刚刚进厨房。我给她倒了杯茶，就跑来给你讲一声。"

"去喊她来。"

"等一会儿吧。她刚坐下，随手还带来两只包，我看她有点累，脸色也不好。看样子，还是想在家里住下哩。"

倪院长沉吟着，伸出右手食指，说："这样，等她喝过茶，你让她到我这儿来。"

人来了，总比影踪全无要好。只是，梦湖再次跑回娘家，是打的啥算盘呢？倪院长又费神思忖起来。

门吱扭轻响了一声，梦湖进屋来了。她的脸色憔悴苍白，眼角微显细纹，一双眼睛变得又大又呆滞。嗓音也变了，变得不同以往了。

"爸爸。"

倪院长唔了一声，瞪起眼来端详神色大异的女儿。看得出，这几天来，她过得并不轻松。抑制着自己心头的恼怒和不悦，倪院长放缓语气问：

"你从哪里来？"

"家里。"

"那……你碰到吴善清了吗？"

"见了。"

"他没挽留你在家住？"

"是我决定来同祥里的。"

"还在赌气?"

"没有气了,也不再生气了。"

"那你为啥……"

"我已经正式给吴善清提出,就是来之前刚提出,我要同他离婚。"

"啥?"倪院长几乎没觉察,自己已情不自禁放大了嗓门。

"离婚,爸爸,我决定了要和他离婚。"梦湖说得很平静,神态也很镇定,好像在讲一件别人的事,"我和他过不下去。可以说,看见他,我就有一种心理上的厌恶。我晓得你要生气,你还可能大发雷霆。可我没有办法,爸爸,请你原谅你的女儿,离婚后我还要在家住。不过我想我是住不长的。作为女儿,我终归还要出嫁的,求你饶恕我不孝的决定,爸爸……"

梦湖说不下去了,噙在一双眼睛里的泪水,潸然而下,顷刻间糊满了她那瘦削的脸庞。

先是震惊,继而是想怒吼,想朝着女儿拍桌子,想拼命地发泄一下郁积胸中的不快,但几乎是同时,小女儿穿着结婚礼服的笑靥晃悠悠浮现在眼前了。当时梦琳同李阵相恋,他不已经发了雷霆之怒,已经使出了高压手段了吗?结果怎么样呢?

倪院长双眼瞪着梦湖,嘴微启着,露出两排齐刷刷的雪白的牙齿,一句话都没说出来。

过街楼下矫健地朝他走来的那个人,孟慈绝没料到竟然会是老同学吴善清。一旦认清他的相貌时,孟慈立即心虚地想到了梦湖。吴善清必然是为梦湖而来的。

"你好!"孟慈先打招呼。

"那么说你还认识我。"吴善清显得不那么礼貌,虽然嘴角撇开两条笑纹,但那笑容是矜持的、倨傲的,像他在多少年前对待肺痨病同学孟慈时一样,"我以为你早把老同学忘了呢。"

"岂敢、岂敢。"孟慈赔小心一般道,"你一直是我们那班同学的骄傲嘛。你来是……"

"专程找你聊聊。"

"走吧。"

两位心照不宣的老同学一先一后走进弄堂,上楼梯踏进孟慈的前楼。

开了电灯,孟慈拉出一把椅子请吴善清坐。

吴善清把椅子往边上一推,就着电灯光环视着孟慈室内的陈设,身子转了一个圈道:

"清苦的日子,过得还逍遥吗?"

"别兜圈子了好不好?"孟慈先在靠桌的椅子上坐下,开门见山地道,"你这位佼佼者,不会是为体恤我的贫穷来的吧?有话请直说。"

"好!干脆。"吴善清笔挺地站在前楼中央,举手打了一个响指,两眼犀利地盯着孟慈,一字一顿道,"你孤儿寡母的贫寒出身,你家庭的困境,你过去的身体状况,历来是得到全班同学同情的。听说你近年身体健康了,需要你用有限的工资赡养的老母亲也已过世。年纪不轻,时来运转,该考虑成家立业的事了。我来你这儿,只是想提醒你一句:朋友之妻不可欺。"

孟慈的胸脯一挺:"你这话是什么意思?"

"你比我更明白。"

"岂有此理!"

"还想装糊涂吗!正是你,利用了梦湖的业余爱好和单纯的心地,乘隙而入,耍尽诡计,逗她、引诱她,把她引向穷途末路。你知道你正在干什么吗?"

"我只知道自己行得端、走得正!"

"别为自己涂脂抹粉了。你正在破坏我幸福的家庭,正在谋夺我的妻子梦湖,难道事实不正是这样吗?难道你还想赖吗?上海滩女人千千万,你什么人不能找,偏偏要找到我的老婆头上。我看你还有什么脸面,走到过去的老同学们面前去。"

"冷静点,吴善清。"在吴善清的责难和斥骂下,孟慈反而冷静下来了,他往椅背上一靠,"实话对你讲,在工作上同梦湖的接触是有的,这只能说是人生路窄。起先,我连梦湖是你妻子也不知道。相处中,我只晓得她是有夫之妇,在服装剪裁和设计上,我们谈得比较投机,有共同语言。但请你相信,也仅是如此而已,绝无你诬蔑的那些事情。"

"哼!"吴善清冷笑一声,"我真佩服你的城府,到了这个时候,你还那么沉得住气。"

孟慈正色道:"既然你找上门来,我倒是该趁便提醒你一句,是到了你清醒的时候了。梦湖是个有志气有才华的女同志,她在服装设计和裁剪上的前程,不可限量。作为丈夫,你应该为有这么个妻子高兴,应该理解她、关心她,给她创造更好的条件……"

"算了吧,轮到你来教训我,还早着呢!我也跟你摊明了讲,我讨老婆,就是要她替我生儿育女,要她给我煮饭洗衣裳料理家务。谁要谋夺我的妻子,我就对他不客气。"

"错了!吴善清,正是你近期的所作所为,在把梦湖朝我这儿推呢!"

"放肆。孟慈,你太放肆了!"吴善清的拳头猛击一下桌子,大喝一声道,"你等着吧,我要到法院去告你,告你!"

说完,怒气冲冲地抽身离去。

梦湖又一次展开了孟慈写给她的那张纸条,细细端详着那一行字:

午休时请在雪浪咖啡馆等我。

纸条是孟慈几乎不避办公室同事的嫌疑递给她的。这使梦湖感觉意外,更让她感到兴奋和激动,孟慈的行动,无疑是在声援她。

而在此时此刻,她又是多么需要安慰,需要支持啊。她决意离婚,吴善清不答应,她只有诉诸法律。她的离婚申请,已送交了法院。法院明确答复,一方要离,一方不同意,法院要在调查研究的基础上,先开调解会,做耐心细致的思想工作。无疑,这一离婚诉讼,很可能将是一场旷日持久的"马拉松"。

在这种时候,梦湖是多么盼望有个人同她倾心地谈谈啊。

雪浪咖啡馆是个体户开设的雅座。小小的厅堂里,一共只有七八个火车厢座位。午休时分,生意清淡,除了一对年轻的情侣缩在角落里相偎相搂地窃窃私语之外,就是坐在另一角落里的梦湖了。

这里离单位很近,五分钟就能走到。孟慈约她来这儿交谈,就是说他不怕单位上的同事们撞见。只是,他为啥姗姗来迟,还不到呢?

梦湖要的两杯清咖啡,已由热变温了,孟慈才走进厅堂。他先在门口停下,朝厅堂里环顾了一下,看到了梦湖,便神色严峻、举止拘谨地走过来。

见他落座,梦湖把一杯咖啡朝他推过去;他点点头,并不瞅梦湖,也不道谢,端起杯子,喝了一口,皱紧了眉头。

"苦吗?"梦湖小声问。

"哦,不。"孟慈摆摆手,眉头仍皱得很深,眼睛还是望着别处,"我来买点蛋糕吧。"

梦湖连忙阻止他:"不用了,刚吃过饭,买来也吃不下。"

"那好。"他又喝了一口咖啡,重重地把杯子放下。

梦湖感到,他今天的举止有点神经质。

"不要窥视我的心事,梦湖。"孟慈苦笑了一下,端起咖啡杯,在手掌中转着,语调平静地道,"我今天请你到这儿来,是想劝你……"

"劝我?"

"是啊。劝你回到吴善清身边去。"

"你这话算什么意思?"

"就是这个意思,劝你回到丈夫身边去。你别恼,也别生气。说真的,我在心底里是深深地爱着你的。这一点,我不想否认,虽然我并没有向你表白过。不过,爱一个老同学的妻子,是不道德的……"

孟慈表白心迹的一番话,使梦湖感到兴奋,但是,她不接受他的"劝":

"我已经递交了离婚申请。"

"不等于你离了婚。梦湖,我还要劝你慎重。也许,在我们俩共同相处时,我们都不够慎重。确实,我由于种种原因,至今没个对象。可能,事实也正是如此,我很希望身旁出现一个志同道合、相互理解的爱人。但正像吴善清说的一样,上海滩女人千千万,我不能只盯住一个有夫之妇……"

"这么说,他找过你了?"

"岂止他找过我,梦湖,我们都太单纯了,把事情想得太简单了。"孟慈用一种向现实妥协的语调说,声音里毫无自信,梦湖忽然觉得,这个人是那么老成,他还在往下讲,"他又一次找了领导,而我们的领导偏偏愿意相信他,严厉地训斥了我插足人家家庭。"

"你就害怕了？"

"更糟的还在后面，"孟慈好像没注意到梦湖轻蔑的语气，"吴善清还到法院去告了我，说我这个无耻的第三者，蓄意破坏他的家庭，伤天害理……"

梦湖双手捧着仅喝了两口的咖啡杯，眼睛瞪得直直的。吴善清赶在她之前，一步一步地耍了多少手腕啊！他简直是迫不及待地把自己装扮成个受害者呀！这是她万万都不曾想到的。

"梦湖，算了吧，事情远比你我想象的要复杂得多。你大概不晓得吧，我听说，这类一方要离、一方不同意的案子，拖个三五年是常事。况且、况且还有人议论，你父亲同区法院的头头有交情。要是他从中再一作梗，那么……"孟慈的声音越发低了。

梦湖相信他说的都是真话。说这些话时，他的眼角沁出了晶亮的泪珠。

她的脑子里一片轰然，望着大半杯深褐色的咖啡，喃喃地道："对不起，孟慈，我……我无形中给你、给你添麻烦了。"

费劲地把话吐出口，她没听到反应。待她抬起头来，她才骇然发现，对面座位上，已是空空如也。

法院出面召集调解的，是两个三十出头的中年人。可能考虑到吴善清和梦湖都是在本行业中有点成绩的，区法院的调解工作做得格外细致。事前分别同两位当事人谈了话，耐心地听取了他们的倾诉和意见。梦湖有个感觉，比她大两三岁的法院女同志，虽然没表态，但对自己的境遇是持同情态度的。她盼望在调解会上表明态度之后，法院能够尊重自己的意见，判决离婚。

但是，双方一碰面，吴善清就做了长篇发言，详尽地介绍了他同梦湖恋爱的经过，介绍了他同恩师倪院长之间的关系，他还恳切地做了自我批评，强调了在长时间的重大的手术后回到家里，身疲力乏，稍不如意就发脾气，有大男子主义。他重申，他愿意知错即改。他指出，他同梦湖之间，没有重大的根本的利害冲突，若不是有可恶的第三者插足，事情绝不至于糟到今天这个地步。他的结论是坚决不同意离婚。

"我很爱你，梦湖。"他当着法院两位调解人说，"第一次发生争吵，我是有过火之处。经你父母做了工作，你回家度过了一整个夏天和初秋，我们不是过得挺和睦、挺好的嘛！这就证明了,我们之间有感情,能把日子和美地过下去。"

"那是我没有真正地了解你的自私。"梦湖愤然道,"你的浅薄。亏你还能厚着脸皮在这里当着人家说什么感情,你真懂得'感情'二字,也不会瞒着我去单位上诬蔑我了。"

吴善清大感诧异道:"怎么是诬蔑呢？我觉得有必要去反映情况。你们单位领导,还感激我提供了一些他们不了解的细节,认为我这么做很对,及时提醒了他们。"

"你无耻!"梦湖被吴善清的冷静沉着激怒得喊了起来,"肆意诋毁自己的妻子,捕风捉影地猜疑、妒忌、醋性大发,这就是你的感情吗？"

吴善清举起一只手道:"我申明,我可以对自己所作所为负责。我认为,孟慈和你的暧昧关系,孟慈的表现,就是第三者插足。你之所以变成今天这样子,同他从中插一脚大有关系。"

"那纯粹是捏造。"

"别往下争了。"男调解员截住了吴善清和梦湖的争论,在桌上敲了敲笔帽道,"据我们所知,吴善清在倪梦湖提出离婚诉讼的同时,向法院控告了第三者孟慈。经我们调查了解并同被告人谈话之后,我们觉得孟慈同志态度较好,对这事儿的认识比较客观。为妥善做好调解工作,今天,我们把他也请来了。现在,我希望你们夫妇双方能听一听他的话,也许对你们不无益处。"

"请这么个道德败坏的第三者？"吴善清不能理解。

梦湖也觉疑惑,不知道孟慈在这场合,将说出些什么话来。

孟慈进屋的时候,在门口迟疑不决地站了片刻。他的脸色窘迫尴尬,双手不知往哪儿放地交叉握在一起。直到女调解员招呼,他才在一张椅子上坐下。

"我想这是发生了一点误会。"孟慈抱着双臂,垂下眼睑,尽量用平静公允的语调道,"这误会,是容易解释清楚的。我同吴善清是中学里的老同学,我对他过去的学业和今天取得的成绩,一向是钦佩的。凑巧的是,后来我又同他的妻子倪梦湖成了同事。倪梦湖在里弄生产组工作时,是个服装裁剪和设计的爱好者,参加了我也在其中任教的裁剪学习班。她进步很快,设计的新颖服装得了奖,我们单位把她调了上来。我们在一个办公室上班。可能是过去有过一段师生关系,可能是都爱好裁剪、设计服装,我们在工作中有共同语言,谈起业务来也较投机。在单位里接触较多。这些都是事实。吴善清不知道通过什么渠道了解了这些情况,产生了疑问、猜忌。作为一个热爱妻子的丈夫,我觉得这是可以理解的。不过我想明确表达的是,我同倪梦湖之间的接触,历来是公开的同事关系,我从未有过什么非分之想。我们一个办公室摆了十来张写字台,平时交谈,全都是业务方面的话题,同志们都能证明……"

"这一点我们已经做了调查,"男调解人插进话道,"符合事实。"

"当然,和一位已婚女同志接触,惹起了老同学的怀疑和妒忌,是我事前未曾想到的。我愿借此机会,解释清楚。"孟慈停顿了片刻,又将脸略转向梦湖,"我也盼望你们夫妇之间,释清前怨,重归于好。这是我真诚、良好的愿望。对于已经造成的这一局面,我深感不安。对不起,对不起。"

"我们觉得孟慈同志的态度是好的。"男调解人接着孟慈的话道,"作为我们法院来讲,也希望你们能在消除误解的基础上,相互谅解,尊重已有的婚姻关系。"

吴善清搓搓双手说:"我没有意见。"

"我有意见!"梦湖陡地站起来说,"我同吴善清之间,已没有什么感情可言。我厌恶他、鄙视他。用法律语言来说,我们的感情确已破裂。是的,同一些吵吵嚷嚷、大打出手、闹得天翻地覆的离婚案比较,我同吴善清打离婚显得平静一些。但我希望法院尊重这一事实。我同吴善清对爱情、对家庭、对人生的信念决然不同。勉强地维持这苍白的婚姻关系,对个人、对家庭都没有任何好处。我想你们一定能体会到,再没有比同自己嫌弃和鄙视的人在一起生活更痛苦的事了。我恳求法院考虑这一呼吁。"

说到最后,梦湖噙在眼里的泪夺眶而出,直往下淌。

调解室内一片静寂,梦湖毅然决然的态度,不仅使两位调解人吃惊,使胸有成竹的吴善清骇然,就连还未走出屋去的孟慈,都从内心里受到了震撼。他瞪大了一双惊讶、佩服的眼睛,傻了似的望着梦湖。

倪院长在宽敞的大办公桌前坐下,想干点什么,可就是凝聚不起思路来。

汪书记刚离去,但他进院长室讲的话,又在倪院长耳畔响了起来,恳切而又充满了关怀:

"……我们党考察干部,虽不重家务琐事儿,但是,历来对男女之间的事,也是敏感和慎重的。请你……还是等候恰当时机,以老院长和岳父的身份,对吴善清提点忠告,历史的经验证明,不少人就是在这种事儿上一头栽下来的。"

倪院长自然明白,汪书记所指为何。他一定又风闻了善清同梦湖之间在闹离婚。可他又能对汪书记说些什么呢?听说法院召集女儿女婿去进行了调解。梦湖回家后阴沉着脸,一句话都不讲,也不知调解究竟进行得如何。唯一的消息来源只能是吴善清,他还未来通报消息呢。

刚上班就约了吴善清,让他抽空来院长室一趟,不知他为何还不上来。

心头窝着事儿,倪院长一点儿也腾不出心思考虑其他问题。终于,门无声地开了,穿着白大褂的吴善清,一面轻手轻脚走拢来,一面除下戴在脸上的消毒大口罩。

"刚进行完一个手术,我就来了,爸爸。"吴善清谦卑恭敬地说。

"坐吧,自己沏杯茶。"倪院长指了指茶几上专为客人备的茶杯,把桌上的茶叶罐朝他一推,关切地道,"很累吧。"

"体力上我倒不在乎,要命的是精神上,压力太大。"吴善清为自己沏了杯茶,一手持盖,一手端杯子,贪婪地呷了一口醇香的茶水,"梦湖搅得我夜夜失眠。"

"调解的结果怎么样?"

"难以预测啊,爸爸。"吴善清紧皱眉头,摇着头道,"照理,明日调解,当然希望我们重归于好啰!可不知为啥,梦湖对我的成见这么深,这么不可变更。"

倪院长斟酌着字眼,慢悠悠地道:"可能要拖一阵子。"

"这,我有思想准备。"

"光有思想准备还不够。"

吴善清眨巴眨巴着双眼,困惑地望着老丈人。

倪院长伸出食指,点点女婿:"还得有耐性,充分的耐性。关键是持久的真诚恳切的态度。这是不大容易做到的。听说过这件事吗,有位老教授,多少年如一日地对待瘫卧在床的妻子,爱情的火焰早已在他心头熄灭了,支持着他这么做的,是道义,是品格,是人生之境界。也许不应该由我当岳父的来对你讲这些话,我只是希望你领会我的一番好意。"

"我懂了,爸爸。"吴善清听得专注凝神,认真地点着头道,"只是……只是我总怕、怕到头来梦湖还是固执己见,竹篮子打水……"

倪院长定睛瞅着女婿,瞅了好一会儿,才生气沉沉地道:

"沉住气吧,还有我呢!"

吴善清听到这话,脸上顿显欣慰之色,他利索地搁下茶杯,感激涕零地站起来弓着腰:

"谢谢,太谢谢爸爸了。"

十三

这封信是寄到他大学里来的。信写得很短,既没有称谓,也没有署名,乍一读似有点不伦不类:

黄浦公园门口。7:00。我等你三个夜晚。

如果你不来见我,我就闯到你家里去。

梦岩一下就认出来,这是她写来的。

那天奉于蓓莉之命去买泡菜,撞见她正被丈夫追打之后,梦岩几次想去探望她,只是因每天看到蓓莉腆着越来越大的肚子,他才极力抑制着自己心灵深处的欲望,把深沉的歉疚压下去。

收到这封信,那原有的欲望便像干枯的野草遇上了火,腾地燃烧起来了。

难道还能避得开吗?

梦岩是熟悉她个性的,绝望之际,她什么都做得出来。她曾是农场连队指导员,一般姑娘身上少见的果断和魄力,她都有。在水果店里当一个营业员,实在是大大地委屈了她。有什么办法呢?谁叫上山下乡、去农场的知青们都要返城呢?城市里没有那么多位置留着给在乡下当过官的人来坐。

梦岩决定去会她。

在北京路外滩过马路的时候,远远地,梦岩就看见行人熙熙攘攘的黄浦公园门口,她倚着铁栏杆站在那儿,两眼里射出急切盼望之光。

还没走到她跟前,梦岩就仰脸四顾起来。这个地方来来往往的路人太多、太多了,随时都有可能被人瞧着的呀。

到了她跟前,她两眼晶亮晶亮,朝着他举起了两枚绿色的塑料门票,他再一抬头,她已抽身朝入园的人流中走去。

显然她也是不常到公园里来的。小小的黄浦公园里,不论是江风拂面的堤岸旁,还是屈指可数的亭子游廊里,到处都是夜游客人。绕园走了一大圈,别说找个坐的地方,就连站着说话的地方都没有。扫兴地从后门走出来,他们就悻悻地朝外白渡桥侧面的南苏州路上走去。

紧挨着腥臭的苏州河,有一小片供人们晨练的绿荫。梦岩刚随她步入那一片晦暗之中,她就转过身来,张开双臂,紧紧地搂着他,把脸埋在他的怀里,啜泣起来。

梦岩的心仿佛凝固了。他一动不动地站着,一句话也说不出来。

一只机帆船,拖着长长的一队驳船,鸣着刺耳的电喇叭,从外白渡桥下穿过,由黄浦江驶进苏州河里来。河对岸辉煌的灯火,映在油黑得黏稠的河水中,泛出晃悠晃悠的波光。

她的啜泣逐渐低弱下去,握着拳头的手却不住地砸着他的胸膛,她凄切地耳语着:

"我毁了,我这一辈子都毁了!都毁了呀!梦岩,这都是因为你,因为你啊!"

"怎么?"梦岩几乎是无声地蠕动着嘴唇。

"别怪、别怪我又来缠你。我知道你心里也痛苦,我是想割断一切,想重新寻找自己的依托的,所以我匆匆忙忙找了个人结婚,还把我全部积蓄都赔了进去。哪晓得,婚后头一次睡在一起,他就打了我,说我不是处女,说我是个处理品。还逼问我,是哪个把我处理了。我忍耐着,任他咒骂,任他打,我想,只要我委屈地顺着他,也许他会原谅我的。可随着日子的消逝,他一天比一天凶狠地对待我,稍不如意就朝我拳打脚踢,就揪住我不是处女连声痛骂。那一夜,我忍无可忍了,回了他一句:凭什么你能断定我不是处女,没实践体会,没同女人搞过,你能懂,你自己清白吗?谁知这一来,他更是对我大打出手,还吼叫着:老子玩过女人,同你有啥相干!我实在不能同他过下去,就逃了出来,仍住在单位宿舍里。他还不肯放过我呀,一有机会就冲到水果店来打我。单位领导看不过去了,支持我起诉离婚。现在、现在我同他正式分居了,又像原先一样一个了。梦岩,我是忍受不了这种孤独才来找你的,我再不找任何男人了。"

说完,她的双手颤巍巍捧住了梦岩的脸,贪婪地吻着他的脸颊。

梦岩的双手扶着她肩膀:"我……我送你回去吧。"

她大病初愈似的嗯了一声,随着他,沿着南苏州河路,慢吞吞、慢吞吞地走去。

这可以说是上海一条静谧安宁、行人稀少的马路。河岸边一个个垃圾码头、粪码头、石灰码头、废铁废料码头,使得一般行人对它敬而远之。而路侧一幢幢高大的没有灯光的仓库,更给这条污秽的路平添了几分神秘色彩。

一路走去,她不时地一次一次拥抱着梦岩,吻着梦岩。而梦岩呢,不知是怎么搞的,再也寻找不着过去同她亲吻时的甜蜜和欢悦了。他觉得她的热烈的吻失去了滋味。有时,她环顾着堆垛下、门洞阴影里贴在一起如醉如痴狂吻着的情侣,两眼灼灼放光地追问他:

"梦岩,你……你不爱我了吗?"

梦岩从心里感到乏味,但又是从心底深处感到对不起她,涌起一阵又一阵的怜悯之情。

送她回到水果店后门所在的那条弄堂口时,梦岩看过表,快九点了,他警觉地收住了脚步,站在弄堂口路灯下。

"不上去坐一会儿了?"她惊恐地瞪大一对哭得微肿的眼睛,声音凄恻地问。

"哦,嗯,"梦岩不敢正面回答她,"时间不早了。"

"只有我一个人,"她突然抓住了他的一条手臂,眼里闪烁出急切的光芒,"去吧,跟我上去吧。"

"呃……"梦岩想挣脱,但他知道挣脱不了。弄堂里有闪动的人影,马路上有过往行人,他同一个女人揪扯着,像啥呀!他突然觉得所有的目光都在注视着他俩。而这里,离同祥里又很近、很近。

"你去不去?"她的嗓音放大了。

梦岩惊慌地连连答应:"去、去坐一会儿。"

是不是一路之上都被惊扰压抑着,是不是由于蓓莉怀孕而久未同异性接触了。当梦岩抚摸着她滑爽的肌肤上那些未褪尽的乌青,当她昂奋而热烈地拥抱着他的时候,他的血液又沸腾起来,他那健康的躯体又放纵不羁地沉浸在本能的醉狂和渴望之中,吮啜着生命的欢悦,吞噬着神圣的理性和道德,堕落到梦幻一样的深渊里……

"我对你没有非分的要求,也不逼你哪天非要来。"夜深人静,送他走的时候,她朝他的手心里塞了一个折叠起来的信封:"只盼你一个星期,到这儿来一次。"

他坚持着不让她下楼。走出弄堂时,他颤抖着双手撕开信封,一枚新配的房门钥匙,当啷一声掉落在地上。

梦岩木然站着,好半天才弯下腰去,把钥匙捡了起来,困乏无力地往同祥里走去。

八点、九点、十点、十一点。

当梦岩十一点都不曾归来时,于蓓莉几乎要跳起来狂呼乱叫了。她要嚷嚷得同祥里所有的人都知道,她要使劲地跺地板,把地板跺穿跺烂,她想发疯般地奔跑,想抡起一根粗棍子砸东西,想烧起一团火来,朝猩红的火焰里跳去。

她终究啥都没有干。隆起的肚子里,未来的小生命在骚扰着她,提醒着她。

有一点她是明白的。她不能永远这样坐下去,为了孩子也为了她自己,她得抛弃什么,得扔掉什么,她得把事情搞清楚,不能这样总是糊里糊涂地处于蒙昧之中。

她不能善罢甘休,不能。

现在再想去堕胎,别说医院不会同意,就是她自己良心上都通不过,她连想都不会往这上头去想了。

她得为即将来到人世间的孩子,得为了自己的尊严采取行动。

她开始设想,开始考虑,当一切在冥冥之中有点眉目的时候,她感觉到了困乏,感觉到了疲惫至极的睡意。

第一次,在梦岩未曾回到三层阁楼上来时,她睡着了。

楼上那个沪剧迷又在放唱片了,声音那么响,吵得人心烦。听唱片又不听些动人的,净放些哀切切的曲调:"秋夜寒,北风号,时令不妙骤然寒流到……"

梦琳不觉连连回头瞅睡在床上、刚刚病愈的小兔子。

她真想让他多睡一会儿,也好趁他醒来之前多做点事情。

要做的事真不少呢,封上煤饼炉、洗净早饭碗、洗衣裳、涮痰盂,如若那时候小兔子仍没醒来,梦琳还可以把地板拖一道,把床头、窗台、桌子、椅子、茶几抹一道。一旦小兔子醒过来,事情就多了:要帮他穿衣裳,要照顾他洗脸漱口,吃早点、吃药……然后就该到菜场去买菜了。为小兔子的病,她已用了三个补休日了。说实在的,在家里忙家务,比在灯具展销门市部上班累多了。不过,今天总算好,一切差不多都是顺着她的愿望进行的。炒好茭白肉丝,蒸好梭子蟹,炖好肉饼子蛋,端上小锅熬海米汤时,才十一点五十分。李阵下班回来,正好摆出一桌热饭热菜。海米汤是不消多费心的,即使滚沸了多煮一会儿也不碍事,反而更鲜。梦琳长长地吐出一口气,一屁股坐在小沙发上,舒心地抢着这片刻闲暇休息。只要李阵一回家,大小家务事一塌刮子都可以由他承担过去了。

直到身临其境地体验了个中滋味,梦琳才由衷地体会到了做一个贤妻良母的不易。婚前虽有思想准备,婚后的梦琳还是不能习惯眼前这种严酷的生活现实。梦琳不敢想象,自己能不能像妈妈一样为丈夫、为小兔子辛劳地在家务中忙碌一生。目前仅仅只是开始,她就时常觉得有种疲乏感,有种焦灼心理,有股按捺不住地想要发泄的情绪。

"妈妈,"正在里屋胡乱翻着连环画的小兔子,突然发现她坐定下来了,伸直了手臂喊,"陪我下斗兽棋,快,陪我下斗兽棋。"

"来了来了,小兔子!"梦琳连忙答应着。这个小囡,可能是自小失去母爱。现在同梦琳相处得十分融洽,时常在她面前撒娇。梦琳呢,也怕这个小市民习气浓厚的弄堂里传出啥流言蜚语,比李阵还要宠他,简直有点百依百顺。她瞅了一眼门外楼梯角落的煤饼炉,海米汤已滚沸了,便道:"等我把榨菜丝放下去,马上来同你下斗兽棋。"

往汤里放了榨菜丝儿,顾不上洗手,带着手指上的榨菜气息,梦琳退进里屋陪小兔子下起棋来。

哎呀,煮一顿饭的工夫,自个儿待在里屋的小兔子,从床底下翻出他的大纸箱,把里面大大小小的玩具全拿了出来,撒得满床、满地到处都是。

梦琳蹙了一下眉头,要在家里,眉眉这么干,爸爸一定要责备姐姐梦颖了。但此时,她只能像过地雷阵一样,趑进去陪小兔子下棋。

摆棋盘的时候,她看了一下表。十二点过十分,李阵该回来了。他说过的,今天上午十点钟要到联营厂去一趟,只是联系一下事情,不到十二点能赶回的,为啥还不回来呢?

唉,自从厂里提升他当了工程师,他的生活节奏和工作重点整个儿变了,变得梦琳几乎把握不住。他调出了灯具展销门市部,每个星期最多抽半天到门市部来站柜台,听取顾客意见。其余时间,不是跑协作联营厂,就是去公司开会,再不便是下车间,在生产科、设计科、厂长办公室之间来回跑。梦琳实在不明白,当上工程师,怎么突然多出了这么些干不完的事……

"妈妈,妈妈,"小兔子的叫喊打断了梦琳的沉思,"你怎么把'猫儿'走进河里去啦?那要淹死了!"

哦,梦琳不好意思地把"猫"从河界里拿出来,随便往空格里一放。

"吃掉!"小兔子的一只"老虎",猛地从河对岸跳过来,把她刚放下的"猫"吃了。

梦琳乐得哈哈大笑。

"倪梦琳,倪梦琳,来付传呼电话费!"楼下有人叫起来了。

梦琳的心往下一沉,随手撩起衣袖看表,十二点半,多半是李阵打电话来关照,赶不回来吃午饭了。

她拿着镍币下楼到门口,果然,递给她传呼电话单的老妈妈边收钱边道:

"不用打回电。就传一句话,不回来吃午饭了,不要等!"

梦琳垂首瞅着传呼单上来电人姓名栏里写得歪歪扭扭的"李阵"两字,心里有些怅然若失。不知为啥,她有种遭受冷落的感觉。一上午所有的辛苦,所有的忙碌,都显得毫无意义了。早知他不回来吃午饭,光是她同小兔子俩,她完全可以把饭菜整得简单些,或只消整点小兔子爱吃的菜,她随随便便对付一顿就行,哪消忙得晕头转向,累得直想往床上躺呢?

由于李阵不回来,午饭吃得索然无味,饭后梦琳想按计划午睡一阵,不料早晨醒得迟的小兔子,丝毫没有睡意,缠着梦琳给他讲故事。直缠到两点多钟,小兔子才翻身睡去。而梦琳呢,却已没有睡意了。

她给小兔子掖好了被子,轻手轻脚下了床,倚靠在简易沙发上,仰脸合目,思绪万千。幸福而美满的家庭,理该是温馨、和谐与宁静的。是什么东西使得梦琳感到烦躁,感到焦灼,打破了想象中的宁静呢?

她茫然。

当她的生活由卿卿我我的花前月下步入柴米油盐的市民窝里时,她开始尝到不适应的滋味了。瞧,稍一抬眼,桌上还没收拾的碗筷就碍眼地横在那儿,她连坐下歇息的时间都没有。如若不去收拾,不端到公用水龙头那儿去洗涮,脏碗脏筷就会一直搁在那儿。

这就是生活啊。

她不习惯这种生活,却又非得适应不可,谁让她结婚的呢!

四点多钟,小兔子醒了。他的病没有反复,梦琳决定照计划把他送回幼儿园去。听说要返园,在家憋闷了三天的小兔子显得兴高采烈,急得直催梦琳快走。

去的时候公共汽车不算挤。待梦琳独自从幼儿园回来时,已是下班的高峰。无轨电车、公共汽车、面包车、小轿车、出租车,各式各样的车辆在拥上车道的人流中缓慢地爬行着。公共汽车开得慢不说,车厢里的拥挤,几乎把平时骑自行车上下班的梦琳憋得透不过气来。

回到她和李阵的窝里时,她已觉筋疲力尽。楼梯上晦暗一片,亭子间里凌乱不堪,午饭后煤饼炉忘了封,已燃过了头,要煮晚饭还得重新生炉子。而李阵,一早出门,到这个时候还没回家来。

梦琳陡地涌起一股委屈的感觉,凭啥她就得一顿接一顿地煮饭炒菜,凭啥她就该守在这个落寞的屋子里操劳,就因为她是女人,就因为她成了李阵的妻子?

一阵无名火冒上来,她找出一张纸,拿起笔在纸上草草写下:

李阵,我回同祥里去了。

笔帽也没戴上,她就锁了门,下楼推出自己的脚踏车,往同祥里一个劲儿地猛蹬。

马路上虽然还是爬满了各式车辆,川流不息的人群虽然仍如潮地拥向一个个十字街头,拥向一条条弄堂口、公共汽车站,但她骑着自行车,毕竟自如多了。

路灯亮起来的时候,梦琳已骑到离同祥里不远的马路上了。前面好像出了车祸。慢车道被堵塞了,一大堆人挤在慢车道和人行道上。自行车铃响成了一片,围在那儿的人群还是无动于衷。

梦琳只好将自行车推上人行道,挨近没有堵塞的墙根往前走。当她走近人堆最密集处,聚成一团的人群陡地散开了,人堆中心,两个警察扶着一个站立不稳的孕妇走出人群。

梦琳定睛望去,不由得失声惊呼起来:

"蓓莉,嫂嫂!"

她把自行车往墙脚一靠一锁,就向于蓓莉扑了过去。

出版社为照顾怀有身孕的于蓓莉,让她签收了下午三四点钟邮递员送来的信件、稿子以后,就默许她稍微提早一点下班。

车上最为拥挤的时候,她已下了车,往同祥里走来了。

肚子越撑越高,体内的负担越来越重,她也愈觉疲乏和难受。走路时更是小心翼翼,避免同人相撞和摔跤,唯恐发生啥意外。

由于梦岩那一夜晚归以来,于蓓莉重又陷入忧郁和紧张之中,食而无味,情绪波动,腰肌不时地有难耐的酸痛感。她大睁着一对漂亮的眼睛,在人行道上蹒跚而行的姿势,是很引人注目的。

奇怪的是,几乎是迎面走来的梦岩却没看见她。可能是她走得很慢吧,离得老远她就看见朝着她走来的丈夫了。起先她以为他是来接她的,但她很快察觉到不是那么回事,他不朝前探望,而是一边急急往前走,一边不时地回首,像是在窥视身后有没有人盯他。

蓓莉愕然了,她下意识地往路侧避了避,留神着他的一举一动。那一夜梦岩深夜未归,她便意识到了,在梦岩的思想深处有着一个脓包。这一脓包已不是她的善意规劝和父母的训斥能消除的。一定要将这脓包戳破,将他瞒着她的事实真相搞清楚,揭露在光天化日之下,他才有可能因羞惭而改邪归正。也是从那个夜晚起,她下定了决心,要趁他不注意时盯住他、跟踪他、摸清他究竟还有什么事儿瞒着她。

这一瞬间,她便认定了是盯梢他的一个机会。当他离她几步远趱过去以后,她便转过身子,稍放快一点脚步,借着熙熙攘攘行人身躯的掩护,跟着他走去。

大概是确信并没人觉察他的行踪,他又回头瞅了两次,便不再回首了,而是放大了步子,更快地朝前走去。

蓓莉刚一跟着放快脚步,就喘气了。她只觉得身上沉重,两条腿每往前迈一步,都似有啥在拖扯着。

前面又是十字路口了。三开间门面的水果店里,大日光灯开得雪亮雪亮,一些顾客站在店门口挑选着梨和苹果。行人穿梭般地来来去去,横道线后面,停满了崭新的自行车,只等绿灯亮起来,车流就会潮水般向前漫过来。一辆电车,拖着长辫子,慢悠悠地穿过马路当中。

蓓莉蹙眉朝前望去,怪了,刚才正在过马路的梦岩还在她的视线之内,眨眼的工夫,不见影了。她连忙朝马路对面的两侧望,也没有。蓓莉记得很清楚,过马路时,梦岩走在一个穿米色珠珠绒线衣的姑娘的后面,这会儿,那姑娘过了马路,正走在水果店泻出来的雪亮的光影里,梦岩即使是飞毛腿,也不会走得太远啊,他到哪儿去了呢?

你挤我挨几乎是推推搡搡的人影在蓓莉的眼睛里晃动起来,不住地变幻、变幻,梦岩的身影隐到哪儿去了呢?蓓莉失望地哀叹了一声,无可奈何地转过了笨重的身子。往回走时,她更觉乏力了。都快吃晚饭了。梦岩鬼鬼祟祟、急急忙忙地到哪儿去呢?会不会又是去同人幽会、看电影,或是……想到自己怀着他的孩子,而他却还瞒着人去同另一个女人鬼混,蓓莉悲愤得泪水直往上涌,一团火直冲脑门……迎面的一根电线杆像在朝她压过来,她的两腿一软,倒在街沿下……

听到楼下喊,儿媳妇于蓓莉下班路上昏倒在马路边,刚下班回家的倪院长心里一阵紧张,连忙从沙发上站起来往外走。动作比他利索的金源华、梦颖,亭子间里的梦湖,还有外孙女儿眉眉,早踏得楼梯一阵响跑下去了。倪院长疾步走到门口,正想迈步出屋,对着客堂间的阳台那儿,仿佛飞来一团黑云,倏地,如有一块铁板压着他的头顶,他忽觉得头晕目眩,站立不稳。若不是伸出双手扶住门框,他就会一屁股坐在地板上了。

219

正从厨房下楼来的老伴周静梅,一眼看到他这副异样神态,惊骇地喊出声来:

"维、维宇,你支持不住了吗?"

倪院长好容易镇定住自己的情绪,他抑制着心中的不安,极力用平静的语调道:

"哦,没啥,你……你快下楼去看看。"

楼梯灯亮了。一阵杂沓的脚步声里,梦颖、梦湖、梦琳三姐妹搀扶着于蓓莉,几乎是抱托着她,一步一步走上楼来。

于蓓莉已清醒过来,只是脸色惨白,两眼透出凄绝的虚光,神色有点吓人。

"你……你是身子虚吗?"倪院长以一副老医生的眼光端详着儿媳妇,关切地问,"怎么会摔倒的?"

"没……没啥,"于蓓莉被三姐妹搀抱到客堂间门口,勉强站住了,"爸爸,下班路上,走着走着,眼前一晃,不小心……不小心……"

倪院长点点头:"你要处处当心,多多休息。"平时虽不多言语,他比家中任何人都关注着儿媳妇的体质和身体。梦颖生的是个女孩,梦湖和梦琳都还没孩子,他从心底里盼望,儿媳妇能生下一个孙子来。

周静梅连连点着头,挥着手说:"快上楼,到床上去歇息。梦湖、梦琳,你们搀她上去;梦颖,你扶爸爸进客堂,他有点不舒服。源华,你随我来,我找一瓶参粉,倒杯温开水你替我送上去。"

老伴这一安排,把倪院长想要关照的话都说了。他感激地瞥了周静梅一眼,瞅着梦湖、梦琳搀扶着儿媳妇上楼,他才缓缓转身,回到客堂间里来。

不知其他人注意到了没有,反正倪院长已发觉,在这种要紧时刻,唯独梦岩不在场。

"爸爸,"拉着眉眉的手跟进客堂间来的梦颖,关切地问,"你身体不适吗?"

"噢,稍有点儿头晕。"倪院长在写字台边的椅子上坐下,手一指道,"你替我把血压计拿出来。"他感到自己刚才的症状同血压高很相像。要真患了高血压,那等于是向他宣告,从今往后,他再也不能上手术台主刀了。

梦颖顺从地走去打开橱门,拿出血压计来。倪院长边往上挽着衣袖,边放低了嗓门,似是无心实是有意地道:

220

"梦颖,你都看到了。梦湖在闹离婚,现在于蓓莉和梦岩,好像也有点貌合神离。家中事儿不算少啦。"

梦颖点点头,端着血压计朝爸爸走来,劝慰道:"爸爸,你也不要忒担心了。身体要紧。"

"唉,怎么不上心啊!眼看一个好端端的家庭……"

"有机会,我尽力劝劝他们。"

"对啰。你是大姐,有责任劝阻他们。更要以自己的行为,给弟妹们做榜样。"

"呃……"

"要顾全大局,你说是不是啊?"

"嗯。"

"说老实话,上次你同源华一争,我还担忧你们……"

"爸爸,你放心。我决不会做对不起你的事。至于我和源华,我和源华保证再不拌嘴闹矛盾了。"

"是啊,爸爸,你放心吧!"倪院长只顾伸直裸露的手臂让女儿缠气压袋,没留神女婿已走进客堂间来了,"我同梦颖一定相亲相爱,白头到老。我都和她讲好了,以后决不惹她生气,该说的话说,不该讲的就不讲。她到教堂里去听歌,我陪她一道去,也听那些人哇啦哇啦布道。"

"好、好。"女婿一进门,倪院长就不便多讲了,光是连连点头,让梦颖量血压。

头一次量下来,梦颖的脸色严峻了。她又默默地量第二次,量完第二次,梦颖一声不吭地捏着听筒,垂下了眼睑。

"是不是有点高?"

梦颖哽咽着点点头。

女儿的神态使得倪院长也紧张起来:"多少?"

"低压110,高压200。"

竟有这么高!倪院长愕然地愣坐着。

咚一声响,楼上什么东西摔倒了,跟着又传来几下重重的脚步声。

梦岩没回家,于蓓莉未下楼,晚饭桌上,有股压抑的气氛。梦琳看得出,她回来得不是时候。爸爸吃了半碗饭,才想起了问她:

"梦琳,婚后的日子还好吧?"

"慢慢习惯了。"

"今天怎么想到来同祥里的呀?"

"小兔子生了几天病,我请补休假照顾他。今天他病好了,我送他回幼儿园,顺道来看看爸爸妈妈。同时,听说二姐仍住在家里,我来探望她。"梦琳决心把回同祥里的真实意图瞒起来。

"要照顾小囡,要做家务,忙昏了吧?"妈妈接嘴道,"怕你不习惯,几次我都说去看看你呢。"

梦琳环顾了满桌的家人一眼,道:"我想我终归是会习惯的。"

就交谈了这么几句,再没话了。谁都不点穿,不提梦岩没回来的事;谁的心里都对梦岩没回家吃晚饭,也没电话来关照存了疑念。

晚饭后,随着梦湖回到亭子间里,梦琳便同二姐亲切地说起悄悄话来。

"你发现没有?蓓莉躺在床上,脸上总是露出一股深思的神情。"和二姐相对坐定,梦琳就问梦湖。

"岂止是今天?"梦湖点头道,"我回来至今,总觉得她有股忧郁的若有所思的神情。像在猜度什么,又似在担忧啥,样子很可怜。"

梦琳坦率地猜测着:"是为了梦岩?"

"你说她还能为谁呢?"梦湖蹙着眉道,"我甚至怀疑,她今天倒在马路边,都同梦岩有关系。"

"那她为啥对我们的询问一声不吭,啥也不讲呢?难道在这类事上,我们还能袒护梦岩?"

梦湖沉思着摇摇头:"这可能只是性格造成的。有些人,喜欢把一切放到嘴上说;而像蓓莉,打定了什么主意,只在暗中悄悄使劲儿,不愿同任何人讲。"

"这个梦岩,也太不像话了!"梦琳愤愤地道,"你不为蓓莉想,也该为未来的孩子想想嘛!"

"你怪梦岩,梦岩又去怪谁呢?"梦湖苦涩地一笑,"我常常留神他,看他那副魂灵不在身上的样子,也极不好受呢!"

亭子间里沉寂下来。梦琳抿着嘴,垂首瞅着自己的脚尖。她没想到,难得回一趟家来,想在娘家感受些家庭的温馨和快活,家里却是这么一个场面:二姐在闹离婚,哥哥同嫂嫂的关系笼罩着一层阴影,大姐同姐夫呢,好像是得过且过;而她自己呢,也在同李阵耍孩子气。说真的,同哥哥姐姐们相比,她的婚姻算是美满的了。她同李阵以诚相待,感情是真挚纯洁的。李阵既不像金源华那么粗俗,又不像吴善清那么恃才自负、专横跋扈,更不像梦岩那样婚外还有恋爱。只是、只是她为啥还会生出隐隐的怨气,为多分担了些家务而不悦呢?这是不是有点过分了。

暗暗忖度着,梦琳开始在心灵深处检查自己了。她想在同祥里过夜的决心也不知不觉动摇了。

"怎不说话?"二姐探究地盯着她,柔声关切地问,"你今天突然回娘家,有啥事儿要同爸爸妈妈说吗?"

"不。"梦琳尽力显得坦然地说,"纯粹是顺道弯进来看看,问问你那事儿的情况。说真的,二姐,有点进展了吗?"

梦湖的脸色陡地暗了下来,双手无目的地抚摸着衣角,叹口气道:

"怎么说呢?法院召集我们开调解会,先后有四次了。吴善清坚持不离,矢口否认我们的感情已经破裂。我呢,已经决定永远不再跨进那个家门了。听那位同我谈过几次话的调解人说,一方不离,一方坚决要离,也有判离的先例。"

"二姐,你说实话,同那个姓孟的,你们是不是……"

梦湖截住了梦琳的话,淡淡地道:"纯粹是造谣。梦琳,要熟悉一个人,了解一个人,并下决心同他生活一辈子,哪有这么简单啊!"

"真是这样,我就更佩服你啦!"梦琳拍了一下巴掌,继而又拧着眉梢道,"久住在家里,爸爸……爸爸没再逼你走吗?"

"没再明显地赶我。"梦湖的声音低下去了,"但脸色很难看。我们只在饭桌上才相逢,面对面坐着,又难堪又别扭,几乎不说什么话。看得出,他对我是极不满意极不理解的。"

"一次也没谈过?"

"只简短地说过那么两句:真要离,也该讲文明,平心静气地分手。不准胡闹。"

"这么说,爸爸对你,比当初对我客气多了。"梦琳笑了。

"我在想,"梦湖也苦笑着道,"我们四兄妹的婚姻现状,总该引起他一些思考和反省了吧。人,总是会变的嘛。况且,又是爸爸这样的聪明人。"

"但愿如此,二姐。"

俩姐妹正在说笑,支弄里响起一长串自行车铃声,紧接着,响起了一个熟悉的嗓门:

"梦琳,梦琳!"

"李阵!"梦琳激动地跳了起来,她待在亭子间里同二姐闲聊着,消磨时间,就是觉得,给李阵留了那么一张条子,表示了自己的不悦,再主动回去,有点下不来台。这会儿,他来接她了,她也可以堂而皇之地回家啰!不知为啥,仅仅只在同祥里娘家待了几个小时,她就惦念起自己那个条件简陋的小屋来了。她扑过去打开窗户,朝下喊着:"别嚷嚷了,我来给你开门。"

尽管李阵已是倪家的正式女婿,但因他婚后没来拜访过两位老人,倪院长还没交后门钥匙给他哩!

梦琳开了亭子间门,一阵风似的冲了下去。身后,响着二姐羡慕赞赏的嘀咕声:

"瞧,才回来一会儿,就跑来接了!"

梦琳刚把后门打开,李阵举着手里的自行车钥匙,欢天喜地朝她一阵嚷:

"梦琳,好消息,好消息!我们分到住房了,分到新公房了。"

这真是天外飞来的喜讯。梦琳伸手一拉李阵,"快、快上楼去告诉爸爸妈妈,让他们也高兴高兴。"

梦琳还真希望用这喜讯冲冲娘家的晦气哩!

十四

分给工程师李阵的新房子在浦东。十六铺摆渡过江,还要坐几站公共汽车。像近年来修建的所有新楼房一样,外观看去,式样和气势都颇为醒目,内部的装修就差一些了。搬进去的新住户们,碰在一起就抱怨厕所漏水,门窗漏风,地板坑坑洼洼不平,门锁装歪了之类,仿佛搬这一趟家,吃了大亏似的。

梦琳对比李阵原先住的小亭子间,没有那么多的牢骚,她唯一感觉恼火的就是,米店、酱油店、小菜场离得太远,买什么都是靠自行车。最要命的是,他们的新房间在六层楼上,厨房里没有煤气,得天天往六楼上搬蜂窝煤饼。

今天她轮休在家,饭后推着自行车跑两趟了。一趟去排队买米,一趟像采购员般去买回油、盐、酱、醋和当天要吃的蔬菜。气喘吁吁把这些东西分三次拿上六楼,缓过气来又得下楼搬煤饼。

煤饼这玩意,看上去小小的,也不重。但几只叠在一起,往六楼上搬,梦琳感到它们奇重无比。搬得太少嘛,她不甘心;多搬几只呢,她就要歇两次,才能把它们搬上六楼。一搬进厨房,她脱下手套往炉子旁一扔,坐到椅子上连声喘息着,就再不想动了。

有人在轻声敲门。

梦琳懒得做出反应,她实在太累了。况且,刚刚搬来,还未同亲戚朋友打招呼,会有什么人来呢,肯定又是居委会来关照什么事的。有啥事儿,晚上再来通知吧。

不料门越敲越响了,好像来人认定她在家似的。

梦琳懒懒地起身走过去,无奈地打开房门。

"哎呀!"她欣喜若狂地嚷了起来,"妈妈,妈妈!快进来,进来呀!你怎么会来的?怎么找到这儿的?公共汽车挤吗?坐摆渡船头晕吗?妈妈,真想不到,你会是我这新居的第一位客人。我总以为你老了,耳聋眼花走不动了,没料你还能找到我这儿。你坐呀,快坐,坐这儿!"

梦琳伸出双手搀扶着妈妈进屋来,硬把妈妈往沙发上捺。她太兴奋了,放机关枪一样连声发问,周静梅只是微笑着,一句话也插不上。

"你搬了家,我还能不来看一趟?"周静梅把随手拎着的礼盒、水果往茶几上一搁,吁了口气道,"只是,上你这六层楼,真吃力死了。真高啊!"

"妈妈,你坐呀,我给你倒杯茶。"梦琳转身去拉开食品柜玻璃门,"唷,妈妈,我们家没有茶叶,只有麦乳精,给你冲杯麦乳精吧!"

周静梅并没坐,缓过气来走动着:"我来看看你这房间,噢,两间房子。大多了!高是高一点,通风透气,采光也好。蛮好蛮好。看过这一眼,我算放心了。

225

跟你讲老实话,在我记忆里,浦东是块乡下地方,哪有什么像样的房子。今天过江来一看,哎唷唷,不对了,全不认识了。不是你电话上讲得仔细,坐几路车,坐几站,下车后从东往西数第几幢房子,我真会在这里走迷路哟。"

"哈哈哈!"梦琳朗声笑起来。她端来一杯浓浓的麦乳精,送到母亲跟前,道:"妈妈,你喝一口。"

周静梅只微呷了一口,就皱眉道:"哎呀,太甜了。"

"我替你端着,妈妈,你慢慢喝。"梦琳端着烫乎乎的茶杯,随母亲一同走上阳台,努着嘴给妈妈介绍,"那边,吊车像树林一样,是造船厂。这一头,高炉耸天的,是钢铁厂。"

阳台上风大,周静梅朝四周环顾了几眼,就退进屋来,感慨地说:

"年轻时,随你爸爸过江来,一下码头就是农田。啧啧,现在一眼望出去,田都看不到了。唉,摆渡船也大不同了,突突突,几分钟,就过了黄浦江。"

母女俩在沙发上相对坐定,梦琳喜滋滋地道:"妈妈,你吃了晚饭再回去,我和李阵一道送你。"

"不不不!"周静梅连连摇手,随又从内衣袋里掏出一只信封,搁在茶几上,轻轻拍了两下,说,"我讲了,我来看一眼。喝完这杯麦乳精就走,你送一送我。家中离了我,是不行的。你也晓得。搬进这个新居,对你来讲,梦琳,家庭生活就算真正开始了。上海这个地方,住定在一处,搬个家是不容易的。我嫁给你爸爸时,住在同祥里,一住就是一辈子。信封里,是你爸爸和我对你们的一点心意,你匀着点花。"

"妈妈,结婚时,我已经收了你们一千五,不能再要了。"梦琳动情地嚷起来。她开始懂得,父母毕竟是父母。

周静梅端起杯子,喝了一口麦乳精,掏出手绢拭拭嘴角,说:

"搬个家,花销是不会少的。再说,你们总还要置点像样的家具嘛。你爸爸就是这点好,月月的工资,一分不少拿回家来,对我怎么支配,是极少过问的。"

梦琳点了点头。她端详着母亲,头一次发觉,妈妈不在爸爸身旁,神情姿态、说话口吻和手势,一举一动都像变了,变得镇定自如、坦然自信,很有风度。妈妈往常在家里,总是穿着料理家务的衣裳,活脱像个标标准准的家庭妇女。今天她上浦东来,咖啡色毛衣外面套件细彩格马甲,笔挺的全毛呢裤子,崭新的皮鞋,看上去雍容华贵,十足的一位知识型妇女。仿佛直到此刻,梦琳才想起来,妈妈是个高中毕业生,是见过不少世面的女性。但是她的一生,都默默无闻地陪伴着爸爸这个博士名医;她的操劳,她的价值,全都隐在爸爸的名声和荣誉后面了。连他们这些当子女的,都几乎忽视了妈妈的存在和价值。

"爸爸的身体好些了吗?"梦琳记得,那天她去同祥里,第一回听说爸爸患了高血压。

"确诊了,高血压。"说了这话,周静梅的眼圈红了,她连忙拿手绢拭眼角。在爱女面前,她丝毫不掩饰自己对丈夫的感情:"汪书记请示了上级,明确了,不经他的同意,不让你爸爸上手术台。你爸爸是个好人哪!梦琳,姆妈要对你讲,你千万千万不要记恨他。他当初阻止你的婚姻,一是不了解李阵,二是为了你好。你现在在学着当一个妈妈了,我想你会懂的。"

"我懂,妈妈。"

"懂就好啊!新居安置停当了,和李阵一起,带上小兔子,"周静梅拍了拍巧克力礼盒,"常到同祥里走走,来看看你爸爸。他是知书达理之人,会谅解你们的。"

"一定去,妈妈。"梦琳明白了,妈妈现在已把她作为一个出嫁的女儿来对待了。

"你想想嘛,你爸爸替儿女操劳,图点啥?还不是为你们好。他这辈子,操把手术刀,救了多少危难病人。现在患了高血压,不能操刀了,他的心情一定很不好受。"周静梅一提起丈夫,声调里带着深厚的感情,话也多起来,"我是晓得的,居委会就有人讲,我读到高中毕业,一辈子当家庭妇女,可惜了。其实可惜啥?我是为了服侍你爸爸,你爸爸是为了医院里的病人,只不过,我是间接为病人服务罢了。空下来,我也看看报纸、听听广播的。我晓得,我这种想法,不符合你们这些新潮新派妇女的观点,你们不会理解。"

"妈妈,结婚后,我逐渐理解你了。"梦琳真诚地道,"真的,理解你这一辈子的伟大了。"

"呵呵,"周静梅的笑容苦涩中带了点甘甜,"你在奉承我了,梦琳。"

"不是奉承,妈妈,是真心话。"梦琳申辩着,又转过话头,关切地问,"家里姐姐哥哥们都好吗?"

听了这话,周静梅脸上刚刚露出的微笑倏地一下消失了,她的双手一齐轻轻拍在沙发上,垂下了头,叹了口气,半响才嗫嗫嚅嚅地道:

"不提还好。一讲起来,我是满腹心事啊,梦琳。"

时令已入冬季。

起初几天,从蒙古刮来的西北风,刮尽了梧桐树上的黄叶,刮去了秋末的潮气。上海进入了晴朗、干燥、寒冷的冬天。

倪院长的心境,似乎比自然界的气候还要寒冽一些。家庭中的诸多矛盾,本来就使他心烦意乱;而确诊他患了高血压,客观上剥夺了他操刀上手术台驰骋的权利,更使他忧郁寡欢。

院长室里有暖气,坐着办公手脚不僵。

可是喉咙里燥得痒痒的,沏得酽酽的茶水喝下去,一点儿不解渴。他知道这是心情不舒畅,体内上火的症候,一天两天不易好。

这天刚上班,哭丧着脸的吴善清就找来了。他一反平时谦恭巴结的常态,直接俯身在倪院长的大办公桌面上,悄悄地说:

"爸爸,我听到一个小道消息,说副院长人选之所以迟迟不宣布,是因为梦湖正同我闹离婚。可……可法院那一头,却又拖拉着迟迟不宣判。我的诚心你是晓得的,爸爸,你要替我做主啊。"

倪院长定睛望着女婿,他的目光,由散神变得专注,由淡漠平和变为犀利。关于副院长人选的任命,福仁医院里传得纷纷扬扬,说什么的都有,倪院长是风闻的。但他的心头是稳得住劲的,说千道万,迄今为止,除了吴善清之外,院方还没正式议过第二位候选人呀。不过,吴善清来说的这个情况,也是值得重视的。如若真是这样……倪院长朝两眼眨巴眨巴盯着他的吴善清摆摆手,缓缓地道:

"沉住气。不要慌成这个样子嘛,懂吗?"

吴善清见他的神色不悦,将信将疑地点点头,慢腾腾地走出去了。

倪院长倚靠在沙发椅上,双手抓着一支笔,在手里转悠来转悠去。沉思默想了好一阵,随而将笔往边上一搁,从衣袋里掏出钥匙,打开锁着的写字台抽屉,翻找出一个小小的本子,就着朝南窗户里射来的阳光,一页一页全神贯注地查看着。翻了十多分钟,他的目光才在一个电话号码上停住了。

记不清是什么时候的事了,区法院的一位头头,曾为亲属动手术的事找过倪院长;手术圆满成功之后,他给倪院长留下了这个电话号码,说了,不论什么时候,有事尽管找他。倪院长数不清有多少这样的关系,但得实事求是说一句,他是极少利用这类关系的,或者说他根本不屑于找这类关系。凭他的名声、地位,他要办啥事儿,不论以院方名义出面,还是以他私人名义出面,还不是水到渠成嘛。从另一方面说,社会上各种层次的人物,无论是财大气粗的,还是身居显赫地位的,哪个人都不敢保证自己一辈子不生病,哪个人都得对倪院长这个博士名医客客气气。

把小本子搁在桌上,拨通了电话。对方显然还记得倪院长,一听他报出姓名,矜持的语气顿时变得热情起来:

"你问的这件事啊,倪院长,我得给你讲实情。不但你的女儿、女婿一个要离,一个不离,态度都很坚决,就连我们法院两位参与调解的同志,意见也有分歧。一位同志坚持劝和,另一位同情你女儿,主张离。事情就是这样拖下来了。你们家长的意见如何呢?"

"不会干涉你们办案吧?"

"哪里?这类民事案件,涉及双方家庭的婚姻纠纷,我们本来就要来征求你们意见的。还希望你们当家长的,一起劝阻自己的子女哩。"

"这就行了嘛!我们当家长的,和你们的想法一致。世界上大概还没有一个家长,是愿意看到子女婚姻破裂的。你说是吗?哈哈哈!"

听到对方肯定的答复,院长才把话筒挂上。

……法院和双方单位一致认为:吴善清和倪梦湖结合的感情基础比较牢固,目前双方虽有裂痕,但还没有到完全破裂的地步。女方提出离婚,主要是受外界影响,心胸狭窄。考虑到男方是医院外科主刀医生,并坚决不同意离婚的要求,和双方矛盾的性质并未达到势不两立的程度。法院认为只要各方面做好工作,双方是能重归于好的。为此,倪梦湖提出的离婚要求不予准许……

法官后来又宣判了些什么,梦湖一句都听不见了。所有的努力,所有关于重新生活的一系列设想,全都成了泡影。

失神地走出法院大门以后,梦湖的耳管里只是重复地轰响着那四个字:
"不予准许,不予准许!"

她该怎么办呢?往后的日子她将如何度过呢?不服判决,可以上诉;但要是上诉后仍维持原判或据理驳回,她又该怎么办呢?

继续住在同祥里,家人、邻居们会怎样看待她?爸爸又将怎样待她?她心头一点没有数。而要是服从判决,住回去呢,那不是在走回头路?不是一切又要重新恢复原样吗?这是万万不可能的,这只会使吴善清更加瞧不起她、蔑视她。

她怎么会走到这进退两难的地步来的呢?

泪水不住地涌上来,梦湖的两眼里,噙满了晶莹的泪水,睫毛一眨一动,泪珠儿就扑簌簌往下掉。她不住地拿手帕拭着自己的眼睛。

这是冬日里常有的一个阳光明媚的星期天,气温虽在零度左右,可逢到难得的不刮风,金灿灿的阳光使人感到阵阵暖意。

马路两旁的人行道上,坐着不少晒太阳的退休职工和年轻妈妈。穿着色彩鲜艳的童服的娃娃们,有的在骑童车赛跑,有的在玩老鹰抓小鸡的游戏。一路走来,不时地传来阵阵欢声笑语。

是啊,每个人都有家,可她梦湖的家在哪儿呢?人们都生活得自在而又欢乐,她的欢乐又在哪儿呢?

回到同祥里她暂时栖身的亭子间,小屋里还是一如既往地冷清凄凉。稍坐片刻,脚就僵了。她想冲个热水袋暖暖手心,可冲水要上楼进厨房,爸爸妈妈、姐姐姐夫他们见了她,势必要问及宣判结果,她怕自己控制不住感情,会在家人面前失声痛哭。于是打消了这个念头,只给自己倒了杯开水焐焐手。

靠窗的桌上摊着她挚爱的服装设计图纸和各种参考书、画册、图选。近来她常常坐在桌边出神,思路仿佛凝固呆滞了,一点儿都不敏捷。她想等离婚之后,心境渐趋平静下来,也许聪明才智仍会回来的。可如今,她脑子里乱成一团,心绪更是烦躁,她哪还有心思钻研啊!

没上锁的门被推开了,带进一股阴森的冷风。梦湖警觉地仰起脸来,脸上不知不觉间淌满的泪都没顾上拭去:"爸爸……"

倪院长见梦湖伤心成这副样子,迟疑地站在亭子间中央,沉默了一阵,讷讷地道:

"刚才吴善清来电话,宣判的结果我知道了……"

梦湖搐动着肩,啜泣起来。

"我来,是想告诉你,"倪院长逐渐恢复了镇定和自信,他背着手,在亭子间不大的地板上来回踱步,"吴善清出任福仁医院副院长的任命,已经下了,任命书就在我抽屉里,还没同他本人见面。刚才在电话里,他说了,要来同祥里,如果你不反对,他就接你回去。我和你妈妈的意思……"

"不,爸爸,我求求你,让我在家再住些日子!"梦湖陡地仰起泪流满面的脸,嘶声哀求着。

倪院长一怔,眉头紧皱,半天才舒展开来:"你想住些天,平静平静心绪,我看也可以。不过,不要这样哭哭啼啼的。今天梦琳两口子说好了要来,倪家好久没这样老少在一起团聚团聚了,不要弄得不高兴。"

"嗯。"梦湖应着。

"不要想不开,婚姻家庭关系,是门学问,是门艺术。不是凭感情用事,就能处好了的。有些事情,也许想象起来很美好,但身临其境实践起来,又完全是另一码事。随着年龄增长,岁月流逝,我想你会理解我这番话的意思的。"

梦湖在点头。

倪院长在继续发挥:"在这个世界上,青春的梦中想象的完美婚姻,可以说是没有的。原因很简单,世上本没有十全十美的人。就拿我同你妈来讲,我们的婚姻也谈不上完美,而仅仅只是和睦罢了。爸爸老了,没有更大的奢望了,只盼望你同吴善清也能和睦相处,将这人世间的日子,太太平平过下去。"

梦湖没有答话。她不知道该怎么回答父亲。

"喊外公,小兔子,快喊外公。"半开着门的亭子间外,梦琳俯身在教小兔子。李阵冲着倪院长的背影,就放声喊着:"爸爸。"

倪院长转过身来,眉毛一扬,笑吟吟地:"来了,好啊!走,上头客堂间去坐。怎么样,都忙完了吧?搬个家,不是容易的事啊。"

梦琳见二姐木然坐着,便绕过父亲抽身进了亭子间;李阵随同倪院长,边往上走边说:

"忙得差不多了。内部装修了一下,不能和同祥里爸爸你这种房子比,但是和我原来住的地方比,算得是天堂了。"倪院长走到客堂间门口,一面客气地侧身让李阵先进去,一面睨着这位新女婿,心头浮起一种痒痒的感觉。老伴去浦东梦琳新居回来,给他讲起浦东的变化和女儿的新家,周静梅啧啧连声夸赞那地方空气好,视野开阔,小两口居住得舒舒服服,蛮有"小乐胃"的滋味。倪院长听了,脸上在笑,心里却是酸甜苦辣一齐涌来。真没料到,当初自己反对最激烈的姻缘,到头来却是最不消他费心的。而由他出头撮合的婚姻呢,却是危机四伏。唉,世事仿佛都颠倒过来了。瞅着李阵坦然自信的神情,望着他出自肺腑的笑容,倪院长心头的酸、甜、苦、辣,又一齐涌来了。

刚同女婿走进客堂间,身后楼梯上就响起急促的咚咚声,倪院长转身望去,不由得掠起一丝唯独老年人脸上才有的笑意。

梦琳带来的小兔子,顷刻工夫,就同梦颖的女儿眉眉搞熟了。稍大一点的眉眉,双手抱着一盒"小猫钓鱼"玩具,领头朝厨房间冲去,小兔子见了那稀奇玩意儿,紧随不舍。眨眼的时间,两个小囡在厨房门口讲话了:

"你的爸爸妈妈呢?"

"看电影去了。"眉眉似在赌气,"他们去玩,不带我去。"

"我们自己玩。"

"好。来,我教你钓鱼儿。"

眉眉的话,无意间给了倪院长一个信息:梦颖和金源华,并非去看电影,他们是不便对眉眉讲,爸爸妈妈是到教堂里去。金源华这个女婿,真是说得出就做得到。

做完礼拜,离开教堂已经很远了,可唱诗班今天唱的那首赞美诗,还在梦颖的耳畔回响:

　　每逢思想奇妙十架,
　　铭感救恩虔诚顶礼,
　　从前所慕势利虚荣,
　　如今愿意完全抛弃。
　　……

见妻子走了一长截路都不讲话,金源华又忍不住了,放直嗓门说了起来:

"梦颖,讲老实话,刚跟你进教堂那次,我憋得气都喘不过来。那场面让人心惊肉跳的。不过,听听牧师讲道,开头不习惯,现在倒听出点味道来了。"

"轻一点。"梦颖委婉地提醒丈夫,在马路上大声讲教堂里的事,给人什么印象啊!不过,她现在已不用挑剔和不耐烦的语调呵斥丈夫了,而是好声好气地同他讨论,"你讲讲看,听出点啥味道?"

"就拿牧师今天讲的,走幸福之路、垒幸福之塔的道理来说吧",得到妻子的鼓励,金源华显得特别振奋,眉飞色舞地说,"他讲,人活在世上,做出一件一件成绩,完成一个一个任务,就是在拓宽自己的幸福之路。而帮助人做一件件好事,得到内心的喜悦和满足,就是在垒幸福之塔。我听来,觉得同我们戴红领巾时宣传的雷锋精神,好像是一回事。只不过讲法不同,对吗?"

梦颖忍不住笑了。岂止是金源华,多少小青年怀着好奇心走进教堂听了布道,不是都有类似的议论吗!只是,仅仅从劝人为善来理解,未免肤浅了些,也片面了些。

马路拐弯了,夫妇俩走上了一条笔直幽静的小马路。路口上,有一块圆形的禁止鸣笛的牌子,路两旁,都是一幢连一幢的花园洋房。盛夏天,街两边的阔叶梧桐,会把整条马路连成一片绿荫密布的天棚,在这儿散散步是很惬意的。可眼下正是严冬,梧桐树都伸展着长长的光秃秃的枝干。一眼望去,清静的马路看不到尽头,白花花的冬阳照耀下,长长的小马路恰像那幽深幽深的甬道,不知走到哪儿才是头。

这条弄堂背阴,从马路上拐进来,感觉就是冷飕飕的。幸好今天风不大,要不,一阵穿堂风迎面刮过来,于蓓莉非给刮得倒退出去。

她走得很慢,默数着从弄堂口进来的一扇一扇后门,生怕数错了。

其实,第四道后门她一进弄堂就看清楚了。门半开着,什么人都可以往里走。

悄悄地跟在神情诡秘的梦岩身后,每次都是快走到十字路口三开间门面的水果店附近,梦岩就突然不见了。往四面人行道上望,都不见他的踪影。

蓓莉纳闷地猜测着,满腹狐疑地思索这是怎么回事儿。

那天她在水果店买苹果、橘子,付钱的时候,见那胖乎乎的老阿姨营业员态

度十分和蔼,灵机一动,不由得轻声问道:

"阿姨,你们店里有从崇明农场回来的吗?"

"有啊!你认识她?"

"哦,不认识。"于蓓莉慌忙否认,两眼直往店堂里睨。

"她今天上早班,下班了。"

"回家去了?"

"不,就在三层阁楼上住。"胖阿姨叹了口气,"真是前世作孽,结婚后一直被男人拳打脚踢,没过三个月,就离婚了。只好孤零零地住在阁楼里。这事啊,周围店家里的人全都晓得。唉,你要找她吗?"胖阿姨真是个热心人。

"我只是随口问问,想打听农场里一个同学,抽调回上海后分配在哪里。"于蓓莉极力掩饰着自己的真实意图。内心里,已把事情猜出了个大概,心怦怦怦跳得极不自在。

"要找她容易,绕到后面弄堂里,从第四个后门走上去,一问全晓得。"胖阿姨指点着道,"你有身孕,上楼不便,等她上班,过路时间问她也可以。"

"谢谢了,谢谢了。"于蓓莉提起网兜里的橘子、苹果,一连声道着谢,急忙转过身子,她怕胖阿姨看出她骇然恐怖的脸色。

事情意外地明朗起来了。于蓓莉的心像被火烧灼着一般痛。原来这个人离得那么近,原来,她就在水果店当营业员。于蓓莉想,自己很可能还从她的手里买过水果哩。她一定看到过自己,细细地端详过自己。而自己呢,始终蒙在鼓里,啥也不晓得。

今天午饭后,梦岩说去同学家借阅外文资料,蓓莉不动声色地答应了。她认定他是找借口去她那儿。

梦岩前脚出去,蓓莉也对公婆说想出去晒晒太阳,散散步,跟着出来了。

她没再费劲去盯梢梦岩,这已经不需要了。她沉重地慢悠悠地朝水果店走来。星期天的水果店里,也不显得忙碌。于蓓莉远远站在人行道上,朝水果店里窥视。她没看见那个胖阿姨,只看见胖阿姨的位置上站着个男营业员,另外还有几个女的,一个四十多岁,还有三个好像是学徒工,比蓓莉年龄都小。这就是说,她肯定不当班。那么,梦岩是去找她就是确定无疑的了。蓓莉虽然没有看见过这个直接威胁着自己的生活和命运的人,但蓓莉却觉得对她太熟悉了。不知为啥,蓓莉认定她不会很年轻,也不会太丑陋,她的年龄多半同梦岩相仿。

现在蓓莉要去闯她的门了,要去对她兴师问罪了。蓓莉腆着隆得高高的大肚子,敛声屏息地站在第四扇后门口。迎面就是一架阴暗的、在蓓莉看去那么陡峭的木楼梯。走上去,两个脚膝盖肯定要糊满灰尘。蓓莉对丈夫产生了一种蔑视的心理。他为了同她幽会,就心甘情愿地像小偷似的来攀登这架肮脏的楼梯。

她朝这架楼梯连望了几眼。好像在思忖自己有没有勇气走上去,又仿佛在使自己的目光适应楼内昏暗的光线。

她不能耽搁了,呼了一口气,迈开了脚步。上楼不像想象的那么费劲,但她毕竟不惯于上这种楼梯,脚步太重了些,踏得楼梯板轰隆隆响。她也没想到,这种楼梯的回响就像在打雷。乍一跨步,她恐惧得以为整架楼梯朝她倾倒下来了。

她上了二楼,摸索着拐一个弯,她发现了上三层阁的一架更简陋、狭窄一点的楼梯。

她继续往上走。

三层阁那扇大概只有她蓓莉身高的门开着一条缝,里面没一点儿动静。

蓓莉快走两步,在门上轻轻叩了两下。

"请进。"屋里传出一个女人悦耳的嗓音。

蓓莉推开了阁楼门。阁楼里的光线比楼梯上亮,从老虎天窗里照进去的阳光,在阁楼里照出一块长方形的光明。她就坐在那片光明当中,梳着披肩的直发,衣着也端庄自然,毫无蓓莉想象中的那种妖艳和放荡。她蹙起了眉头,微眯起眼,费劲地望着站在门口幽暗处的蓓莉,亲切地招呼着:

"进来呀,别站在门口。"

蓓莉趁这当儿,早把三层阁细致地扫视了个遍。奇怪,梦岩不在这里。没有确凿的证据,她有点怯场了。她会轰蓓莉出去的。蓓莉在脑子里为自己寻找着措辞,一步一步走进屋去。蓓莉真没想到,这个三层阁有那么大。

"你……"她睁大双眼瞪着蓓莉,正想客气地招呼,但眼神和脸色都在看清楚蓓莉的那一瞬间倏地变了。

蓓莉从她面部的骤然变化,一下子意识到,自己以往的猜度没错,她见过自己,知道自己是哪个了。

"我是梦岩的妻子于蓓莉。"

"是他让你来的吗？"她畏怯地问。

"我自己找来的。"

"你自己来的？"她大为惊疑，"有……有事儿吗？"

"当然。"太紧张了，又一气上了三层楼，蓓莉觉得很累，她的目光落在屋里一只板凳上，但她坚持站着，居高临下望着她，尽力回忆着自己一遍又一遍酝酿了几十遍的话，"我是第一次见到你。但我老早感觉到你的存在了。你的阴影一直笼罩在我的心灵上。我知道你和梦岩的一些往事……"

"仅仅是往事？"她露出一点诧异。

"那你说是啥？光荣历史？！"蓓莉显出了一点讥诮神情，"管他是什么呢！我表示谅解。"

"你真大方。"她开始显露锋芒了。

"那仅仅只是指你们的过去，指崇明农场里发生的那些荒唐事！"蓓莉的声音提高了，"不是指的现在。如果说过去那些事情有可原的话，现在绝不能容忍。你……你不是不知道，梦岩已经同我结了婚，我是他合法的妻子。我们有自己的家庭生活。你再从中横插一脚，当一个可耻的第三者，国法不容，天地不容。你、你也是个女人，应该懂得这些。"

"第三者？到底我是第三者，还是你是第三者？"

"我是第三者？"

"正是你，在我们中间横插了一脚，把梦岩从我的身旁拉了过去。"她愤愤地道，"是的，对于你来说，我们在崇明农场里的那些经历，也许是荒唐事儿。可你知道吗？对我们来说，那就是青春，就是爱情，就是一辈子也忘怀不了的纯洁的初恋。我们的生命，我们今天所有的一切，都是同那段日子紧紧地联系在一起的，要想忘掉那些是办不到的，办不到的，你懂吗？早在农场的时候，我就是梦岩的人了，我早把自己看成是他的妻子。只因为回到上海，只因为他一时糊涂，你又不失时机地出现了，利用了世俗的观念，利用了所谓的门当户对，利用了你的年轻美貌，把他、把他硬从我身边夺走了，你知不知道？"

"我哪知道这么多啊！"蓓莉哭起来了，她一屁股坐在那张板凳上，双手捂着脸，"我要早知道这些，死也不会嫁给他的。可……今天……我们有了家、家啊，你再缠着他，就……就把我们这个家毁了……"

"自从你们一结婚,就把我这一辈子都毁了,你懂不懂?"她也哭了,哭得比蓓莉更伤心,她们仿佛不是在争吵,不是在互相责备,而是在相互诉衷肠,"是的,我不瞒你,我早就躲在暗处偷偷看见过你,我妒忌你的美貌,我羡慕你的出身,我也恨你。但我又明知道,你是被蒙在鼓里的,你啥都不晓得,你是无辜的。不要认为我是坏女人。我在农场当过指导员,管过两百多男男女女,处理过男女关系。我是有脑子的,我下过决心要离开他,我仓促地结了婚,想从此一刀两断……"

"对啊,这样对啊!"蓓莉抬起头来,朝着她一阵嚷嚷。

"可你知道吗?婚姻给我带来了什么?咒骂、毒打、非人的侮辱和折磨。我是从那畜生拳头底下逃出来的。直到那时,我才明白过来,人是不能拿自己的感情开玩笑的。绕过了那一段弯路,我更离不开梦岩了,他是我的性命,是我的主宰啊。"

"可他是我的丈夫,法定的丈夫,我很爱他。即使他做出了这些事儿,我也仍然爱他。"蓓莉费劲地离开板凳站起来,双手抚着挺得高高的肚子,一步一步朝着她神情肃穆地走过去,"你……看在我们家庭,看在这即将出世的孩子身上,饶了他吧,让梦岩回到我身边来吧,嗯?"

她惊惧地瞪着一直走到面前的于蓓莉,一双眼睛像燃烧着的两团火焰,泪水直往外涌,语无伦次地说:

"是的、是的,我答应你……"

"谢谢,谢谢。"

"当着你的面,瞅着你可怜的样儿,我答应你,我可以答应你。"她也是泪如泉涌,不可抑制自己的感情,"但我无法保证他来了我会怎么办,无法保证我孤独的时候不想他,不去找他,真的,这也是真话,真……话。"

于蓓莉的手绝望地一甩,凄厉地锐叫着,用同她身体不相称的敏捷,陡地一个转身,跑出了低矮晦暗的三层阁,顺着楼梯咚咚咚一直跑下去了、跑下去了。

每天太阳落下去之前,客堂间里都会洒满了温暖的阳光。冬天招人喜欢的金灿灿的夕阳,透过客堂间的六扇玻璃窗,把整个屋子照得光洁明亮。今天,聚了一屋子人,喝茶吃点心,谈笑风生,倪院长兴致颇好地开了取暖器,客堂间里更是热烘烘、暖融融的,有一股轻松愉悦的气氛。

吴善清来了之后,倪院长环顾着满屋的儿孙,兴致勃勃地道:

"都来齐了。哎,梦岩饭后出去借外文资料,回来了吗?"

"还没回来。"老伴周静梅道,"蓓莉外出散步,倒已经回来了。"

"让她下来坐坐,挨着窗边,晒晒太阳嘛。"倪院长道。

周静梅刚要去喊,梦颖说:"刚才她回来时,我看她脸色不对,像剧烈呕吐过一样。问她,她说没吐过,只是心里不好受,我让她喝过点鲜橘汁,躺下休息了。"

"那就让她歇息吧。"倪院长端起杯子喝了口茶道,"反正,吃晚饭,一家人总能碰头的。"

讲到梦岩和于蓓莉以后,不知怎么搞的,客堂间里的气氛渐渐地变得冷清下来。只有眉眉和小兔子还在打打闹闹,绕着桌椅在你赶我逐。

倪院长立刻感觉到了,儿女们脸上的笑容都显得有点儿勉强。金源华在塑料果盘里挑选花生,剥开壳,一小把一小把往嘴里塞,出声地咀嚼着,丝毫无意同人交谈闲聊。坐在他身旁的梦颖,不时地斜过眼角去瞅他,不知他只顾埋头吃呢还是没留神,一点都没觉察梦颖的不满。直到梦颖忍不住扯了扯他的衣袖,他才陡地醒悟般抬起头来,在椅子上坐端正了,但嘴里还在嚼。梦湖和吴善清根本没坐在一起,两人斜对坐着,梦湖在低头翻着手里一本服装杂志,连眼角也不往吴善清那儿睨一下。而吴善清呢,正襟危坐着,不吃点心,不挑零食,也不喝茶,两眼目不转睛地盯着梦湖的一举一动,毫无谈话兴致。今天刚第二次来同祥里的李阵,手里端一杯茶,两只眼睛却始终追随着小兔子,唯恐这不晓事的儿子撞翻了屋里的啥东西,闹下祸事。只有梦琳的神态显得最为自信坦然,她嗑着瓜子,不时同妈妈耳语几句什么,忍不住还会咯咯咯发出一串悦耳的笑声。

气氛太沉闷了。坐满一屋子人,找不到话来讲,那辰光也是极难熬的。但是,讲啥呢?

周静梅好像也感觉到屋里空气有点僵,站起身来道:

"看我真是忙糊涂了,我去揽点桂花芝麻糊来让大家尝尝。"

不等她走出客堂间,门就被梦岩一头撞开了,只见他神色慌乱地问:

"蓓莉在吗?"

"在楼上睡着呢。你急慌慌干啥?姐夫妹夫都来了,你进来打个招呼,坐一会儿吧!"周静梅连忙朝儿子招手,"进来喝口茶。"

梦岩只朝着屋内敷衍地一点头,转身就往楼上跑。赶得慌张,腋下夹着的一沓外文资料,哗啦一声落在地上,他都顾不得拾。

只是眨个眼的工夫,梦岩的声音就在三层阁上惊呼起来:

"妈妈,蓓莉不在!"

那声音里透着少见的恐怖。

梦颖头一个预感到不妙,她离座出门,直奔三楼,梦琳、梦湖也跟着跑了上去。

三楼上忽然响起梦岩号啕般的惨叫声。楼梯上像打雷般响着脚步声,梦琳抓着一张纸冲进了客堂间,喊着:

"爸爸,妈妈,蓓莉走了,你们快看,快看呀!"

客堂间里的人都围了上来,只见一张信笺纸上,草草写了两行字:

我活着还有什么意义?梦岩,为给她让道,顺你的心,我走了。

"走,她上哪儿去?"金源华嚷嚷着问。

吴善清大惊失色地判断:"这很像是寻短见的措辞呀!"

屋子里冷寂下来,哪个都不讲话了。

"还等什么,快、快去找!"倪院长怒气冲冲地打破了沉默,"源华,你和梦岩骑上自行车,沿黄浦江、苏州河一路上去寻找,找仔细点。"

"好,我马上去。"金源华当即答应一声,跑出客堂间就哇哇大叫,"梦岩,快下来一起去找。"

两人的脚步声还没在楼梯上消失,倪院长又点点吴善清说:

"善清,你赶快……赶快想法同医院联系,要个车来。"

"好,我马上就办。"吴善清从门背后挂钩上取下大衣,就往外走。

"爸爸,最好报告一下派出所。"李阵在一边插话。老伴一拍巴掌:"对了,还有街道居委会。"

"对,对!"倪院长被提醒了,食指点着李阵,"这事就请你和梦琳去办一下,说话……注意一点。"

"我懂!"李阵点点头,拉起儿子小兔子的手,就往外走。

倪院长环顾了一下客堂间,刚才还满当当的一屋人,走得只剩下身边的老伴和忧心忡忡站在门口的梦颖、梦湖及眉眉了。

"要不要和于蓓莉娘家联系一下?"老伴皱起堆满额头的皱纹,心事重重地望着倪院长,征询地问。

"要、要联系。"倪院长肯定地一点头,对站在门边的梦湖道:"梦湖,你快去楼上看一下,于蓓莉书桌的玻璃板下面,有她家的电话。打个电话过去,问一问她回家没有?其他……暂时不说。"

梦湖点点头,身影一闪,上楼去了。

倪院长朝周静梅一摆手:"给我拿大衣来。"

"你……你要到哪儿去?"周静梅惊慌不安地问。

"我去找找。"

"到哪儿去找啊?上海那么大。"

"爸爸,有什么事,我去吧!"梦颖说。

"车马上就到,我坐着车跑一跑要快些。"倪院长说话的声音很慢,很费劲儿,还喘着粗气,两眼的神色有点异样,"公园的假山、湖泊、小河边,都该去看看。"

"那我陪你去。"梦颖自告奋勇。

"我也去!"眉眉尖着嗓门喊。

老伴把大衣拿来了,梦颖拉着眉眉的手转身进了厢房,去给孩子和自己添衣裳。倪院长穿上了大衣,围上围巾,急急地大步朝门外走去。

下楼梯的时候,他只觉得一股血往头顶上冲,一刹那间,头晕眼花,他连忙伸出双手去抓楼梯的扶手,不待他抓住,眼前一黑,身子就倒了下去。

周静梅听到沉重的响声,赶紧从客堂间跑出来。一见丈夫跌倒在地,惊慌地扑过去,连声急叫着:

"维宇、维宇、维宇啊……"

梦颖和眉眉一先一后冲出厢房,见状就扑倒在倪院长身旁,嘶声呼叫着:

"爸爸、爸爸!"

"外公,外公,我要外公!"……

周静梅摇撼了一下没有动静的丈夫,突然想起了什么似的,她打断了女儿和

外孙女的呼喊,气急心慌地拔直了喉咙叫嚷起来:

"别叫了!快、快去打电话,叫救护车!快、快、快去啊!"

那令人骇然的声音,惊动了整个楼房里的人,惊动了同祥里的左邻右舍。

……

我曾是一个上海人
——《家教》及其他

·叶辛·

继中央人民广播电台播送了十集广播连续剧《家教》之后,《家教》的单行本就问世,《家教》的电视连续剧,也被中央电视台电视剧制作中心投入拍摄。导演仍由曾经导过《蹉跎岁月》的蔡晓晴担任。再度合作,这对我无疑是件高兴的事儿。

自从中篇小说《家教》在《十月》杂志发表以来,自从广播剧播出以后,不时有些读者和听众来信转到我手里,或直接寄给我。广大读者和听众从不同角度谈了自己对这部作品的看法,谈了对作品中几个人物的看法,有的同志还把他们那儿交谈中发生的争论告诉了我。不少人在读了小说、听完广播剧之后,甚感不满足,有的来信询问,小说中的人物后来怎么样了?有的干脆把自己对这些人物未来的设想,续成广播剧下半部分,寄给了中央人民广播电台。读者、听众和写续集的同志们怀着良好的愿望,把自己认为《家教》中那些人物该有的结局,坦率地谈了出来、写了出来,这无疑说明了大家对我的作品关心。出了二十来本书的我,还是第一次遇到这样有趣的事儿。

当然,也有不少年轻的同志,在来信中问我,为什么要写这么一部小说?写作意图是什么?据他们所知,近一二十年来,我长期生活在贵州,写的不少作品都是取自当年的知青生活和农村题材,怎么突然想到写起上海题材的作品来?

借《书林》杂志给我提供了这么一个机会,我想就《家教》这部小说,谈谈个人的一些想法。

说不清是从什么时候开始的了。反正,自从我写了反映上山下乡知识青年生活的几部长篇小说《我们这一代青年人》《风凛冽》《蹉跎岁月》《在醒来的土地上》之后,自从我写了反映农村生活的《三年五载》、三部曲《基石》《拔河》《新澜》之后,自从我写了一些反映少数民族题材的小说之后,我总有一种不满足,总觉得还欠着一笔什么账没有偿还,总感到心里还有很多话要讲,在我记忆的仓库里,还有一些鲜明生动的人物形象和画面没有诉诸笔端哩。那该是啥呢?

那便是我自小是个上海人,我从小就在上海长大。随着年龄的增长,童年时代、青少年时代的许许多多往事,历历在目地浮现在我的眼前,那么清晰,那么牵人的心绪。是哪位作家说的,创作,便是在回忆中进行创造?不是有人说我在贵州生活了十七八年嘛。有时候,对一件事物的认识,是需要隔开一段距离的。就如同从来没坐过飞机的人,对他天天生活在其中的环境,对他司空见惯的楼房、马路、弄堂、街道的认识是有局限的一样,他会认为城市就是这个样子的。一旦他头一次坐上飞机。透过舷窗往大地上望去(当然是要晴天),哦,他会突然意识到,原来他所熟视无睹了的一切,还有另外一副面貌。我在偏远的贵州住久了,陡地回到上海,就会有种强烈的对比感,哪些东西是外地没有的,哪些东西是上海没有的,哪些东西是过去的上海早就有的,哪些东西是上海近些年来才出现的。毋庸赘言,所谓"东西",当然不仅仅指的是物质。况且在我脑子里,在我记忆中,上海自有她那始终未曾变化的一面。记得是在小学快毕业到中学头一两年中,我和一些伙伴刚刚学会骑自行车,做完了功课,我们就推出自行车到马路上去兜风,就如同今天刚刚学会骑雅玛哈的上海小青年在马路上扬扬自得地兜风一样。我们有计划地先兜大圈子,再兜小圈子,绕着上海城兜圈子,也绕着十个区兜圈子。我们骑着自行车,去过康平路、武康路、宛平路、高安路一带的高级住宅区,我们也穿行过闸北、南市、普陀区的一些破街陋巷,我们带着欣赏的眼光,观察过老式弄堂房子和新式弄堂房子的区别,对比过公寓和楼房的不同之处,惊叹过花园洋房和棚户地段的巨大差异。哦,上海这个有一千多万人口的城市,有着全世界三百多个国家和地区的房屋式样,日本式、荷兰式、法国式、英国式的,站在马路边上瞅不同的阳台和式样迥异的窗框实在是件有意思的事情。我们当然不会忘记利用自行车去远足,骑到南翔,骑到浦东的高桥,骑到松江,甚至还骑到嘉定、昆山、苏州。自行车轮胎爆了,我们还乐呵呵的。

这些事儿自然只是一帮十五六岁小伙子的闹剧,仅凭这些经历,是永远也写不成小说的。但是,恰恰又是这些事儿,加深了我对上海环境的认识,对上海地域风貌的了解。这无疑对写小说是有好处的。

"文化大革命"的风暴掀起来了。不知什么缘故,我们这些要好的伙伴不约而同地当起了"逍遥派"。除了去南京路看大字报,除了躲在家里看书听唱片,我们一觉得腻味了就互相串门,读书的时候就很要好。常有来往,互相都尊称对方的父母叫"爸爸妈妈"。到了停课闹革命的年头,我们串门聚在一块儿,就无所节制地纵谈起来,不必担心第二天上课会迟到,无须为作业所累,谈久了,谈到夜深人静,干脆在同学家阁楼上、地板上搭起铺,五六个、七八个同学躺在一间屋里继续聊。但是,随着"文化大革命"的深入,常常出现一些不对劲的时刻,兴冲冲跑到同学家去,坐下不足五分钟,就觉察到同学家里气氛不对头,赶紧转换阵地,到另一个同学家去。要好了,相互之间无话不谈,就要问,怎么回事儿,噢,是同学的父亲受冲击了,挨批斗了,关牛棚了,家里被抄了,是同学的母亲受牵累了。为啥?为过去的某件事,为新中国成立前的某一段经历,为在单位得罪某某头目,为……讲完了,听的人都默默无言,叹息几声,另一个同学又讲起来,讲的也是他们家的情况,祖父、外祖父干什么,父母亲过去怎么样,这次遭受了怎样的冲击。天天相处在一块儿的同学、伙伴,原来一个个都出自不同的家庭,一个个家庭里都有很多很多故事,叔叔是干啥的,娘舅在做什么,这一位的爸爸是教授,那一位的父亲是烧锅炉的,第三位的父亲是老板,那模样就像个笑弥陀佛,某位同学家里从来没见"父亲"露过面。过去我们不注意、不在乎的这些情形,原来都是有缘故的,都有一段长长的或是短短的故事。有位同我很要好的伙伴,一天晚上跑到我家里,神秘地告诉我,他那当和尚的舅舅到上海来了。为什么?说红卫兵砸五台山的庙宇,他舅舅从山上跳下来,折断了腿,跑到他家来了。他还说舅舅是"佛学家"。我们慢慢地开始领悟到了一些什么,原来这就是社会,这就是社会上一个又一个家庭的内幕。糊里糊涂的,我们就在那样的岁月里慢慢地懂事了。虽然当初盛传因为记日记被批斗、惹祸的事,虽然自己也亲眼见到一些人因日记上记了些什么话而惨遭毒打的场面,但我还是瞒着所有的人,跟谁也不说地记下了很多很多听来的事情……

今天翻出这些笔记来看,变得很有滋味,很有意义了。老友相逢,人近中年,互相再团聚在一起喝酒聊天,问及过去那些事儿,伙伴们先是一怔,怎么你还记得那么清楚？继而就滔滔不绝地讲开了,父亲当年经商那段经历,为什么被打成"资本家",后来怎么落实了政策。当老板的那家抄去的财产,后来怎么还了,还了以后家里出了什么事儿。你问那位舅舅嘛,他现在受重用了,在福建讲解佛学,收了好几个研究生,终身未娶,他当和尚就为在大学时代恋爱受挫,一气之下远离凡尘的……

故事还在继续着呢。

我有多少这样的伙伴啊,有多少这样无话不谈的同学啊,另外还有亲戚,还有一些老的和新的亲戚,还有哥哥姐姐们的子女,眨个眼的工夫,他们都是风华正茂的年轻人了。不知不觉的,就如与生俱来的一般,我记忆的仓库里至少有着这么几个层次的感情积累和生活积累。首先是我同时代那些伙伴的经历和命运,其次是我们这些伙伴的父母辈的故事,再有就我们这些人的祖父母的遥远的往事。小时候不便打听,现在长大了,我又在搞这工作,问起老人们来,他们谈得可爽快哪！我有意无意中得到的素材越来越多,越来越多,创作的念头自然而然萌生了！

我一直觉得有本大书可写,不仅仅是写这些人和这些事,而且要写出历史的流程,写出沧桑变迁,写出二十世纪的中国社会和她的动荡,她的进步和挫折。这本书可能写得很长,很厚。几次冲动,几次歇笔。

我总感到不能贸然而行,得酝酿得更成熟一些,得考虑得更周全一些,得写得更凝重深沉一些。不是有人说我写得太快太多了嘛（其实这并不是罪孽。近两年来,我到编辑部工作,作品写得少了,有读者就给我来信：叶辛,你到哪里去了？一个小小的主编职务,就把你引向宦途了吗？真没出息!)！我得慎重些,慢慢地来,不要着急,尽可能准备得充分一点。

怎么准备呢？除了有计划地进一步充实素材扩大我的视野,还得练笔。当然不能提起笔就写大部头,几卷书,随着题材的转换,用词遣句也要随之转换。而纯粹的上海话,是很难入书的。我得尝试着来,先写一些中篇,写那些我最熟悉的人和事,每个中篇只写一家人。这些人要能代表上海的各个阶层,职工家庭、高级知识分子家庭、普通知识分子家庭、小市民家庭、民族资产阶级家庭。1983年,我写下了第一个中篇《发生在霍家的事》,接着我便写了《家教》……

原谅我还得在这儿提到贵州农村,提到我的插队落户生涯。如果说一个作家有什么长处的话,那么这个作家势必也会有他的局限,作家要受本人经历、本人气质、趣味和爱好的局限。

那是一些不易忘怀的往事。

秋末冬初,一向静寂的山寨上忽然喧闹起来,我们集体户里的知青们纷纷跑了出去,只见青岗石级寨路上到处都是人,人堆中簇拥着一个披头散发的年轻妇女,衣裳撕破了,满脸满身都是泥痕,她一边走一边嘶声哭泣。围着她的农民们有的在咒骂她,有的在恶狠狠地喊打,污言秽语劈头盖脸朝她咒去。这不是昨天刚娶到寨上来的新娘子吗?娶她的那户农民也姓叶,还同我攀亲戚呢!下乡几年来,我同这户人家的关系一直很好。眼前的情形,究竟是怎么回事儿?

听三五成群围着的寨邻乡亲们说,天蒙蒙亮,她就逃跑了,寨上好些人追了十几里地,才硬拽着把她追回来。原来她根本不爱我们寨上那个姓叶的小伙子,原来她早在父母替她找男人之前偷偷有了自己心目中的人哦,又是一出包办婚姻酿成的悲剧。

在我插队的那个偏远的山寨上,这是第几起了?多得连我都记不清了,光是这一年,已经有过两起。那个和我一道修过铁路的袁老六,修湘黔铁路存下了一笔钱,回到寨子上来请媒人说了一门亲,娶来了一个秀雅文弱的姑娘,却不料这个姑娘半夜里要用铁丝缠住他脖子勒死他。我们寨子上那个年轻貌美、个头颀长的叫李可芬的姑娘,早早地死了爹妈,自小随着儿女成群的大哥长大,从她记事的时候起,她就肩负起了大哥家里里外外的好些事务,由于大哥是个独眼,大嫂是个断臂,她喂猪、料理家务、照顾娃崽,在辛劳中长大成了个漂亮姑娘,她的哥嫂却一点不顾她有了意中人,而把她许给了一个年龄比她大、个儿却比她矮得多的男人,暗中收取了这男人家定亲的款子七百多元。娶亲前夕,李可芬反抗了,仓然逃到了自己意中人的家里,结果寨上同李家沾点亲的寨邻们聚集起一大帮,硬是去把她抓了回来,关在猪圈旁边的柴房里⋯⋯

在我长居乡间的十年间,周围村寨上,包办婚姻酿出的悲剧,我们这些知青可是看够了。

一出这类事儿,我们集体户茅屋里就热闹了。有的说新娘子可怜,有的说男家更惨,为娶个婆娘,一家老少勤扒苦挣不说,还背了一屁股的债啊,还有的讲,说到底是包办婚姻害死人⋯⋯

讲到最后,总是摇头叹气道一句:唉,这类触目惊心的事,只有在偏僻闭塞的山寨上才会发生,那儿落后,那儿文明程度差,那儿的好些人没文化,太愚昧。就是在城市里,特别是我们自小长大的上海这样的大都市,是不会有这种事的。

当初,连我都持这样的观点。

曾几何时,就是说这些话的当年那些知青,有的跑到我家里,闷闷不乐地坐在沙发上,向我说起恋爱婚姻中的苦闷和痛苦,有的怨自己一念之差贪图了对方的条件,有的怨家中父母替他撮合了婚姻。这不是颇具喜剧色彩吗?

时至二十世纪八十年代,我们的妇女刊物上,我们的社会性杂志、法制、宣传材料上,不是时有关于父母威逼子女成亲、纯真的姑娘反抗包办婚姻的报道吗?

记得那是个夏天,我在省里主持一个全省小说散文作者的会议。会议期间,省报上恰好登了一篇女儿反抗父母包办婚姻遭毒打的通讯,作者们议论起来,自然而然提出一个问题,为什么到了农村逐渐富裕起来的今天,还有这类事儿发生呢?有人说,在偏远闭塞的乡村,封建的幽灵还在横行,陈旧落后的观念还在束缚着人们的思想。

当真仅仅是在乡村中如此吗?我想起了知青伙伴们当年以嘲弄讥笑的口吻谈及山寨上出的那些事儿,而今天他们本身陷入苦闷难言的境地的状况。

生活在城市的人头脑里就没有封建的幽灵在徘徊吗?家长式的作风在我们的城市里,在社会生活的各个角落真的荡然无存了吗?

情况似乎并不是这样的。

岂止是在乡村,就是在城市,在省城里,在北京、上海这样一些举世闻名的大城市里,甚至在大城市的一些很有水平的干部,很有地位和名望、知识渊博的高级知识分子家庭里,在我们的身旁,都有一些令人遗憾的事情发生呢。

我认识这么一个人,父亲是个大学教授,父子之间平等相处,关系不错。可当这个同学找了一位饭店服务员作对象时,他的父亲就有态度了……结果闹得父子不欢而互结怨尤。

我还认识这么一个老干部,当他和自己多年未逢的老战友晓得彼此的子女未找到对象时,于是便想当然热心地为子女撮合婚姻。子女的品貌、为人、工作都极为般配,顺着他们的意愿成了家,但是夫妇之间没有感情,一层阴影笼罩在小家庭里。

我曾多次听一些女同志抱怨,在名义上她们有了工作,可以同男人们一样从事所有的社会活动,她们也算有了经济收入和生活保障。可实际上,她们并没有真正地获得解放,她们除了要上足八小时班,回到家里还要整整地做三四个小时的家务,时间和生活本身限制了她们成家以后的发展。每当听到这样的抱怨,我便会很自然地想到法国存在主义作家西蒙娜·德·波伏娃讲的一段话:"今天,妇女虽然不再是男人的奴隶,但仍然依赖男人。男女两性从来没有平等地共享这个世界。就是在今天,虽然妇女的境遇已经开始改善,但她们仍然受着重重束缚。妇女的法律身份不同于男子,她们经常处于极为被动的境地。在抽象的意义上,妇女的权利得到了法律上的承认,但传统习俗在很多方面限制她们充分运用她们的权利。"(波伏娃《第二性》序言)

我还收到过这样一封读者来信,信里说,他屈服于家长意志结了婚,以至于多少年来一直在吞噬着苦果,内心矛盾重重,且有苦难言……

要讲,这类例子可以讲很多很多。

由于陈规陋习的影响,由于我们头脑中,或多或少还有封建的幽灵在徘徊和作祟,由于客观存在的感情上的隔阂的落差,由于处在改革与开放时代新旧思想和观念碰撞得又格外激烈,家庭内部的伦理关系中,父母与子女之间,丈夫和妻子之间,就会演出一幕又一幕虽不是大起大落却也并不是无波无澜的戏剧。

循着这一思路往深处去想,去思考,我便写下了《家教》这部小说。